KB060157

블랙홀

박유하
장편소설

청어

블랙홀

박유하 장편소설

발 행 처 · 도서출판 청어
발 행 인 · 이영철
영   업 · 이동호
기   획 · 천성래
편   집 · 방세화
디 자 인 · 김영은 ┃ 이수빈
제작이사 · 공병한
인   쇄 · 두리터

등   록 · 1999년 5월 3일
(제1999–000063호)

1판 1쇄 발행 · 2020년 1월 10일

주소 · 서울특별시 서초구 남부순환로 364길 8–15 동일빌딩 2층
대표전화 · 02–586–0477
팩시밀리 · 0303–0942–0478

홈페이지 · www.chungeobook.com
E–mail · ppi20@hanmail.net
ISBN · 979–11–5860–702–9(03810)

이 도서의 국립중앙도서관 출판시도서목록(CIP)은 서지정보유통지원시스템 홈페이지
(http://seoji.nl.go.kr)와 국가자료공동목록시스템(http://www.nl.go.kr/kolisnet)
에서 이용하실 수 있습니다.(CIP제어번호: CIP2019039786)

블랙홀

박유하 장편소설

  난자의 통로인 나팔관, 정자의 통로인 정관, 아기의 통로인 산도, 성기의 통로인 질, 아직 이름 짓지 못한 생각의 통로는 성간 물질의 통로인 블랙홀을 닮았다. 모두 새 생명이 탄생하는 길이다. 암흑뿐인 블랙홀은 압축과 신비함의 통로이고 그곳을 통과한 성간 물질은 새 별로 탄생한다.

  우리의 머리에도 블랙홀이 있다. 주변 사물을 빛의 속도로 좁은 통로로 흡수하여 생각과 사유와 판단을 탄생시킨다. 까맣게 잊은 기억이 떠오를 때, 오묘한 생각을 해내거나 창조적인 생각을 해냈을 때, 우리는 환희 작열한다. 아기의 탄생과 비슷하다. 블랙홀이 별을 탄생시켰을 때 우주도 기쁨에 몸을 떨었을 것이다.

  인간의 생각, 사유, 판단은 이 우주에 비해 미미한 존재인 우리의 것이기에 불완전할 수밖에 없고, 우리는 괴리감과 슬픔에 찬 인생 드라마의 주역이 될 수밖에 없다.

  이 소설은 준범과 새론이 시련과 고난을 통해 재탄생하는 과정을 그렸지만 철학이라기보다 인간 사유의 가벼운 스케치라고 하는 편이 옳을 것이다.

  소설 밑바닥에 깔려 있는 추리의 퍼즐을 맞춰가는 재미가 쏠쏠하지 않을까, 생각해 본다.

박유하

| 차례 |

작가의 말 _ 5

1. 환상

나는 시체도 신체도 아니다. 사람이라고 하기엔 함량 미달이고 쓰레기라고 하기에는 함량 과잉이며 혼돈이고 모순이다. 식물인간 주제에 나는 몸부림치고 있다. 몸부림치고 있다고 생각한다. 그녀에게 마지막 침을 맞을 때까지 적어도 나는 늦여름 수목처럼 무성했다.

그녀의 침은 신효했다. 두통과 피로가 단번에 가시는 침을 놓아주고 생긋 웃던 그녀의 얼굴이 떠오른다.

"어떻게 그런 침을 놓을 수 있지?"

"제가 꼭 아침에 침을 놓는다는 거 아시면서…… 아침의 싱싱한 기(氣)를 모두 회장님께 쏟아 붓는 거예요."

내 안의 호수가 조용조용 소용돌이치고 있었다. 나는 감동의 물결을 응시하며 눈을 감았다. 그녀를 끌어안고 싶은 갈망에 등에 진땀이 흘렀다. 나는 서서히 그녀의 침에 중독되어 갔다.

그날 매운 모기에 쏘인 듯 따끔했다. 돌아보니 배시시 웃는 그녀의 얼굴이 닿을 듯 가까웠다. 그녀의 입술에 접하려는 세포들이 아우성쳤다. 순간 이상하다는 감각이 번개 치고 죽음이다, 라는 생각이 뇌수를 갈랐다. 모든 게 전광석화처럼 변했다. 그녀의 오랜 기획이 꽃봉오리처럼 배시시 열리고 있었다. 오래전 내가 돌돌 말아 먹은 그와 그녀의 얼굴이 비슷하다는 생각이 떠오르고, 끝장났다는 비명이 빵 터졌다. 내가 그를 죽음으로 몰아넣은 것일까. 생이 종말을 향해 치달려갈 때, 그의 뇌수도 초능력 공간처럼 수 억 메가바이트의 사념이 빗발치고 있었던 것일까. 그의 뇌수에 떠오른 내 모습은 어떤 것이었을까.

나도 그녀의 침을 대뜸 맞은 건 아니다. 그녀는 나의 의구심을 서서히 무너뜨리는 과정을 거쳐 결정적인 한 방을 먹이는데 이르렀다. 효과도 부작용도 미미한 수지침으로 결정적인 한 방을 도모한 그녀에게 박수갈채를 보낸다.

"제 침은 효험이 있어요. 어머니의 고질병을 제가 고쳤거든요. 한의사 친구한테 배웠어요."

효녀 심청이가 따로 없다는 말에 그녀는 생끗 웃었다. 나는 매일 그녀에게 침을 맞았다. 여비서를 회장실로 불러들여 탱글탱글 부드러운 손길을 즐긴 측면을 부정하진 않겠다. 나는 천사와 악마가 모자이크된 그녀의 얼굴을 보고 경악했다.

"네가 아버지를…… 내 아버지를!"

그녀가 '너'라고 나를 지칭하는 말에 몸이 뒤집힐 것 같았다. 살포시 웃는 그녀의 얼굴에 나와 그녀의 인생이 유리창에 떨어진 빗방울처럼 응결되고 있었다. 일그러져 흘러내리는 우연과 필연, 몸은 죽고 뇌만 살아남는 순간은 속절없이 흘러갔다. 구급대를 부르는 그녀의 비명이 아득히 멀어지고 있었다.

몇날 며칠이 지났는지, 나는 병상에 누운 몸으로 눈을 떴다. 몸이 나무토막처럼 움직여지지 않았다. 그런데 생각이라는 것이 죽은 나무에 핀 꽃처럼 활짝 피었다. 생뚱맞고 슬프고 영묘(靈妙)한 꽃이다. 영묘한 꽃은 순수하다. 순수함이 인간 본연의 상태라 한들, 영묘한들…… 말이 흩어진다.

육신이 마비되자 비로소 순수한 생각을 하게 되었다면 그동안 몸의 욕구대로 살았다는 의미인데, 후회스럽기만 하다. 사람의 일생 중 가장 순수한 순간은 죽기 직전이라고 했던 누군가의 말이 낡은 끄나풀처럼 흔들거린다.

내게 사랑을 갈구하던 사람들의 얼굴이 떠오르고, 안타까움과 슬픔이 파동 치는데 나는 손가락 하나 까딱할 수가 없다. 내 열망과 달리 과거는 전혀 반응이 없다. 과거는 지나가서 없고, 미래는 오지 않아서 없고, 현재는 현재라고 하는 순간 사라지고 없으니 시간은 무(無)일 뿐이다.

사람에게 남는 건 행위의 결과뿐인 것 같은데 악(惡)은 없으니 만도 못하니 완전한 무(無)이고, 사랑은 꽃처럼 피었다 져버리니 허망하다. 그렇더라도 그 꽃을 가꾸지 않은 나는 아무것도 하지 않은 게 되고, 나를 무(無)로 만든 사람은 바로 나 자신이라는 생각에 숨이 컥 막힌다.

어떻게든 과거로 돌아가 사랑을 꽃 피우고 싶은 열망이 끓어오른다. 나는 알몸으로 억새밭을 달려온 듯 아프고 쓰라리다. 하지만 쓰라림은 내 비통함에 미치지 못하고 비통하다는 말은 참혹함에 닿지 못한다. 내 심장에서 돋아난 피가 줄줄이 흘러내린다.

당장 죽어버리면 좋겠지만 아마도 행운은 쉽게 오지 않을 것이다. 그것도 내게 침을 먹인 자의 소관이니 더 이를 말이 없겠다. 체면 유지 차원에서 가끔 병실에 들려 안타까운 눈길로 나를 바라보고 물러가는 그녀의 다음 수순이 무엇일지, 복수기간이 길어지기를 원하는지, 내가 빨리 죽기를 원하는지 알 수가 없다. 지금 내게는 패가 없고, 그녀의 패는 무수히 많다. 이것은 하늘과 땅 차이가 나는 일, 그녀와 나 사이에는 몇 억 광년의 거리가 생겨 있다. 내게 돈은 먼지도 아니니 더 할 말은 없다.

전염병처럼 의심이 번져간다. 나는 아내와 아들도 믿지 못한다. 내 죽음이 그들에겐 기회가 될지도 모른다는 생각이 드는 것이다. 간병인이나 마사지사 없이 가족과 단독 대면하는 순간이 무서워 몸이 덜덜 떨린다. 내가 죽으면 아내는 제 딸처럼 아끼는 여동생이 빚을 갚지 않아도 될 테고, 아들은 제 멋대로 영화를 찍고 옛날 여자를 만날 것이다.

사업상의 적들도 많다. 그들은 아마 의료인의 탈을 쓰고 나타날 것이다. 병원의 모든 사람이 잠재적 범인인지도 모른다. 나는 눈을 떠도 감아도 불안하다. 특히 그녀는 호랑이보다 더 무서운 존재이다.

그녀는 간병인이 잠들 때를 노리고 있다가 식물인간의 명줄을 싹둑 끊어 놓을지 모른다. 바보 명청이 같은 간병인은 온종일 병실 문을 잠가두지 않는다. 식물인간도 인간인데 지킬 게 아무것도 없다는 투이다. 내가 손가락이라도 까딱할 수 있다면 출입문을 잠가 달라고 종이에 써 보이련만, 다 그만 두자. 내가 만약 손가락을 움직일 수 있다면 병실 문 운운하기 전에 유서부터 고쳐 놓으려고 덤빌 것이다. 그러고 보니 나는 죽은 뒤에도 가족들의 원망은 사고 싶지 않은 모양이다. 내가 가족을 사랑하긴 하는 것일까.

나는 빨리 죽고 싶은가 하면 유서를 고쳐 놓고 죽어야 한다고 꼼질거린다. 이 가당찮은 생각은 수시로 바뀐다. 입술에 기어 다니는 파리를 쫓지 못해 허파가 간지러울 때, 건강한 자들이 주는 치욕에 걸레처럼 누추해질 때, 나는 당장 죽어버리고 싶지만 어느 순간 반짝 생기가 돌면 유서를 고쳐 놓아야 한다고 마음을 졸인다.

죽음이 임박하다고 생각하면 가이사의 것은 가이사에게, 하느님의 것은 하느님에게, 라는 예수의 일갈을 기억하고 가족들에게 모든 재산을 물려줘야 한다는 욕망을 깨끗이 비우고, 가짜라도 좋으니 사랑을 알게 해 준 그녀에게 유서대로 재산을 물려줘도 좋다고 생각한다. 그깟 돈 누가 가진들 어떠랴, 내가 죽고 없는 마당에 이런들 어떻고, 저런들 어떤가, 중얼중얼 뇌이지만 몸과 마음은 언제나 엇박자로 나간다. 나무토막 같은 몸으로 겨우 생각이라는 것을 하는 주제에 어쩌자고 갈피를 잡지 못하는지, 한숨이 절로 나온다.

이 세상 어디에도 그녀와 내가 몸을 나눈 흔적은 없다. 침에 대해 무지한 양의가 내 뒷목에 난 침구멍을 찾아낼 리도 없으니, 나는 혈압이 높아 사망했을 뿐이다. 나는 완전범죄의 그물망에 걸려든 한 마리 벌레, 된통 욕이라도 퍼붓고 싶지만 그냥 그녀라고 불러주기로 마음을 눙친다. 후회하는 마음이 나를 순하게 만든 것 같다. 착각에 빠져 식물인간이 된 지금도 착각을 일삼는 나, 착각은 공기처럼 나를 둘러싸고 희망 아니면 절망을 내게 선사한다. 언젠가 죽어야 한다면 희망이나 절망은 없는 셈인데, 나는 마치 희망에 살고 절망에 죽겠다는 투이다.

착각은 사랑과 미움과 섹스에도 깃들고 인생이 온통 착각이라는 생각이 든다. 세상을 불태울 것 같던 사랑도 따끔 하는 순간 물거품이 되고 말았는데, 이렇게 지절거리는 내가 착각의 산물이 아니고 무엇이란 말인가.

인생 말년에 다가온 사랑은 내게는 적어도 완벽했다. 나는 낭창낭창 부드러운 그녀의 가슴에 얼굴을 묻고 현실을 잊고 행복했다. 내 머리와 눈썹을 쓸어주던 부드러운 손가락은 마법의 샘, 영원과 통하는 길이었다. 그녀의 입술이 내 이마와 눈과 코와 볼에 수액처럼 흘러내릴 때, 나는 천국을 품은 것 같았다. 그녀에게 나를 맘껏 발휘한 뒤 달착지근한 잠이 함박눈처럼 쏟아져 내리던 밤을 어찌 잊을 수 있으랴. 그 손길 그 입술을 한 번만 더 받아보고 죽고 싶다는 갈망에 목이 메인다. 돈으로 살 수 없는 것을 얻었을 때의 감동은 상상을 초월했다.

자연이라는 괴물이 한 입 가득 나를 물고 삼킬까 말까 망설이는 지금도 나는 그녀에게 집착한다. 일곱 색깔 무지개처럼 떠올랐다 스러진 섹스에 머리를 박고 몸부림치는 나의 애칭을, 환, 환, 신음처럼 뇌이던 달콤한 목소리를 들을 때 꿈, 무지개, 아지랑이, 저녁노을, 산들바람, 잔물결을 유리병에 넣고 흔들어 만든 향기가 그녀의 입에서 흘러나오는 것 같았다. '환'을 부르는 그녀의 애달픈 목소리를 들으며 나는 딸깍 숨이 멎기를 소원했다. 죽음 같은 섹스가 끝났을 때 우리는 상대의 가랑이에 가랑이를 끼우고 찰싹 밀착되어 있었다. 살과 살이 속삭일 때의 충일감은 농밀하고 달콤했다. 내 몸에 수컷 사마귀의 DNA가 흐르는지 모른다.

교미 중인 암컷 사마귀에게 머리와 가슴을 다 갉아 먹힌 상태에서도 수컷 사마귀는 남은 배를 씰룩이며 교미에 열중했다. 죽음과 황홀에 함몰된 수컷 사마귀, 그녀의 입에서 내 이름 환이 깜빡깜빡 점멸할 때, 점화와 점화 사이의 소멸은 암흑이고 무(無)인데, 그녀가 마지막 침을 놓을 때까지 나는 수컷 사마귀처럼 교미에 빠져있었다.

사람들은 돈이 없어 쓰지 못하고, 나는 개념도 없이 돈을 썼다. 마음의 충일에 필요한 돈은 밑 빠진 독에 물붓기처럼 바닥이 없었다. 돈이 많으면 많을수록 세상은 조그맣게 축소되고, 내 가슴은 부풀어 올랐다. 내게 허리를 굽히는 사람들을 보면 황홀할 뿐이었다.

어느새 나는 돈이 몰리는 허브가 되어 있었고, 세상은 허브를 중심으로 돌았다. 사내로 태어나 세상의 중심이 되었다는 충일감에 생의 목적을 달성했다고 확신하면서도 나는 오르고 또 올랐다. 그리스 신화의 인간이 되고 싶었는지 모른다.

그리스 초기의 인간은 등짝이 붙은 샴쌍둥이처럼 두 사람이 합쳐진 인간으로 앞과 뒤에서 동시에 보고 느끼는 완전체였다. 신은 자신을 넘보는 인간을 보고 대노하여 인간을 반으로 갈라 두 사람으로 나누어 놓았다. 이후 인간은 나머지 반쪽을 찾아 헤매게 되었다고 한다. 내가 수 만 명 부하를 거느린 능력자라고 생각하면, 부유층의 전유물인 젊은 여자를 품었다고 생각하면 황홀했다. 탐닉은 끝이 없었다. 돈과 여자에게 차례차례 홀린 나는 과연 어떤 존재일까.

오래 전 나는 내가 단숨에 죽을 것이라는 신입사원 면접 자문관 관상가의 말을 달콤 쌉쌀하게 받아들인 적이 있다. 사람은 죽음도 성격대로 맞게 마련이라며 회장님은 단숨에…… 그는 주저주저 말을 잇지 못했다. 관상을 통계로 보고 반신반의하는 내 성향을 간파하고 하는 수작질이었다. 나는 순식간에 나를 뒤덮어버리는 죽음이라면 죽음도 축복일 것이라고 생각하는 부류인데 죽는 복까지 타고나다니, 환호성이라도 지르고 싶었다. 나는 죽음도 힘이 된다는 말을 믿고 사업에 박차를 가했고, 아버지에게 물려받은 회사를 세계적인 기업으로 성장시켰다.

하지만 느릿느릿 죽어가는 나를 보라, 관상이란 말짱 헛된 말장난에 지나지 않는다. 지금 나는 듣고 보고 냄새를 맡지만 명령이나 지시를 내릴 수 없고 애원조차 불가능하다. 얼핏 받기만 하면 좋을 것 같지만 독침을 받고 최악의 시간을 맞았다. 내가 행하지 못한 일을 하나하나 꼽아 본다. 입에 금 수저를 물고 태어나 힘차게 죽죽 살아왔지만 막상 마땅히 해야 할 일을 하지 못하고 죽는다고 생각하니 기가 막힌다. 그벌로 관 뚜껑이 덮이기 직전 최악을 맞은 것이다.

그날 침을 맞으려는 내게 쌩끗 웃어보이던 그녀의 얼굴이 붉은 부적처럼 떠오른다. 나는 헤벌쭉 웃어 보였다. 그때까지 언제나, 항상, 늘, 영원이라는 말에 중독되어 살았다 해도 식물인간은 가혹하다. 상여 뒤를 따르는 만장 같은 언어의 행렬이 다가오고 있다.

내가 무엇인지 누구도 결정을 내릴 수 없다.
이제 내게는 전지한 예지의 총계에서 빠져나갈 구멍이 없다.
내 최후의 뉘우침과
나를 온통 뒤흔들어놓는 몸부림은
내가 그것으로 있는 것과의 연대를 끊으려는 마지막 도약이다.
그러나 죽음이 이 도약을 서서히 응고시킨다.

이것은 생의 엑기스인 시라는 것일까, 언젠가 아들놈의 책에서 본 기억이 시처럼 흘러나온 것일까, 아들은 사르트르의 존재와 무라는 책을 책상에 펼쳐놓은 채 외출하고 없었다. 아무러면 어떤가. 지금 이 순간 이런 구절이 떠올랐다는 사실이 중요하지 않은가. 권력에 버금가는 부를 거머쥐고 세상을 좌지우지하던 내가 지금은 누구든 동정을 한 스푼 떠서 입에 넣어주기를 갈망하는 처지가 되고 말았다. 나를 돌아봐주고 내 뜻을 읽어주기를 바라는 마음 간절하여 나는 눈을 벌려 뜨고 애야, 불러본다. 아들은 멀뚱히 나를 바라볼 뿐이다. 나는 유언장을 고쳐야 한다고 하늘에 호소해본다. 유언장이 공개되면 가족들은 기절할 테고, 그녀는 회심의 미소를 지을 것이다. 아무것도 모르는 아내와 아들을 보면 딸깍 숨이 멎을 것 같다. 나처럼 그들도 처음부터 끝까지 잘 되리라 믿고 변호사에게 맡겨둔 유언장이 공개될 날만 기다리고 있는 것이다.

마사지사라는 약아빠진 인종이 내 몸뚱이를 이리 저리 주물럭거리는데도, 나를 상대하는 사람은 마사지사 뿐이고 그녀가 나를 풀 자루 취급하면 나는 풀 자루 신세가 되고 마는데도 가족들은 내게 관심을 두지 않는다. 빌어먹을 망종들!

가족들은 마사지를 붙여준 것으로 도리를 다했다고 생각하고, 저희끼리 열심히 수근 거린다. 내 가족답게 상상력이라곤 한 푼도 없다. 상상력이 없으니 식물인간을 이해하고 살펴줄 능력이 있을 리 없다. 나는 비로소 상상력도 돈으로 살 수 없는 보물이라는 것, 오히려 돈이 상상력을 차단한다는 것을 알게 됐다. 나는 돈이라는 올가미에 걸려든 한 마리 벌레가 되고 만 것이다.

나는 평생 그들을 옥죄고 닦달했을 뿐, 진정한 자유를 주지 않았다. 자유를 상실한 뒤 비로소 그 죄가 크다는 걸 알게 됐다. 먹고 자고 편히 사는 건 동물도 가능한 일, 사람은 자유를 먹지 않으면 정신을 꽃피울 수 없고 그래서 자유를 위해 죽음도 불사하는 모양이다. 이 사실을 좀 더 일찍 알았더라면 내 인생의 빛깔이 조금이라도 달라졌을지 모른다.

가족들에게 그 보상을 해주려면 그들의 기대를 저버리지 말아야 하고, 좀 다른 차원에서 그녀에게도 내 재산을 뚝 떼 줘야 한다. 이 지점에서 고민과 갈등이 꿈틀거린다. 한 쪽이 웃으면 한 쪽이 우는 이 지점에 고민이 신음을 흘린다.

아내와 아들은 내 연명 줄을 쳐다보며 병원이 지긋지긋하다는 표정을 지어 보이고, 간병인에게 잘 부탁한다는 말도 없이 돌아갈 것이다. 발병 이 년이 채 되기도 전에 나는 진구렁에 빠지고 말았다. 세월이 갈수록 나에 대한 관심은 얇아질 테고 급기야 나를 나무토막 취급할 날은 닥쳐오고 말리라.

오랜 경험으로 눈치 9단이 된 마사지사는 나를 멋대로 굴리며 열심히 마사지 시늉만 내고 있다. 갈비뼈에 금이 간 것 같지만 고통은 없다. 자존심이 무너진다. 마사지가 꼴에 왜 눈을 뜨고 있느냐는 듯 눈을 감겨주고 돌아서자, 나는 번쩍 눈을 떴다. 나를 망자 취급하는 년이 병실 문을 열고 사라지자 가슴이 두 방망이질치기 시작했다.

과연 하얀 캡을 눌러쓰고 마스크로 얼굴을 거의 다 가린 사람이 나타나 망연히 나를 내려다보고 있다. 남자인지 여자인지 구분되지 않는다. 가슴이 쿵쿵 뛰었다. 그가 한 발 한 발 다가와 내 연명 줄에 손을 대고 숨을 고른다. 망설이지 마. 단칼에 끊어! 이렇게 된 마당에 내 명줄을 더 늘리자는 수작이냐? 내 혼은 펄펄 용솟음친다. 죽어도 죽기 싫은 모양이다. 그 자가 연명 줄을 쥔 손가락에 힘을 주면 내 숨은 딸깍 멈출 것이다. 나는 소리 없는 비명을 지르며 번쩍 눈을 떴다.

어느새 그 사람이 캡과 마스크를 벗은 것인가? 그 사람과 의사가 엇갈려 지난 것일까. 나를 내려다보는 의사의 얼굴을 어리둥절하게 올려다봤다. 내 동공이 허연 쌀눈처럼 보이는지, 의사는 무표정하게 나를 내려다보더니 간호사에게 몇 마디 중얼거리고 물러갔다. 이렇게 나는 꿈에 시달리고, 망상에 시달리고, 상상에 시달리느라고 밤잠을 이루지 못한다. 차라리 죽자, 죽어버리자, 나는 힘껏 외쳤다. 외쳤다고 생각했다.

지난날 나는 막강한 권력을 누렸다. 정확히 말하자면 금력이지만 금력과 권력은 살과 실핏줄처럼 뒤엉켜 있어 뽑거나 자르면 명줄이 끊어졌다. 시중에 대통령은 섭정 왕, 재벌 총수는 황제라는 말이 회자되는 건 약과, 대통령을 재벌의 마름이라고 하는 사람까지 있을 정도이다. 하지만 대통령은 5년이면 종치고, 재벌총수는 죽을 때까지 종치는 법이 없다.

대중을 모태로 태어난 금력과 권력은 이란성 쌍둥이처럼 닮았다. 대중은 거세게 소용돌이치며 혁명을 일으키기도 하지만 끝내 모래알처럼 흩어지게 마련이고, 파워맨은 모래알 개인에게 상품을 팔아 돈을 벌고 환상을 팔아 권력을 쟁취한다. 이때가 되면 파워맨의 하수인인 전문가들이 나타나 대중들에게 환상의 수액을 주입한다. 대중들은 술, 영화, 스포츠, 도박, 오락, 게임에 빠져 현실을 잊을 뿐 아니라, 중독성을 유발하는 영상이 폭력이라는 사실조차 알지 못한 채 사실도 사각의 프레임에 들어가야 사실이 되고, 들지 못하면 사실이 아니라는 사실을 망각하고 살아간다. 미디어는 선택과 집중, 편집으로 사실을 날조하고 허위를 조장한다. 대중들은 사실보다 더 사실적인 영상을 철썩 같이 믿는다. 전문가들이 강자의 논리를 씨줄, 필요를 날줄 삼아 레드 카펫을 짜서 펼쳐주면 파워맨이 그 위를 걸어가며 손을 흔들고 대중들이 박수갈채를 보내면 만사형통, 나는 그 길의 찬란함을 잘 알고 있다.

대중의 길은 지리멸렬했다. 무력한 흐름인 대중은 당대의 세력가들을 조롱하는 맛에 살면서 언론이라는 말쟁이들의 속임수에 놀아나 정의한인 척 어깨에 힘을 주는 속 빈 강정, 그들에겐 취생몽사의 길이 있을 뿐, 금력과 권력은 필요할 때만 대중을 돌보는 척 하고 그들의 머리 위에 군림하며 이득을 챙긴다.

한 나라의 부가 거의 내 것이라고 생각하면 가슴이 벅차올랐다. 그렇게 거들먹거리던 내가 풀 자루 신세가 되어 통탄으로 밤낮을 지새우는데도 하늘과 땅은 무너지지 않았다. 사후대비는 해놓고 죽기 전의 혼돈에 대한 대비 없이 오만방자하게 살아온 내 발등을 찍어버리고 싶다.

어디를 갔다 왔는지. 멀뚱히 애비를 내려다보던 아들이 리모컨을 들고 텔레비전을 이리저리 조작하자, 화면 가득 푸른 초원이 펼쳐졌다. 저기가 어디지? 지난날 어디서 많이 본 것 같은데…… 그러고 보니 내가 죽기도 전에 먼저 기억이 죽었다. 죽은 기억만큼 나도 죽었다. 애써 무시했을 뿐, 그동안 죽음의 징조는 많았다. 기억의 상실, 신체 기능의 상실, 주변 사람의 상실, 타인의 기억에서 내 존재의 상실, 이렇게 나는 매일 죽었다. 지금 죽음은 내게 찰싹 달라붙어 있다.

화면 속의 초원은 영영 나를 찾아오지 않을 것인가. 기억이 나를 또 죽일 작정인가. 막다른 골목에서 답답증을 뚫고 기억이 솟구쳤다. 나는 숨을 몰아쉬었다. 그러니까 저 필름은 젊은 아비가 어린 아들에게 보여준 적이 있는 아프리카 생태 다큐 필름이다.

태곳적 평화가 깃든 아프리카 초원을 어슬렁거리던 기린이 긴 혀로 우산아카시아 이파리를 날름날름 뜯어 먹고, 우산아카시아는 긴 가시로 기린의 말랑한 눈과 콧구멍과 혓바닥을 공격했다. 땅의 자식들끼리 먹고 먹히지 않으려고 가열 찬 싸움을 벌인다. 대지는 과연 누구의 손을 들어줄까.

카메라는 기린의 씰룩거리는 마름모꼴 무늬를 줌인으로 확대해 보여주고 살인무기 같은 긴 가시도 보여줬다. 카메라는 눈의 기능을 초월하여 시야를 멀리 확장하고 먼 곳을 가까이 끌어오는가 하면 과거를 현재화하는 찬란한 기계이자, 사실보다 더 사실적인 사실을 보여주는 환상적인 기계이기도 하다.

가시의 공격을 받은 기린은 우산아카시아 이파리를 샅샅이 발라먹지 못하고 어물쩡 뒤로 물러섰다. 하지만 쥐가 뜯어먹은 것 같은 우산아카시아 이파리는 다시 파랗게 돋아날 것이다. 대지는 과연 생물의 어머니일까.

텔레비전은 다시 임팔라 무리가 풀을 뜯는 초원을 펼쳐 놓았다. 어미는 풀 사냥에 여념이 없고 새끼는 겅중겅중 뛰노는 재미에 자유가 확장되면 어미와의 거리도 확장된다는 사실을 모르고 뛰어다닌다. 평화에 지친 초원은 가물가물 졸고, 수풀 속에 숨어 있는 사자를 찍어 임팔라에게 봬줘야 할 카메라는 꼼짝하지 않는다.

어느 순간 사자가 벼락처럼 달려들어 임팔라 새끼의 목줄을 물고 늘어지자, 네 굽을 휘저으며 몸부림치던 새끼는 사지를 축 늘어뜨린다. 사자 일가족이 나타나 임팔라 새끼를 갈기갈기 찢어 먹었다. 하늘

20

에는 검독수리가 빙빙 돌고, 카메라는 선혈이 낭자한 초원을 보고 빙
긋 웃는다. 그때 내 아들은 적어도 카메라 렌즈로 초원을 보지 않았
다. 나는 기업을 물려줘도 되겠다고 생각했다. 아들이 물었다.

"아버지, 사자는 임팔라의 목을 물어뜯으면 죽는다는 걸 어찌 알아
요? 엉덩이가 더 토실토실하잖아요?"

"본능으로 알지."

"임팔라 불쌍하다."

"사자도 불쌍하단다. 살기 위해 임팔라를 먹어야 하니까."

"그럼 살기 위해 무슨 짓을 해도 되나요?"

"죽으면 끝이니까."

"죽으면 끝인데 사자는 왜 임팔라를 죽이면서까지 살아야 하나요?"

"태어난 것은 살아야 하니까. 그런데 저 초원에서 제일 중요한 게 뭔
지 아니?"

"……."

"그리 생각해도 모르겠니? 임팔라는 왜 죽었지?"

"약해서요."

"살아있는 것은 모두 약하단다."

"……."

"임팔라는 의심하지 않았기 때문에 죽은 거야. 초원을 너무 믿은 거
지. 넌 아빠 엄마도 믿지 마라!"

"왜, 왜? 엄마 아빠도 믿지 않고 누굴 믿고 살아야 하지요?"

갑자기 아프리카 초원의 생태 다큐 필름이 우주의 다큐 필름으로
변했다. 공간을 초월하는 공간, 인간의 두뇌를 초월하는 광활한 공간

에 나타난 성운이 서서히 돌아 원반을 이루고, 원반은 뭉크의 시계처럼 흘러내려 블랙홀로 쑥 빨려 들었다. 별이 무더기로 죽었다. 블랙홀이 별 무리를 삼켜버렸다.

"어떻게 저럴 수 있어요? 아빠?"

"별들은 블랙홀의 매혹에 빨려 든 거야. 그 매혹에 빨려 들 수밖에 없는 거야. 블랙홀은 다른 우주일 수도, 우주로 가는 통로일 수도 있단다. 다른 세계란 매혹 덩어리 아니겠니?"

우주처럼 멍한 표정을 짓고 있는 아들에게 나는 말했다.

"우주는 별을 낳고, 별은 아빠 엄마를 낳았다. 그런데…… 우주는 별을 먹고, 별은 사람을 먹는단다. 넌, 누굴 믿고 살 수 있겠니?"

이런 내가 그녀를 끝까지 철석같이 믿었다. 반 쯤 살해당한 지금도 그녀에 대한 갈망에 목이 탄다. 꽉 움켜쥐었다고 생각한 순간 놓쳐버린 그녀의 젊음을 다시 훔치고 싶은 마음 간절하다. 나는 젊음이 최고의 아름다움이며 자산이라는 것을 알지 못하고 돈벌이에만 열중했었다. 왜 그랬을까. 아무것도 모르는 젊은 그들은 내가 지어준 연회장에서 춤을 추고 있을까.

2. 착각

수화는 차이콥스키의 꽃의 왈츠가 흐르는 연회장으로 걸어갔다. 현악 4중주단은 환희를 우아함으로, 우아함을 아련함으로, 아련함은 슬픔으로 변주하고 있다. 연회장에 흐르는 슬픔은 웃고 떠드는 젊은이들의 가슴을 흔들며 흘러갈 것이다. 하긴 슬픔은 왈츠, 차차차, 탱고, 룸바, 폭스트롯에도 흘렀다. 도나우, 센, 라인, 볼가 등 유럽의 강에는 전설이 흐르고 한강에는 한강수 타령이 흐른다.

그녀는 천천히 걸어갔다. 연회장 입구에 서 있던 정장차림의 웨이터가 정중히 허리 굽혔다. 며칠 전 파티 매니저는 오늘의 포인트 컬러는 핫 핑크라고 일러주었고, 수화는 핑크를 중화해줄 비취빛 드레스를 골랐다. 테이블은 핫 핑크로 스타일링 되고, 연회장 북쪽의 의자와 테이블은 다크 브라운과 그레이로 톤다운 되어 있었으며, 테이블 매트는 블랙과 실버가 엇섞인 것이었다. 그릇은 블랙 앤 화이트, 테이블은 아네모네와 호접란 등 핫 핑크 꽃들로 화려하게 꾸며지고, 마리 앙투아네트 컵케이크와 마카롱, 천연 스파클 음료 컵이 놓여 있었다. 창가에 모여 있는 젊은 남녀의 얼굴에 미소가 떠올랐다 가라앉았다.

수화는 그들을 향해 손을 흔들어 보이며 미소 지었다. 댄스 강사는 여자의 아름다움은 걸음새와 몸매와 패션이 일체가 될 때 완성되는 것이라고 했다. 그녀는 시각의 지배를 받는 남자들과 함께 사는 세상에서 여자가 아름다워지는 것은 필수라고 강조했다.

수화의 비취빛 드레스는 가슴골이 깊은 발렌티노 작품이었다. 발렌티노는 니콜 키드만과 다이애나 비의 디자이너로 명성을 떨쳤지만 요즈음은 툇마루에 내려앉은 가을빛처럼 고즈넉했다. 바다색 눈의 여배우와 고귀함의 아이콘인 왕세자비의 이미지를 드레스에 얹어 팔면 전 세계 상류층 여자들이 자지러지던 시절이 서서히 지나가고 있는지 모른다. 어쨌든 발렌티노는 드레스에 신비함과 고귀함을 곁들이면 아름다움과 환상이 작열하는 묘수를 구현하여 세계적인 명성을 얻은 인물이었다.

생필품이 돈을 돌리는 데는 한계가 있었다. 돈이 돌지 않으면 경제성장이 멈추고, 시민들은 절망에 빠졌으며, 위기에 봉착한 권력자들은 대중의 미적 욕망을 자극했다. 미(美)가 너와 나, 부귀빈천을 가르는 지표라는 것을 알 리 없는 대중들은 유행이라면 사족을 못 쓰고 좋아했다. 타인과 구별되기 위한 미적 욕망이 지구를 돌리는 윤활유였다.

트렌드를 모르는 사람은 결여의 결여, 디자이너는 유행을 창조하는 자본의 첨병, 그녀는 자신의 드레스를 내려다보며 미소 지었다. 계란처럼 둥근 어깨선, 우물 형 주름이 잡힌 잘록한 허리, 발짝을 뗄 때마다 살짝살짝 드러나는 허벅지, 상류층의 프라이 빗 숍 매니저는 드레스는 여체의 미를 극대화시키는 예술품이라는 칭송에 입에 침이 말랐다.

상류층 여자들은 균형 잡힌 당당한 패션을 추구하지만 튀지 않고 우아하면서도 개인의 발견이 최우선인 패션을 추구했다. 그녀는 한번 입은 드레스는 다시 입지 않았다. 그날이 그날 같은 인생에 변화를 줄 수 있는 것은 패션 뿐, 수화에게 그것은 일종의 구원이었다. 가족과 사람은 바꿀 수 없지만 드레스는 얼마든지 바꿀 수 있어서 좋았다.

유명 디자이너의 패션쇼는 새로움을 갈구하는 여자들로 성황을 이루고, 디자이너는 그런 여자들의 머리위에 군림하고 아부하는 두 겹의 정서를 교묘히 구사하여 부를 향유했다. 수화는 자신을 꽃잎처럼 감싼 실크의 촉감을 만끽하며 우아하게 걸어갔다. 그녀는 꽃이 불가능한 검정이나 비취빛 드레스로 색조의 스펙트럼을 누릴 수 있는 여자로 태어난 행운에 감사했다. 꽃을 능가하는 패션의 아름다움은 소용돌이치는 미(美)의 공허한 형태인지 모르지만 패션에 대한 그녀의 집착은 점점 더 강화되어갔다.

부유층은 아들의 결혼상대로 현모양처를 원할 뿐, 캐리어 우먼은 원치 않았다. 부모들은 현모양처의 매뉴얼에 따라 딸에게 요리를 가르치고 상류층 스포츠를 권유했으며 미술품 감식안을 길러주었다. 딸들도 성장 포인트를 거기에 맞추고 소위 여자다운 여자가 되어 화목한 가정을 이루며 살기를 원했다. 그녀들은 세상 여자들이 꿈꾸는 호사와 사치를 누리지만 자신의 인생을 넓고 깊게 산다고 볼 수는 없었다. 진취적이라고 자부하는 신흥 상류층 수화는 남자들이 나를 선망하게 만들겠다고 늘 생각했다.

감미로운 음악이 흐르는 연회장에서 아름다운 드레스를 입은 여자들과 진지한 대화는 어울리지 않았다. 듣기 좋은 말만 하고 웃고 떠들고 춤추는 사교의 분위기를 훼손하는 사람은 없었다. 대화는 미끄럽게 말과 말 사이를 빠져나가고 사람들은 대화의 껍데기를 안고 활짝 웃었다. 유머가 풍부한 사람이 농담을 뿌린 뒤 바람에 휩쓸리는 꽃밭처럼 와르르 웃어주면 파티 매너 완성이었다. 대화는 언제나 화려하게 전개되었다.

국내파와 해외파의 분위기는 조금씩 달랐다. 국내파는 절제에 정중함이 가미되어 트인 맛이 없었다. 유학파는 활달하고 자유분방해 보이지만 업보처럼 소문이 따랐다. 퀴어, 마리화나, 마약, 그룹 섹스, 스와핑이라는 말이 오고갔지만 결국 소문일 뿐이라는 말로 마감되고는 했다. 전시회, 연주회, 골프, 승마, 수영, 브리지 게임으로 대화가 오고갔다.

자녀들의 소문을 아는지 모르는지, 율전의 부모들은 가업을 승계할 인재를 키운다는 의미에서 절제와 자유를 교육 프로그램에 포함시키고, 국제적 감각이 몸에 밸 때까지, 관련 프로그램을 익힐 때까지 열심히 뒷바라지했다.

서양 상류층의 품격을 갖춘 연회장의 샹들리에는 영롱하게 빛나고 벽과 의자와 소파, 커튼까지 우미한 로코코 풍으로 통일되어 있었다. 캐나다 산 단풍나무 원목 플로어는 반들반들 윤이 나고, 흰 드레스 셔츠에 검정 보타이를 맨 웨이터들은 은쟁반에 와인 잔을 받쳐 들고 젊은이들 사이를 누비고 다니며 서빙했다.

현악 4중주단이 탱고 부에노스아이레스의 겨울을 연주하기 시작했다. 아직 플로어에 나가 춤추는 커플은 없었다. 음악이 환상을 자극하면 플로어는 댄서들로 가득찰 것이다. 아직 준범은 나타나지 않았다.

담소를 나누는 친구들 곁에서 수화는 미소 지었다. 미모에 미소를 곁들이면 화룡점정이겠지. 아이돌 가수와 염문이 자자한 성빈과 핑크 드레스 차림의 주원이 아름답고 푸른 도나우의 선율을 타고 플로어로 미끄러져갔다. 처음은 언제나 신선하고, 다음 타자에게는 타인의 시선을 벗어날 자유가 선물처럼 주어졌다.

여자들은 마음에 맞는 댄스 파트너를 만나는 게 좋은 남편을 만나는 것보다 힘들다는 걸 알고 있었다. 예의와 품격의 요체인 댄스는 예술의 반열에 오를 수도, 야만에 빠질 수도, 파트너에 대한 배려와 몸짓과 정서에 감응하는 센스를 갖추면 사랑의 온상이 될 수도 있는 3중의 정서 스포츠였다.

뭇 시선이 뒤늦게 나타난 대지재벌 총수의 셋째 아들 진수에게 쏠렸다. 떠들썩한 한순간을 보낸 진수가 다가와 손을 내밀자 수화는 그의 어깨에 손을 얹고 왈츠의 선율의 타기 시작했다. 상대를 배려하며 조심조심 프레임을 구사하는 진수는 댄스에 생기를 불어넣지 못했다. 그녀는 지그시 눈을 감았다. 몸과 음악이 겉도는 가운데 왈츠는 끝났다. 이마에 땀이 배었는데도 춤을 추었다는 실감은 들지 않았다. 수화는 창가로 걸어갔다.

창밖 산등성이는 까맣게 응축되고, 달처럼 노란 정원의 외등 불빛은 둥글게 번져 밤의 어둠에 흡수되고 있었다. 어두운 창밖과 휘황찬란한 실내를 구분하는 창문은 안과 밖을 동시에 비추는 거울이 되어 있었다. 사각의 창문에는 어두운 정원과 환한 실내가 겹쳐지고 침윤되어 환영처럼 떠오르고, 그녀는 만화의 주인공 같은 자신을 멍하니 쳐다보았다.

사각의 프레임에 한 쌍의 남녀가 등장했다. 샹들리에의 불빛 아래 하얀 드레스를 입은 여자와 검정 양복 차림의 청년이 한 쌍의 흑조와 백조처럼 탱고의 선율을 타기 시작했다. 그녀는 '대박'이라고 신음했다. 안과 밖의 풍경이 겹쳐지고 뒤섞여 현실감이 결여된 사각의 프레임 속에서 흑조와 백조는 탱고의 격조와 결절을 구사하며 시야 밖으로 사라졌다 나타나기를 반복했다. 준범과 새론은 아르헨티나의 댄서처럼 열정적이고 비극적인 정조(情調)를 자아내지는 못하지만 호흡은 척척 맞았다. 눈꺼풀을 내리자 불빛과 환상은 사라지고 세상이 암흑천지로 돌변했다. 암흑천지 속에서도 하얀 드레스와 검정 양복 커플이 춤을 추고 있었다.

조금 후, 손을 내미는 준범의 어깨에 손을 얹고 수화는 왈츠 로미오와 줄리엣의 선율을 타기 시작했다. 날렵하게 자신을 유인하는 준범에게 수화는 미소 지어보였다. 로미오와 줄리엣은 슬픈 여운을 남기고 종말을 고했다. 수화는 준범을 이끌고 창가로 걸어갔다. 준범이 탄성했다.

"우아, 굉장하다! E.T 나라가 따로 없네."

"실은 우리가 E.T인지도 모르지."

"넌 침착하고, 난 설렁설렁? 어울리겠니?"

"E.T의 나라에는 더 확실한 세상이 있을 거야. 환영은 E.T로 존재할 수 없을 테니까."

수화는 알쏭달쏭한 목소리로 중얼거리고, 준범은 세상이 답답하다고 중얼거렸다. 부모들이 넉넉한 시간을 보내라고 마련해주었는데? 라는 그녀의 말에 그는 글쎄, 라고 어물거렸다.

명동의 사채업자 할아버지에게 물려받은 거대 빌딩이 강남과 강북 요지에 수 십 채 있다는 세호가 손을 내밀자 수화는 준범에게 눈을 찡긋해 보이고 플로어를 한 바퀴 돌고 다시 창가로 돌아왔다. 그새 준범과 새론은 어디로 갔는지 보이지 않았다. 그녀는 멍하니 창밖을 내다보았다.

정원을 밝혀주는 노란 외등 사이로 준범과 새론이 손을 잡고 나타났다. 두 사람을 봤다고 하는 순간 그들은 어둠 속으로 사라지고 어스름만 가득했다. 그녀는 밖으로 뛰쳐나갔다. 눈에 불꽃이 튀고, 불꽃 부스러기가 잔디밭에 우수수우수수 떨어져 내렸다.

두 남녀는 달빛에 젖은 골프장 언덕을 가로질러가고 있었다. 상현달을 품은 희뿌연 밤하늘, 시야를 가로지르는 캄캄한 숲, 여인의 나신처럼 늘씬한 잔디 언덕, 지상의 모든 것이 아련한 꿈에 잠겨 있는데 수화는 어둠 속으로 빨려 들어갔다. 희뿌연 밤하늘 아래 어두운 대지를 가로지른 검은 숲은 밤이라는 거대 동물이 입을 벌리고 있는 것처럼 보였다. 수화는 캄캄한 숲을 향해 정신없이 걸어갔다.

두 사람이 돌아보면 들킬 것이라는 염려 따위 안중에 없었다. 폭풍에 휘말린 낙엽처럼 그녀는 휩쓸려갈 뿐이었다. 가슴이 깨질 듯 아팠다. 안 돼, 안 된단 말이야, 소리 없는 비명이 터지고 또 터졌다.

조금 후, 그녀는 두 사람이 사라진 캄캄한 숲에 당도했지만 숲에 들어갈 용기는 나지 않았다. 나는 왜 여기까지 달려온 것일까? 캄캄한 숲은 지옥인지도 모른다. 수화가 머뭇거리는 사이 칠흑의 밤이 묽게 희석되어 나무들이 어렴풋이 구분되기 시작했다. 그러고 보니 숲은 어디든 길이고 어디든 길이 아닌 이상한 미로였다. 준범과 새론이 숨어든 숲은 버스럭거리는 소리를 멀리 중계할 태세로 고요했다. 수화는 부르르 몸을 떨며 어두운 숲에서 한 쌍의 새처럼 몰아지경에 빠져 있을 두 사람을 생각했다. 두 사람이 우주인 세계, 섬광(閃光) 가득한 세계, 순간과 영원이 겹친 세계, 이승도 저승도 아닌 세계에 숲은 점령되어 있을 것이다.

그녀는 검은 숲 그늘 아래 털썩 주저앉았다. 상상은 뜨겁게 달아올랐다. 상상은 그 뿐, 절정에 이르지 못했다. 대신 분노가 솟구쳤다. 너, 왜 여기까지 달려왔니? 왜? 너희들 내게 고마워할 날 반드시 올 거야, 그녀는 비통한 헌사를 날렸다. 몸이 으슬으슬 떨렸다.

그녀는 벌떡 일어나 달빛에 젖은 잔디 언덕을 정신없이 가로질러갔다. 안개 낀 터널이 이럴까. 혼자 허둥지둥 연회장에 닿은 수화는 춤추는 한 쌍의 남녀를 발견하고 멈추어 섰다. 숲속에 깃들어 있어야할 두 사람이 춤을 추고 있는 게 아닌가. 좀 전 내가 보고 느낀 건 대체 무엇이란 말인가. 주위를 둘러보니 하얀 드레스를 입은 여자는 새론 이외 한 명이나 더 있었다. 좀 전 수화는 하얀 드레스 차림의 여자는 새론 뿐이라고 굳게 믿었다.

그리고 보니 테이블을 장식한 꽃도 호접란이 아닌 핫 핑크 시크라멘이었다. 호접란과 시크라멘의 꽃은 비슷하지만 이파리는 달랐다. 호접란의 잎은 길고, 시크라멘의 잎은 하트형이었다. 내가 꽃만 보고 이파리는 보지 못한 것일까. 며칠 전 호텔에서 본 호접란의 잔상이 시크라멘에 겹쳐진 것일까, 내가 호접란을 좋아해서 그렇게 본 것일까.

나는 왜 이렇게 잘 못 보는 것일까? 왜 그런 확신을 품었던 것일까? 확신은 여유가 없고 여유가 없는 것은 빡빡했으며, 빡빡한 것은 오류를 감지할 틈이 없었다. 그것은 위험하고, 위험한 것의 파괴력은 컸다.

어쩌면 그들이 자신보다 한 발 먼저 연회장에 돌아왔을 수도, 아예 숲에 가지 않았을 수도 있었다. 정확히 알기 위해선 두 사람에게 물어봐야 하는데 그럴 입장이 되지 못했다. 만약 순범이 진담을 농담처럼, 농담을 진담처럼 얼버무리면 빈 말의 껍데기만 수북이 쌓일 터였다.

하지만 방금 숲에서 돌아왔다면 어딘지 불안정해야할 두 사람은 나른함을 넘어 고즈넉해 보이기까지 했다. 내가 본 게 착각인지도 모른다. 착각은 빈틈이 없고, 사실보다 더한 사실로 둔갑하는 마술이었으며, 속 빈 강정이었다. 착각은 번개처럼 강력하게 진실을 가렸다. 섬광에 멀어버린 눈에 비친 세계는 온통 부유스름했다.

나는 왜 밤의 언덕을 미친 듯 달려갔다 돌아온 것일까. 생각한다는 것은 위험하고 단정하는 것은 더 위험했다. 그러고 보니 곳곳 처처에 위험이 도사리고 있었다. 그녀는 온갖 생명을 품고도 아닌 척 시침을 떼는 캄캄한 숲에 잠입했다 길을 잃지 않은 걸 다행이라고 생각하며 우두커니 창밖을 내다보고 있었다.

어둠은 깨어 있었고 깨어있는 것은 현실이었다. 현실은 강력하고 강력한 것은 새론을 파괴할 파워를 갖고 있었다. 그녀는 안도의 숨을 쉬었다.

3. 혼란

　준범의 카이맨은 성벽처럼 높은 담장에 둘러싸인 성북동 저택의 육중한 대문 앞에 멈춰 섰다. 나무들이 검은 제복의 거한처럼 기웃기웃 담장을 넘보고 있었다. 자동차에서 보도에 한 발 내려서며 새론은 오싹 몸을 떨었다. 카이맨을 타고 여기까지 오는 동안 점점이 스러져가던 파티의 여운은 저택의 육중한 대문 앞에 닿는 순간 깨끗이 사라졌다. 대문에 문패가 없었다. 후유, 숨을 몰아쉬기도 전에 곤란이 닥쳐왔다. 준범은 네가 집으로 들어가는 것을 본 뒤 돌아가겠다며 새론을 안았다. 그의 바디 워시 냄새를 들이마시며 그녀는 말했다.

　"아, 춥다. 추워. 너, 빨리 돌 가라. 넘 추워."

　갈비뼈로 거부하는 그에게 그녀는 그게 여기까지 데려다 준 너에 대한 내 배려이고 받아들이는 게 순리라고 말했다. 준범은 새론의 손을 잡았다. 말랑하고 따뜻한 손이었다.

　어두운 성북동 저택 앞에 연회장을 물러나오며 준범이 그녀에게 쥐어준 아네모네가 떨어졌다. 새론이 밟은 꽃을 준범이 다시 밟았다. 추위에 압도된 두 사람은 꽃이 으깨어지는 걸 알지 못했다.

　"아, 춥다. 너 빨리 돌 가. 나 집에 빨리 들 가고 싶거든."

애가 왜 이렇게 몰아대지? 그렇게 해야 될 것 같은 압박감에 그는 말없이 자동차를 몰고 비탈길을 내려갔다. 내가 그런다고 너도 그러니? 혼자 남은 새론은 울먹울먹 중얼거렸다.

성북동의 밤은 예상보다 더 캄캄했다. 카이맨에 앉아 있을 때만 해도 다가오는 두려움보다 댄스파티의 여운에 젖어 꿈을 꾸는 것 같았는데, 여기까지 오는 동안 꿈은 쏙쏙 빠져나가고, 파티의 여운은 바짝 마른 낙엽처럼 부스러졌다. 새론은 오들오들 몸을 떨며 어떻게 하나? 어떻게 해? 이 밤을 어떡하면 좋지? 중얼거렸다.

밤 12시, 성북동 주택가에 빈 택시는 없었다. 승용차들은 밤의 정적을 부수며 쌩쌩 달아났다. 새론은 길바닥에 주저앉아 엉엉 목 놓아 울었다. 쌩쌩 달아나는 자동차뿐, 사람은 그림자도 비치지 않았다. 하얀 드레스 차림의 여자가 어두운 밤길에 주저앉아 울고 있는 장면을 상상하자 울음이 쏙 들어갔다. 그녀의 하얀 드레스는 광원처럼 어둠 속으로 번져갔다.

그는 피팅룸으로 향하는 그녀를 자신의 자동차 안으로 끌어들이며 네 드레스가 최고야. 집에 갈 때까지 입고 있어달라고 애원했다. 그 벌로 새론은 흰 드레스에 하이힐을 신고 야밤에 성북동 비탈길을 혼자 내려가야 했다. 준범의 간청을 뿌리칠 수 없다는 핑계로 파티에 참석한 형벌치고는 고약했다.

아래로 내려갈수록 사물들은 작아지고 공간은 협소해졌다. 지금까지 이 동네의 골목과 집이 이렇게 좁다는 걸 그녀는 알지 못했다. 이 동네는 얼핏얼핏 스쳐 지나는 풍경일 뿐, 구체적인 삶의 공간으로 본 적이 없었다. 그 탓인지, 이 동네의 작은 집과 골목이 압도적으로 다가왔다. 자신을 둘러싸고 있는 세상을 보지도, 경험하지 못한 자신이 생소하게 여겨졌다. 나는 눈 뜬 장님, 껍질 속의 누에, 협소한 주변을 세계라고 생각한 멍청이…… 이런다고 눈이 밝아지고 시야가 넓어지겠니? 또 다른 무엇을 보지 못할 테지. 바보, 바보 울며불며 평지에 닿은 그녀는 택시를 불러 타고 성남시 성호동으로 달려갔다.

성북동 아래 동네보다 더 좁고 지저분한 동네에 닿은 새론은 벌써 침대에 들어가 있을 그를 생각했다. 그의 시간과 새론의 시간은 차이가 많았다. 그녀의 시간은 줄고 작아질 것이다. 그는 자유자재로 시간을 늘리고 줄일 수 있고, 새론에겐 방법이 없었다. 그와 그녀는 율전의 골프장 근처 잣나무 숲에서 첫 경험을 나눈 적이 있지만 '첫'은 다른 무엇으로 발전하지도 변질되지도 않았다.

뿌연 달빛에 젖은 밤에 새론은 준범에게 이끌려 잔디 언덕을 넘고 또 넘으며 깔깔거리며 웃다가 숨이 차서 웃음소리가 뚝뚝 끊어졌다. 준범이 웃지 않아 그녀는 등짝이 서늘해졌다. 순간 발이 잔디에 걸려 넘어지는 새론을 받아 안고 준범은 비탈 아래로 굴러 내렸다. 그녀는 깔깔 웃었다. 하지만 그가 입술을 포개자 새론은 갑자기 왜, 왜? 소리를 질렀다. 그의 입맞춤이 격렬해지자, 장난이 아니라는 걸 알아차린 순간 상체가 짓눌린 상태에서 그의 몸이 자신의 몸을 헤집고 들어왔을 때 그녀는 일은 이렇게 벌어지는 것이구나, 생각했다. 자신을 짓뭉개며 헐떡거리는 그의 머리통을 바라보는 그녀에겐 어떤 느낌도 없었다. 자신의 중심에 그의 근육이 뚫고 들어와 움직일 공동이 있다는 게 이상하고 신기할 뿐이었다. 그의 성기는 힘차지만 생경하고 낯설고 이상했다. 그녀의 몸 위에서 몸부림치던 그는 긴 숨을 몰아쉬었다. 첫 경험인 모양인데 어리둥절하고 무덤덤했다. 남녀가 몸부림치던 영화의 장면들이 허무맹랑하게 여겨질 뿐이었다.

"지금 너 뭐했니?"

"……."

"장난 친 거니? 섹스 한 거니?"

재빨리 옷을 추슬러 입고 언덕을 넘어가기 시작하는 새론의 등은 굳어 있었다. 그는 그녀를 뒤따라가며 심각한 어조로 말했다.

"널 좋아한다. 많이…… 아주……."

"좋아한다고? 바보 멍청이 같은 이준범아! 다시는 내게 얼쩡거리지 마! 죽어!"

준범은 늘 새초롬하게 굳어 있는 그녀를 보고 스무 살이니까, 생각했지만 숨결이 가팔라지고는 했다. 둔했어. 나만 생각했어. 여자가 무엇인지도 모르고, 섣부르기만 했어. 그는 혼자 화끈 달아오른 얼굴을 숙이곤 했다. 두 사람은 그렇게 점점 멀어져갔다. 다른 친구들과 함께 만나도 피차 서먹서먹했다.

그동안 내내 다른 여자에게 어프로치 하는 준범을 지켜볼 때와 달리 깨끗이 잊어야할 때가 되자 새론의 마음은 변했다. 준범과 좀 더 가까이 지내지 못한 게 후회스럽고 그와 타인처럼 보낸 나날이 아깝기만 했다. 연주가 떠나버린 지금 의지할 사람은 이준범 뿐인데……. 새론의 마음은 준범을 답답하게 여길 정도로 풀어졌다. 준범이 거칠고 저돌적인 성격을 접고 새론의 눈치를 보며 말을 걸려다 멈추는 모습을 보고 마음이 저리기도 했지만 두 사람은 가까워지지 않았다.

율전에서 성호동으로 이사한 후 그녀는 외롭고 쓸쓸해서 누구에게

든 모든 걸 털어놓고 한바탕 울고 싶었다. 속상한 일들은 계속 이어지고, 자존심도 상했다. 준범이 가난을 이해할 것 같지도 않았다. 율전 아이들은 가난을 좋아하지 않았다.

성북동이 중후하고 적막하다면 성호동은 지저분하고 어수선한 동네였다. 어두운 성호동 산동네 골목길에 닿자 마음이 푸근해지는 걸 느끼며 새론은 쓰게 웃었다. 술에 취한 중년 사내가 전봇대에 기대어 토악질을 했다. 머리칼을 포니테일로 묶고 슬리퍼를 끌며 어두운 골목으로 사라지는 아가씨 뒤를 쥐새끼 한 마리가 튀어 들어갔다. 그녀는 천천히 걸었다. 모처럼의 조용한 밤이었다. 지금은 빚쟁이도 물러가고 아버지 어머니도 깊이 잠들어 있을 시간, 성호동으로 이사 온 뒤 새론의 집은 하루도 편한 날이 없었다. 고난은 율전에서 물러나는 것으로 끝나지 않았다. 사채 빚이 적병의 칼날처럼 덤벼들었다.

새론의 어머니 이숙진 여사는 목숨처럼 아끼는 패물을 빚쟁이에게 넘기고 이젠 아무것도 없다고 울며불며 매달렸지만 빚쟁이의 계산은 달랐다. 빚쟁이는 이숙진 여사의 옷자락을 거머쥐고 이판에 명품은 무슨 얼어 죽을 명품이냐고 소리소리 지르며 장롱 문을 열어 제치고 명품 옷과 백, 화장품을 이불 백에 쓸어 담아 가지고 사라졌다. 상류층 패션 아이콘으로 통했던 이숙진 여사는 당장 입을 옷도 없는 처지로 전락했다.

회사채나 기업어음을 떼인 빚쟁이들은 아버지, 김경재 씨의 멱살을 틀어쥐고 회사 돈을 빼돌리고 빚은 갚지 않는 악덕 기업인이라고 욕설을 퍼부었다. 빚쟁이가 한바탕 난리를 치고 돌아가면 이숙진 여사의 통곡이 쏟아지고 부부싸움이 벌어졌다. 아내는 회사 돈 한 푼 빼돌리지 못하고 집안을 쫄딱 망해 먹는 사람이 어디 있느냐고 남편을 공박하고, 남편은 그렇게 많은 돈 모두 탕진하고 비상금 한 푼 남겨놓지 않은 여자가 어디 있겠느냐고 아내를 원망했다. 이숙진 여사는 이 마당에 주변머리 없이 '방콕'이 뭐냐고 남편을 몰아세우고, 남편은 왕비도 아닌 여자가 살림 '사' 자도 모르느냐고 아내를 비난했다. 남편은 문을 닫아놓으니 집 안에 눅눅한 냄새가 난다고 불평하고, 아내는 방문을 열어놓아 매연이 들어온다고 난리를 쳤다. 하수도 냄새가 진동하는 방 구석에 수염처럼 길게 자란 검은 곰팡이를 보고 비명을 지르는 딸을 보고 아버지는 긴 한숨을 쉬었다. 이숙진 여사는 이런 곰팡이를 보고 비명을 지르지 않으면 그게 더 이상하지 않느냐고 소리쳤다.

그깟 돈이 없다고 우리가 이 지경인가, 돈은 어디서든 곧 생길 거야, 조금만 참고 기다리자, 새론은 기대에 차서 중얼거렸다. 돈 나올 구멍이 없다고 인정하면 가슴이 검게 물드는 것 같았다. 곧 돈이 생길 거라고 생각하면 마음이 편안했다. 처음에 그녀는 카드 돌려막기를 해서 돈을 쓰고 급기야 친구들에게 빌려 썼지만 이제는 모든 돈 줄이 막혔다.

관성에 중독된 사람은 자신도 모르게 몸과 마음에 배어든 습관을 의식도 없이 되풀이한다. 그녀는 긍정적인 것은 영원할 것이라고 믿었지만 세상에는 부정적인 것이 많았고, 자신이 가난을 구경조차 해본 적 없는 어리보기에 불과하다는 사실을 인정할 때까지 많은 시간이 걸렸다. 새론은 현 상황을 돈 없는 탓으로 돌리고 싶지도, 사람이 돈의 유무에 따라 행동한다는 걸 인정하고 싶지도 않았다.

이숙진 여사는 쥐구멍에 살아도 이보다 낫겠다는 푸념을 매일 늘어놓았다. 새론은 동생 새한에게 좁은 집에서는 물건 정리를 잘 해야 한다고 잔소리를 쏟아 부었다. 동생은 왕 짜증이야! 소리를 질렀다. 아버지와 한 방을 쓰는 새한은 아버지의 코고는 소리에 잠도 편히 잘 수 없다며 부엌 겸 통로에 이부자리를 깔고 누웠다. 한 밤에 거실을 가로질러가던 새론은 동생의 이불에 걸려 넘어졌고, 남매는 서로를 탓하며 큰 소리로 싸웠다.

새론도 엄마와 함께 방을 쓰는 게 싫기는 마찬가지였다. 엄마는 한 밤에 헛소리를 질러대거나 남편을 원망하는 잠꼬대를 늘어놓았다. 그런 날은 온 종일 머릿속이 몽롱하고 수업시간에 꾸벅꾸벅 졸았다. 가족에 대한 가족의 전쟁이 매일 벌어지고 집이 난장판 지옥으로 변했다. 오늘 아침 일가족은 큰 결정이라도 하듯이 밤에는 좀 조용히 보내자는 약속을 했다.

멀리서 재깔재깔 떠드는 소리가 들려왔다. 누군가 밤의 술판을 벌인 모양이라고 생각했지만 재깔거리는 소리는 떠드는 소리로, 떠드는 소리는 다툼으로, 다툼은 악다구니로 변했다. 바짝 귀 기울여보니 싸움의 진원지는 바로 자신의 집이었다. 왜, 또? 그녀는 뛰는 가슴을 안고 구형 다가구 현관에 당도했다. 엄마의 고함 소리가 귀청을 때렸다.

"수화 아버지에게 도와 달라고 좀 해봐? 그렇게 도와줬으면 도와달라고 부탁해도 되지 않느냐 말이야? 입도 뻥끗 못하고 말이 돼? 사람이 못나가지고……."

새롬 일렉트론 회장이던 시절, 김경재 씨는 아내의 이런저런 푸념쯤 씩 웃어넘긴 사내였지만 지금은 참을 수 없다는 표정을 지었다. 율전에서 회장님다운 카리스마가 넘치던 그는 성호동에서는 무능하고 어리석은 남자일 뿐이었다. 못난 남자가 고함을 질렀다.

"줄 사람이 줘야 받지! 나한데 지금 김칫국부터 마시라는 거야? 뭐야?"

새론은 숨을 들이쉬고 지하계단을 재빨리 내려갔다. 쥐 냄새도, 눈물도 나지 않았다. 반 지하 자신의 집 현관에 닿은 그녀는 하얀 금속 구멍에 열쇠를 찔러 넣고 돌리면서 문득 누군가 아버지의 약점에 송곳을 찔러 넣었는지 모른다는 생각을 했다. 요즈음 아버지를 보면 왠지 송곳이 떠올랐다. 부부는 딸이 현관에 들어와 있다는 사실도 모르는지, 싸움을 멈추지 않았다.

"기업은 망해도 오너는 망하지 않는단 말 들어보지도 못했어? 도피 자금도 없다는 게 말이 돼? 지나가던 개가 웃겠다! 웃어! 어찌 이리 폭삭 망할 수 있단 말이야? 당신만 집에 없으면 빚쟁이도 포기할 거 아니야? 가장이라면 적어도 가족은 보호해줘야 하는 거 아니냐고?"

"이젠 집을 나가달라고? 알았어, 내가 노숙자가 되면 속이 시원하겠지. 전에도 몇 번 위기는 있었고……"

전 새롬 회장은 노숙자가 될 각오가 되어 있다는 듯 맥 빠진 목소리로 중얼거렸다. 나는 위기가 닥칠 때마다 끈질기게 버텨 살아남았다. 이런 악운은 처음이다. 당신, 사업이 뭔지 알기나 해? 당신과 노닥거리는 사이 경쟁업체에서 내 시장 다 빼앗아 간다는 거 한 번이라도 생각해 봤어? 차라리 시장에서 번 돈 당신에게 바치고, 내 시장 살리는 게 낫다는 결심 나 벌써 옛날에 했어, 그는 한숨을 쉬고 다시 말했다.

"당신, 그 돈으로 외국에 나가 살다시피 했다는 거 아직 모르겠어?"

"이젠 모두 내 탓으로 돌리는 거야? 당신 이렇게 찌질한 사람이야?"

찌질한 사람의 얼굴이 하얗게 질렸다. 율전에서는 고상한 말만 쓰던 이숙진 여사는 성호동에서는 추한 말만 골라 썼다. 세 사람이 자신의 생각에 몰두해 있는 사이 시간은 빛살처럼 빠르게 사라져갔다. 세 사람은 각자의 억울함에 사무쳐 죽을 지경이었다. 자신만 억울한 사람에겐 여유가 없고, 여유가 없으니 타인을 생각할 틈이 없었다. 자신으로 채워진 공간은 고체처럼 딱딱했다. 가난을 싸움으로 이기려는 부모를 원망하는 마음뿐인 딸은 아버지에게 밧줄을 내려줘야 할 순간이 사라지고 있다는 걸 알지 못했다.

"나를 아주 짓밟아 봐! 짓이겨 보란 말이야!"

김경재 씨는 방문 앞에 서서 고함을 질렀다.

가장의 사업이 왕성하던 시절 부부는 싸울 시간이 없었고, 지금은 싸울 시간만 무진장 많았다.

빚쟁이가 전세 보증금이라도 빼달라고 난리를 치고 돌아간 뒤엔 수순처럼 부부싸움이 벌어졌다. 일가족은 반 지하에서도 살 수 없는 막다른 골목으로 내몰렸다. 쥐 오줌 냄새에 찌들고 바퀴 벌레 들끓는 반지하가 끝이 아니라면 어디가 끝이란 말인지, 이보다 더 추한 곳이 있단 말인지, 괴물의 이빨이 희끗거리는 공포영화를 떠올리며 딸은 부모의 싸움을 뜯어말렸다. 엄마 그만해! 아빠 이러지 마! 정말 지겨워 못 살겠어! 부모가 돼서 딸년 죽으라고 고사 지내? 나 죽으면 시원 하겠다, 시원해! 가장은 가족을 위해 일한 죄 밖에 없다고 중얼거리며 현관으로 나갔다. 모녀는 가장이 바람이라도 쐬러 나가는 순간에 응집된 패장의 마음을 읽지 못했다. 딸은 싸움을 말려야 한다는 목적에 급급하고, 아내는 책임감 없는 남편에 대한 원망에 사무쳤다. 모녀는 수화의 아버지에게 도움을 청해 보라는 아내의 요구를 묵살한 가장에게 밀어닥친 폭풍우를 볼 능력도, 폭풍에 휘말린 사람의 절망을 포착할 기질도 없었다. 이숙진 여사의 일격이 작열했고, 현재와 미래는 돌이킬 수 없는 것이 되고 말았다. 딸이 아버지의 손을 잡고 절체절명의 순간을 피할 기회는 사라졌다.

"밖에 나가면 일이 해결 돼? 이 판에 가긴 어딜 가는 거야?"

김경재 씨의 얼굴에 분노가 이글거렸다. 고함치고 싶은 열망에 부푼 입이 빼끔 열리는가 싶더니 거실 겸 부엌이 '쿵' 울렸다. 현관 바닥에 쓰러진 가장의 귀에서 피가 흐르고 천정을 향해 벌려 뜬 두 눈은 그대로 고정되었다. 고정된 눈은 죽음을 예고하는 부적처럼 불길했다. 아버지, 아버지, 딸이 비명을 질러도 아버지는 눈을 뜨지 못했다. 겨우 119 버튼을 누르고 구급차가 달려와 환자를 싣고 병원으로 달려가는 동안에도 시간은 빛살처럼 달아났다. 하얀 드레스에 운동화를 끌며 새론은 수술실로 실려 가는 아버지를 정신없이 따라갔다.

장장 여섯 시간 뇌수술을 받고 중환자실로 옮겨진 김경재 씨는 사흘이 지나도 깨어나지 못했다. 새론의 집은 2차 폭풍에 휘말린 조각배처럼 기우뚱거렸다. 일반 병실로 옮겨진 김경재 씨의 병은 두 달이 지나도 차도를 보이지 않았다.

그녀는 동생에게 환자를 맡기고 전철 정거장으로 향했다. 실어증에 걸린 엄마를 장시간 방치할 수는 없었다. 엄마는 텔레비전을 시청하다 잠이 들면 천둥 벼락이 쳐도 깨어나지 못했다. 식사하라고 깨워도 눈을 떴다 감으면 그만이었다. 엄마는 뼈만 앙상한 모습으로 방바닥에 깔아놓은 이불도 덮지 않아 감기를 달고 살았다. 의사는 실어증에 의욕상실증이 겹친 것이라고 진단했다. 엄마는 온 종일 드라마를 시청하며 모르는 게 약이라는 약에 취해 살고 있었다.

아버지는 배고프고 춥고 가렵지 않으면 행복했다. 의사는 운동과 식이요법과 스트레스 없는 환경을 강조할 뿐, 아버지의 회복을 장담하지 못했다. 아버지는 물리 치료 기구도 사용하지 못하는 치매기까지 보였다. 아버지의 팔과 다리를 마사지할 때 손에서 쥐가 나고 통증이 머리끝까지 뻗쳤다. 아버지의 발병 이후 화급한 일이 잠잠해지자 새론은 손가락 하나 까딱하기 싫은 무력증에 빠졌다.

그녀는 재빨리 걸어갔다. 길게 갈라진 구름 사이로 푸른 하늘이 내비치고, 원뿔 모양의 빛기둥이 거대한 나팔처럼 지상을 향해 뻗어 있었다. 아까부터 새론은 희미한 기척을 느끼고 돌아봤지만 수상한 사람은 없었다. 미행자라면 인파가 붐비는 거리에서 두드러져 보일 리 없었다. 가진 것이라고는 버스 카드 한 장 뿐인 사람에게 미행이 따라붙을 리 없지만 병원의 회전문을 나설 때부터 자꾸 뒤가 켕겼다. 기세등등한 빚쟁이들이 미행에 나설 리도 없는데 이상했다. 그녀가 전철역 지하 1층에 한 발 내디딘 순간 이태리제 로로 피아나 양복 차림의 중년 사내가 다가와 멈칫멈칫 말했다.

"제가 아주 힘든 처지에 있어요. 도움이 절실한 입장이지요. 그래서 이런 시, 실례를……"

로로 피아나 신사는 지하철역은 공적이며 사적인 장소이고 납치기 불가능하니 안심해도 된다는 듯 말했다. 그는 구걸에 나설 처지는 아니지만 낯선 여자에게 도움을 청할 만큼 절박한 일이 있다는 투였다.

새론은 신사와 자신을 잇는 끈이 있다면 그것은 서로에게 이익이 되는 무엇일 것이라는 긍정적인 면에 주목했다. 자신은 몸과 시간밖에 없는 대학생, 시간은 노동, 몸은 성매매와 인신매매, 장기매매와 직결될 것이다. 신사는 말했다.

"제 아버지의 생명이 걸린 일이라서 무모하다는 걸 알면서도…… 용서하세요. 시, 시간이 없어요. 아버지의 생명이 경각에…… 제 아버지에게 신장을 제공할 사람을 소개해 주신다면 보답은 충분히…… 집을 팔아서라도……"

그는 소개를 부탁하는 형식을 취하고 있을 뿐, 새론의 혈액형과 화급한 처지를 알고 있는 눈치였다. 감옥행을 각오하고 자신의 약점을 노출시킨 사내를 믿어도 될지, 그녀는 맹렬히 계산했다. 범죄나 사기의 시작인지 모르고, 죽임을 당할 수도 있다. 사람들은 얼결에 자신과 사내처럼 속마음을 노출시키곤 했다. 주식회사 에버테크도 이런 식으로 김경재 회장의 약점에 송곳을 들이대고 새롬을 탈취했을지 모른다. 성남으로 이사 한 뒤 새론은 아버지의 실패를 이모저모 따져보는 버릇이 생겼다. 성취한 사람들은 대부분 자신의 능력을 과신하는 패턴에 따라 사고하고 행동했다. 유명 기업인들의 과거와 현재를 돌아보는 과정에 얻은 답이다. 늙으면 사람의 몸과 마음은 노쇠해지고 고정관념은 공고해진다. 파괴의 촉수는 자신의 능력을 과신하고 안주하는 사람의 뇌수에 빨대를 박고 숙주가 파괴될 때까지 진액을 빨아들인다. 맨 손으로 새롬을 일으킨 아버지가 독소를 영양소로 착각했다면 반드시 원인이 있을 것이었다.

가난이 가중될수록 그녀는 아버지의 실패가 안타깝고, 율전에 대한 그리움이 강해질수록 현실이 암울하게 여겨졌다. 새론은 성호동의 캄캄한 골목이 무섭지 않을 정도가 되었고, 자기 앞에 불쑥 나타난 로로 피어나 신사도 그다지 두렵지 않았다.

　회사 간부들은 그녀의 청력이 미치는 범위 안에서 김경재 회장이 경영의 막바지에 고 위험 주식에 투자한 것은 풀 수 없는 수수께끼라고 수근 거렸다. 문병 차 들른 또 다른 임원은 회장님은 침착하지 못했다는 말을 은근슬쩍 흘렸다. 새론이 전무님은 회장님에게 조언해야할 위치에 있지 않았느냐고 반문하는 순간 주위가 서늘해졌다. 임원은 쓴 웃음과 비웃음을 얼버무리고 돌아섰다. 동생이 그나마 의리를 지키려고 찾아온 사람에게 너무 하지 않느냐고 누이를 나무랐다.

　경쟁업체 에버테크의 이런저런 공작에 시달리면서 새롬을 경영하던 아버지는 악덕 기업은 살리고 우량 기업을 죽이며 빙글빙글 돌아가는 현실이라는 수레바퀴에 깔려 부서졌는지 모른다. 세상은 자기 코드에 맞지 않는 사람은 가차 없이 폐기처분했다.

4. 좌절

"울 오빠 있지? 미국 콜롬비아 대학 출신 MBA와 결혼할 거야."

수화는 유리통을 구르는 물소리처럼 해맑은 목소리로 중얼거렸다. 준범과 새론은 서진대학 교정 잔디밭에 서서 그녀의 말을 경청하고 있었다.

"예물로 받은 천만 원짜리 구찌 백 밑바닥에 금 거북을 깔고 보석 세트를 종류별로 보냈는데, 예비신부는 아마 눈도 깜짝 안 할 걸? 신부 집도 떡 벌어지는 부자거든. 울 엄마 인심 푹 쓴 거지, 머."

준범이 말했다.

"이거 내 귀가 고장 났나? 위자료로 집 한 채 미리 준 것으로 들려서 말이야?"

"위자료라니? 농담이라도 넘 심하다. 최소해! AS 부르기 전에……."

"AS? 좋아. 하지만 느네 엄마 이상하잖아? 왜 눈도 깜짝 안 할 사람에게 인심을 쓰고 그러냐? 유감 만땅! 나라면 눈을 백 번도 더 깜짝이겠다, 까짓…… 재산이 얼만데……."

건민그룹 아들인 준범은 거침없이 툭툭 내 뱉었다. 새론의 시선은 먼 곳에 떠나가 있었다.

"울 엄마, 있잖아? 내 남자에겐 인심 팍팍 쓸 거야. 참, 엄마한테 문자 보내야징."

준범은 자신의 말을 산뜻하게 마무리하는 수화에게 미소 지어 보였다.

파란 오월의 하늘에 떠 있는 솜덩이 구름이 동쪽으로 휘기 시작했다. 바람은 바이러스처럼 야금야금 구름을 갉아 먹고, 구름 속의 공백은 점점 더 커졌다. 구름은 바람의 거울이고 시간의 그림자인지 모른다. 조금 후, 구름이 사라지자 하늘이 광막하게 펼쳐졌다. 새론이 중얼거렸다.

"나비 한 마리가 팔랑 날고 있구나. 구름처럼 팔랑 변하고 있구나."

두 번이나 〈있구나〉로 끝난 문어체 발음에 오월의 대기가 미묘하게 흔들렸다. 나비가 구름처럼 팔랑 변한다는 게 무엇인지, 수화는 오므렸던 눈을 크게 뜨고 준범을 쳐다보았다. 그런지 모르지. 한 달이라는 시간의 때가 묻은 오월의 나비는 초봄의 나비처럼 경탄스럽거나 신선하지 않아. 묵은 나비를 보고 호들갑을 떠는 그녀가 새삼스럽기만 했다. 새론의 말은 꽃밭을 횡행하는 파리처럼 오월의 대기에 오점을 흩뿌렸다. 준범의 눈에도 나비는 보이지 않았다. 수화가 질문했다.

"나비? 나비가 어디 있다고 그러니?"

"저기로 팔랑 날아갔어."

새론은 이미 꽃이 진 철쭉나무 더미를 가리켜 보이며 나비가 날아가는 시늉을 했다. 어설픈 몸짓이었다. 오늘따라 그녀는 수척한 모습으로 자주 옆구리에 손을 대고는 했다. 수화가 미간을 찌푸리고 주위를 둘러봐도 나비는 보이지 않았다. 그녀는 새론에게 깜빡 속았다는 표정을 짓고, 새론의 시선은 철쭉더미 너머 어딘가를 헤매고 있었다. 거기 나비가 있나는 것일까. 꽃이 진 곳에 나비가 있겠니? 너 혼자 장님처럼 오래 더듬어봐! 수화는 시침 딱 떼고 다시 말했다.

"네 눈엔 나비가 뵈니? 있어도 꽃인지, 나빈지 구별도 못하겠다, 뭐."

수화는 준범을 향해 상긋 웃었다. 쟤 이상해, 라는 말이 분홍 입술에 자글자글 끓었다. 그녀의 미소는 사막의 습기처럼 상대의 마음에 착착 스며드는 저력을 지녔다. 타고난 재능인지, 몸에 밴 버릇인지 알 수 없었다.

수화는 애교에 반대급부가 따른다는 사실을 잘 알고 있었다. 아버지가 월급쟁이이던 시절 그녀는 예쁜 아이들 뒤에서 멈칫거리는 아이에 불과했으나 아버지를 따라 상류층 대열에 합류한 후, 미인으로 재탄생했다. 수화의 어머니는 돈과 의술이 신의 역할을 대신하는 시대의 혜택을 누려야 한다는 믿음을 품고 대한민국 최고 성형외과 의사에게 현찰이 담긴 봉투를 내밀며 딸을 미인으로 만들어 달라고 부탁했다. 의사는 욕심만 부리지 않으면 개성적인 미인이 될 수 있다고 장담했다. 과연 수화는 속 까풀이 지고 속눈썹까지 길어져 자연스럽고 매력적인 미인으로 재탄생했다. 코는 모 여배우처럼 상큼 올라갔다. 수화는 일주일이 지나면 길어지는 눈썹을 다듬으며 이만큼 노력하면 타고난 미인보다 더 미인이라고 입을 앙다물었다. 그녀는 타고 난 미인보다 더 당당했는데 똑똑하다는 평판은 수화의 미모에 화룡점정을 더하는 것이고, 미모를 완성하는 것이었다. 여자의 미모가 완성되면 전 인생이 완성되었다.

그녀는 언제나 추종자들에게 둘러싸여 살았다. 특히 사내들은 아름다운 장미를 싸고도는 공기처럼 그녀 주변에서 넘실거렸다. 추종자들과 어울리는 재능을 타고 난 수화는 남자와 여자의 아부 색깔이 조금 다르다는 것은 알지 못했다. 여자들은 그녀에게 아부하는 무리와 경원하는 무리로 나뉘고, 남자들은 경원하는 사람은 적고 아부하는 축이 항상 더 많았다.

심지어 약한 모습으로 살랑대는 그녀에게 A학점을 주는 교수도 있었다. 과 수석이 된 그녀가 울분에 찬 공신(工神) 남학생들을 일식집에 초대해놓고 살랑살랑 나부대고, 공신이 헤벌쭉 웃으면 만사형통, 예쁜 여자라면 악녀의 곁에라도 머물고 싶은 남자들이 많은 물리학과에서 그녀는 자신만만하고 당당했다. 수화의 관심은 오직 자신의 위상이 굳건해지는 쪽으로만 쏠렸다. 그녀는 세상 인구의 절반이 남자이고, 그들이 강하다는 사실을 늘 염두에 두고 행동했다.

수화가 입술을 활시위처럼 올리고 다다다 문자를 넣자 아이폰 액정 화면에 옴마, 피부 트러블 좀 어떠니? 내가 한의원에 가서 피부 연고 좀 조제해 달래 가지고 갈까? 라는 문자가 떠올랐다. 항생제 기피증에 걸린 그녀의 엄마는 한의원에서 조제하는 연고나 고약을 더 많이 사용했다. 수화는 엄마에게 천연약제에 항생제를 넣었을지 모른다는 말은 하지 않았다. 준범은 수화의 아이폰을 쳐다보고 경탄했다.

"니네 엄마가 푹푹 쓰는 인심 받는 사람은 조오컸나."

"아직 내 남친 정해지지 않았거든. 누구에게나 문은 열려 있는 거고, 너도 후보 등록 해두는 게 좋을 거야. 언제 마감될지 모르니까."

"애가 아주 빡세게 나오네. 그런데 난 목맨 송아지가 되고 싶진 않거든."

"목맨 송아지에겐 안정적 자유라는 것도 있겠지. 달콤 쌉싸름한 안정적 자유의 맛!"

자신에게 어울리는 패션과 헤어스타일로 미모를 종결하고, 시의적절한 판단력과 카리스마로 자신의 위상을 구축하는데 소질이 있는 수화는 부드러운 목소리로 말 속에 뼈를 숨기는 재능까지 있었다. 부드럽고 낮은 목소리에 취한 사람들은 미소로 호응할 뿐 말 속의 뼈를 감지하지 못했다. 그녀는 백치미인이라면 일회용으로 쓰고 버릴 궁리에 바쁜 사내들을 추종자로 만드는 재주도 있었다.

"너나 후보자들하고 즐겨 봐!"

준범과 수화는 진담을 농담처럼 주고받는 패턴을 구사할 줄 아는 사이였다. 준범은 상대가 자신의 진의를 캐는 사이 감정의 파고를 오르내리며 스릴을 만끽하는 타입이고, 두 사람은 웃으면서 싸우고 싸우면서 웃는 말싸움의 적수로 웬만한 실수는 그냥 흘려버릴 정도로 세련된 면도 있었다.

수화는 새론의 비밀이 저절로 드러날 때까지 덮어두는 게 자신에게 유리하다는 걸 알았다. 준범과 수화는 율전 시민이었다. 한국에서 1조 클럽에 들기를 소망하는 부유층이 모여 사는 율전마을 사람들은 자기들끼리 '율전 시민'으로 통했다.

율전 사람들은 자녀에 대한 일반적인 교육 뿐 아니라 인성교육에도 심혈을 기울였다. 자녀에게 신사의 매너와 양심을 길러주는 골프, 국제적인 센스를 갖게 하는 댄스, 신체의 유연성과 기사도 정신을 고취하는 승마를 가르치는 건 필수였다. 자녀에게 유머가 부족하다 싶으면 개그계의 실력자를 초빙하여 거주를 함께 하는 배려도 아끼지 않았다.

그들의 인생 최대 목표는 자녀를 가업을 승계할 유능한 인재로 키우는 것이고, 자녀의 배우자는 지능과 외모를 겸비한 상류층 자녀를 맞아들이는 것이었다.

준범은 유머와 카리스마를 타고 났지만 특유의 능글능글한 성격을 발휘하여 시정잡배의 면모를 과시하기도 했다. 그는 카리스마 넘치는 아버지 밑에서 허공에 불쑥 내밀어진 근육질 팔을 연상케 하는 모습으로 성장했다. 사람의 성격은 타인과 교섭할 때 드러나게 마련인데, 준범은 주먹을 펴서 외부와 대면하고 주먹으로 외부를 움켜쥐는 스타일이고 감정도 욕망도 강한 편이어서 감정에 겨워 울고 싸우며 성질을 부리기도 했다. 그는 율전 사람들이 선호하는 스포츠 이외 암벽 등반에 가담하여 부모의 애간장을 태웠다. 아까부터 두 사람을 지켜보고 있던 새론이 툭 말을 던졌다.

"수화의 남친은 효도의 대가 톡톡히 누리게 될 걸? 수화는 효녀 심청이거든."

전통이나 재래라는 말을 싫어하고 최신이나 미래라는 말을 좋아하는 수화는 미간을 오므렸다 풀며 지금은 새론을 건드릴 때가 아니라고 생각했다.

"효녀라 효녀? 율전에 효녀 났다고? 거 율전에 인당수가 없어서 한이로다. 효녀는 있는데 빠질 물이 없잖아?"

준범은 건들건들 말했다. 새론은 질러 말했다.

"무성 호수가 있잖니?"

그리고 덧붙였다.

"율전에는 효자 효녀 많지 않니? 율전 애들은 아마 부모의 포스 거스르지 못할 걸?"

새론은 세 사람을 둘러싸고 있는 공기에 식초를 둘렀다. 공기는 눈이 감길 정도로 시큼해지고 떫어졌다. 수화는 호기를 놓치지 않았다.

"율전의 젊은이들이라고? 넌 아니야?"

순간, 새론의 얼굴이 빨개지고, 동양 형 콧등에 힘줄이 불거졌다. 수화는 회심의 미소를 지었다. 난 가난뱅이의 마음을 잘 알지, 그녀는 새론과 자신의 성격이 다르다는 것, 사람도 세상도 순간순간 변한다는 것은 알지 못하면서 가난을 잘 알고 있다고 생각했다.

새론의 내면은 빛과 어둠이 섞여드는 여명처럼 밝지도 어둡지도 두드러지지도 않았다. 그녀는 외부를 잘 받아들이지만 감정의 농도가 짙어지면 상호교섭이 불가능할 정도로 빡빡해졌다. 자신감은 내면에서 뭉쳐지는 현재 진행형이고, 대결 국면에 부딪치면 자의식에 빠져 대응할 기회를 놓치고 후회하는 타입이었다. 엄마가 외출하고 없는 동안 가정부의 꿀밤을 먹으며 자란 유년시절 탓인지, 수줍음을 많이 탔다. 아버지는 부모 앞에서 갑자기 의기양양해지거나 변덕을 부리며 자란 탓이라고 했다.

아버지는 딸에게 종종 돈 쓰는 법을 일러주었다. '사람은 돈을 쓸 때 예술가가 될 수도 있단다. 상대의 성장과 독립을 부추기고 평화를 선사할 수 있다면 돈도 예술이 될 수 있지.' 그런 아버지는 지금 깊은 수렁에 빠져 있었다. 새론은 또박또박 대꾸했다.

"난 서. 울. 시민이야."

수화가 재빨리 물었다.

"그렇지. 넌 서울시민이지. 율전 시민인 이준범 씨는 어떠실까?"

준범은 글쎄……. 말을 흐렸다. 왠지 새론은 얘기를 수화의 오빠 결혼문제로 되돌려 놓았다.

"근데 아주머니가 인심 푹 썼다기보다 니콜을 만든 거 아냐? 신부 아버지 오너는 아닐 테고 전문 경영인 쯤 될 걸? 능력은 되는데 돈은 많지 않은…… 그런 집 있잖아?"

수화는 그녀를 빤히 쳐다보며 대답했다.

"오너는 망할 수도 있지만 능력은 영원한 거 아니니? 부와 능력은 트레이드 조건으로 짱이야."

짱이야, 수화는 새론의 눈에 시선을 밀어 넣으며 하얗게 웃었다.

"율전에 살려면 앞 뒤 계산 하나는 빠삭해야 하니까."

새론은 준범을 쳐다보고 말했다. 그는 말이 없고, 대신 수화가 말했다.

"계산 빠삭해야지. 어리바리하게 굴다가 꽈당하면 끝장 아니야?"

수화는 어리바리, 꽈당, 끝장이라는 말을 스타카토로 톡톡 끊어서 발음했다. 새론은 버릇처럼 옆구리에 손을 대고 수화를 응시했다.

아버지 사업이 승승장구하여 부유층 대열에 합류한 후 수화는 돈 아껴 쓰라는 잔소리를 들으며 살던 과거를 까맣게 잊고, 타고난 부유층보다 더 부유층답게 살았다. 돈을 풀면 상대의 마음은 말랑말랑해지고 세상은 향기롭고 충만하게 변했다. 세상 돌아가는 낌새도 모르면서 콧대만 높은 동기들이 기가 질린다는 표정을 지으면 수화는 속으로 쾌재를 불렀다. 여럿이 먹고 웃고 떠드는 모임에서 번번이 돈을 지불하는 수화를 보고 괜히 쭈뼛거리는 공신(工神) 동기들 앞에서 그녀는 미소 지었다. 아버지가 준 카드를 마구 질러대면서 그녀는 밀반죽 덩어리처럼 주물러지는 친구들을 흥미진진하게 보라보며 디스플레이 필름 업계의 귀재인 김경준 회장인 자신의 아버지에게 감사했다.

새론은 비틀린 목소리로 중얼거렸다.

"이 세상이 호락호락한 물건이 아니라는 걸 알았어. 빠삭한 사람은 빠삭 갈 수도 있다는 사실을······."

수화가 말했다.

"그럴까? 넌 너무 부정적이야. 세상은 물건이 아니야. 세상은 생명체야. 살아 움직이는 생명체, 아주 리드미컬하지. 이런 세상에 적응하지 못하면 파멸이 있을 뿐이야."

"시시각각 변하는 건 사람 마음이겠지. 그리고 너, 지금 파멸이라고 했니?"

새론은 눈을 번뜩이며 재우쳐 물었다.

"그래, 파멸."

수화는 뚜벅 대답했다.

"파멸은 파멸이고······ 어쨌든 미래는 멋진 신세계가 될 거야. 앞으로 영생도 가능한 세상이 올 거야."

새론은 정색하고 받았다.

"부자에게만? 바이러스가 뚫어 놓은 구멍을 남의 장기로 누덕누덕 기워서 얻는 영생이란 어떤 걸까?"

새론은 전에 없이 창백한 얼굴로 허공에 시선을 보냈다.

"의학은 예고하고 있잖아? 줄기세포에서 장기를 얻을 수 있다고······."

그녀의 얼굴이 핼쑥해졌다. 수화는 다시 말했다.

"돈이 있어야 발전이든 진보든 가능한 건 어쩔 도리가 없어. 우리가 무급 연구원이 되어 신제품을 개발해낼 순 없잖아? 첨단 제품에는 로열티가 붙게 마련이고, 첨단 제품 개발자는 세상의 돈을 쓸어 담게 마련이야. 그게 자본의 이치야."

준범이 재빨리 끼어들었다.

"자본주의는 돈이 돈을 버는 거고, 로열티보다 그게 더 무서운 거야."

새론은 돈이 돈을 버는 것도 무섭지만 로열티도 보통 문제가 아니라고 말했다. 로열티는 인정해 줘야 하지만 전 세계 인구에게 로열티를 챙기는 데서 빈부 차이가 극대화되는 것이라고 했다. 신제품 개발은 개인 능력이지만 이 세상에 만약 인간이 없다면 개인 능력에 이득이 따르지 않을 테고, 어느 정도 이상의 로열티는 사회의 몫이라면서 다시 말했다.

"오래전 돈이 신의 자리에 등극했다는 사실……."

수화는 자신만만하게 말했다.

"돈이 신이라니? 어림도 없어. 난 돈을 종처럼 부리고 살 거야."

"결국 돈으로 사람을 사겠다는 거 아니야?"

아버지의 카드를 쓰는 사람이 돈을 부린다고 할 수 있는지 모르겠다고 말해 놓고 새론은 돈을 부린다는 의미는 돈의 가치에 따라 움직이는 것이라고 덧붙였다. 수화가 반격에 나섰다.

"아까 새론이 너, 사회라고 했지? 너, 언제부터 그리 된 거야?"

"왜? 사회라는 말이 금기어라도 되니?"

수화는 대답하지 않았다. 새론은 개인과 사회는 물고기와 물의 관계라는 사실을 요즈음 절실히 깨닫게 되었다며 돈을 들여서 얻는 영생이란 어떤 것이냐고 다시 물었다. 수화는 줄기 세포에서 장기를 얻으면 비용은 많지 않을 것이라고 대답했다. 새론은 로열티를 인정해야 한다면 결국 생명도 돈으로 연장하는 것 아니냐고 물었다.

"그래서 돈이 좋은 거야."

새론은 부자는 영생하고, 가난뱅이는 죽는 세상을 유토피아라고 할 수 있겠느냐고 묻고, 생사 문제 앞에서 빈부차이 따위 새 발의 피가 아닌 피의 홍수가 될 테고, 거리에 살인자가 널려 있게 될 것이라면서 마침표를 찍듯 말했다.

"세상이 온통 지옥으로 변할 거야."

"그러니까 돈을 벌어야지. 벌면 되잖아?"

새론은 누구나 돈을 벌 수 있는 건 아니라고 대답했다.

"돈은 누구나 벌 수 있어. 돈은 돌고 도니까. 가난한 사람들은 우리 아버지처럼 연구하고 또 연구하지 않아서 가, 난, 한 거야."

계속 새론은 재능은 누구나 타고 나는 것도 아니고, 사업 아이디어를 주고 초기에 돈을 투자해주는 조력자가 누구에게나 있는 것도 아니라고도 대답했다.

수화는 재빨리 미간에 잡힌 주름을 풀었다. 새론의 아버지 회사 새롬전자의 공장장으로 근무하던 그녀의 아버지 김경준은 아이디어맨으로 유명했다. 새롬을 퇴직하기 전 그는 TV완성품 회사의 고민을 고민했다. 빛이 골고루 확산되는 디스플레이 필름 개발이 전자 완성품 회사의 오랜 숙원사업이라는 점, 대기업 전유의 신종 사업인 디스플레이 업계에 틈새시장이 있다는 점에 착목한 그는 정보 보호용 디스플레이 필름 개발에 착수했다. 결국 그는 빛의 시야각을 조정하여 옆에서 보면 까맣게 지워지는 개인 정보 방어용 필름 개발에 성공했다. 그는 미국 국무부의 납품 승인이 떨어지자 누리C&C를 창업하여 기업가 반열에 올라섰다. 그의 사업이 승승장구할 무렵 새론의 아버지는 내리막길을 걷기 시작했다.

"우리 아빠 말이지? 무지개를 잡은 셈이지. 무지개를 잡았으니 돈을 벌 수밖에…… 난 아버지를 존경해. 디스플레이 필름은 무지개의 원리와 비슷하니까. 빛의 굴절 각도에 따라 색깔이 달라지니까."

"오우, 그래? 무지개를 잡은 사나이……. 영화 제목 같네. 우아! 굉장해."

"능력만 있으면 협조자는 많아. 우리 회사 초창기에 투자자들 많았어."

"정말, 그랬을까?"

새론의 공격적인 어투에 두 사람은 눈을 커다랗게 뜨고 그녀를 쳐다보았다. 새론의 머리에 내가 경준에게 사업 아이디어를 주고 투자도 했다고 하던 아버지의 말이 떠올랐다.

"그럼, 주위에서 몰랐을 뿐이야. 아고, 이런 얘기 골치 아프다. 그만 우리 얘기나 하자."

수화는 활짝 웃으며 대화의 방향을 돌렸지만, 상대는 끈질기게 물고 늘어졌다.

"기업 주위에는 반칙을 일삼는 사람들 많아. 느네 아버지가 누구보다 잘 알 거야."

순간 수화는 가슴의 인대가 툭 끊어지는 충격을 받았다. 지금까지 그녀는 오촌 친척 아저씨이며 수화의 아버지를 느네 아버지라고 부른 적이 없었다.

"그것도 행운의 문제 아닐까?"

"너, 너무 자신만만한 거 아니야? 하긴 세상엔 행운도 불운도 있겠지."

두 사람을 지켜보고 있던 준범이 말했다.

"지금 느네들 뭐하는 거니? 장난치는 거야? 뭐야?"

새론은 너는 싸움과 장난도 구분하지 못하는 사람이냐고 쏘아붙였지만 준범은 빙글빙글 웃었다. 오래 전 새론의 아버지는 신제품 재고에 구멍이 났지만 흔적을 찾을 수 없다며 한숨지은 적이 있었다. 꼭 바이러스에게 먹힌 것 같다면서 CCTV를 무용지물로 만든 범인을 찾을 방법이 없다고 한탄했다. 수화가 말했다.

"오늘 새론이 쟤 컨디션 빙점 아래로 떨어졌나 봐!"

새론이 되받아쳤다.

"그럼, 넌 비등점에서 끓는 거니?"

세 사람을 둘러싼 공기는 살얼음이 낀 듯 어석버석해졌다. 새론은 약속 운운하며 교문을 향해 돌아섰다. 준범은 점점 멀어져가는 그녀를 바라보며 중얼거렸다.

"쟤 아무래도 이상하지?"

"이상고온이라고 전 세계가 난린데, 쟤라고 별 수 있겠니?"

"너도 이상해."

수화는 머쓱한 표정을 지었다 풀고 살랑살랑 웃었다. 준범이 말했다.

"가만 보면 수화 너 물리학과라고 계산 너무 빡세더라?"

"물리는 수학이야."

"네가 아버지 회사 가지려 한다는 거 나 감 잡고 있거든."

"오빠가 철학자로 살기를 원해서 그런 거야. 하긴 부유층이 기초 학문을 해야지 누가 하겠니? 모두들 먹고 살려고 의사 변호사 하는 마당에…… 기초 학문은 율전 사람들이 해야 하는 거 아니야?"

준범은 던힐 담배에 불을 붙여 물고 연기를 길게 내뿜었다. 허공중으로 뻗어간 연기는 점점이 흩어져 사라졌다.

"달콤 쌉쌀한 너한테 느네 부모가 당한 거겠지."

"눈치 구단은 우리 회사에서 대 환영일 걸."

"눈치 구단은 점쟁이가 제격이야. 나 길바닥에 돗자리 깔아도 되겠니?"

어느새 수화의 친구들이 하나 둘 모여들기 시작했다. 얼짱에 돈 잘 쓰는 그녀는 친구들에게 인기 짱이었다. 준범은 슬그머니 학교 정문을 향해 돌아섰다. 아무도 보지 못했다고 생각하는데, 다급한 발소리에 이어 수화의 목소리가 들려왔다.

"쟤들 내기 하자고 난리다. 내가 널 데리고 가면 즈네들이 점심 쏜대. 못하면 나한테 쏘래. 설마 너, 내 체면 빠개지는 거 구경만 할 건 아니지?"

준범이 돌아보고 말했다.

"나중에 내가 쏘면 되지?"

"짐 무슨 화급한 일이라도 있는 거야?"

대답도 없이 준범은 수화의 친구들에게 달려가 내일 내가 한턱 쏘겠다고 소리를 질렀고, 친구들이 짝짝 박수를 때렸다. 수화는 미소 지으며 친구들에게 휩쓸리는 척했다. 기민해, 그는 중얼거렸다.

학교 정문을 벗어날 때까지 준범은 새론을 찾지 못했다. 서쪽 빌딩 너머로 기울어가는 오월의 태양이 도시의 지붕에 강열한 빛을 쏟아 붓고, 천지에 귤빛 햇살이 넘실거렸다.

5. 유치(幼稚)

　새론은 정신없이 학교 정문을 향해 걸어가며 늘 함께 놀고 공부하던 수화와의 말씨름도 그 연장선이라고 생각하면 그만이지만 예물이 오고갈 정도로 진행된 수명 오빠의 결혼식을 몰랐다고 생각하니 가슴이 아팠다. 지금까지 수화와 그녀는 상대의 정원에 핀 꽃이 몇 송인지 빤히 알 정도로 친밀하게 지내왔다. 이북에서 내려와 친척이 귀한 집안사람들끼리 촌수를 뛰어넘는 혈육의 정을 나누며 살아온 셈이다. 수명 오빠의 결혼식 참석 여부는 가난한 친척의 소관일 뿐, 수화의 집에서는 일단 알리는 게 도리였다. 어쩌면 새론의 가족이 예식장에 나타나는 걸 원치 않는지 모른다.

　세상인심은 빛의 속도로 변했다. 집이 망한다는 건 이런 것인가, 우리는 정말 가난뱅이가 된 것일까, 두 사람이 보는 앞에서 눈물을 보이지 않은 게 그나마 다행이라고 생각하며 새론은 한숨을 쉬었다. 그녀의 집 가난지수는 얼어붙은 참새처럼 영하 7도에 폴짝 내려앉았다. 영하 7도라면 강추위에 일상생활이 불편해지는 생활지수 제로의 온도였다.

　준범은 사설 주차장에 바쳐놓은 포르쉐 카이맨에 앉아 서서히 찻길

로 진입했다. 질주할 채비로 바짝 긴장하는 카이맨의 성질을 고스란히
받아들이는 순간 준범은 새론을 발견했다. 눈에 티라도 들어간 것인
지, 그녀는 자꾸 눈가를 훔쳤다. 그러고 보니 새론은 왠지 맥없이 터덜
터덜 걸어가고 있었다. 카이맨이 그녀 곁으로 미끄러져가 멈추자 행인
들의 시선도 멈췄다. 카이맨의 문을 내리고 준범은 야, 빨리 타! 소리
쳤다. 새론은 걸어가겠다고 대답하며 쓰게 웃었다. 자동차들이 카이
맨 뒤에 줄줄이 멈춰 섰다. 준범은 빨리 타, 고함을 질렀다. 새론을 태
운 카이맨은 질주할 태세로 납죽 엎드렸다. 내 까레라는 어디로 날아
간 것일까, 환상의 새처럼 나를 실어 나르던 까레라는 영영 사라진 것
일까. 까레라 포르쉐가 사라진 뒤 그녀는 고급 승용차를 타는 속도와
품위를 상실했다. 대신 지하철과 버스를 타는 노동과 인내심과 강한
소비욕구를 얻었다.

　새론에게 서울은 소비욕구가 들끓는 황홀한 신세계로 등장했다. 전
에는 거들떠보지도 않던 길거리 음식을 보면 침이 꿀꺽 넘어갔다. 호
떡, 오징어, 떡볶이, 군고구마, 어묵, 샌드위치를 사서 허겁지겁 먹고
싶었다. 배가 고픈 것도 아닌데 먹고 싶은 생심이 끓어올랐다. 호떡 한
개 사먹을 돈이 없을 땐 눈물이 핑 돌았다. 중국산 스카프와 벨트와
장갑도 사고 싶었다. 모든 상품이 꿈처럼 달콤하다는 사실을 알았을
때 얼마나 놀랬는지, 돈만 있으면 무지개를 사서 걸칠 수 있는 세상에
왕따를 당한 것 같았다. 율전의 김새론과 성남의 김새론은 화성인과
지구인처럼 달랐다.

　율전 사람들이 드나드는 패션 상점이 있는 대형 빌딩 주차장에 도
착하면 드레스 숍 매니저가 깊숙이 머리를 숙이고 있었다. 모델처럼

늘씬한 몸매의 그녀를 따라가면 조르주 상드의 살롱처럼 꾸며진 우아한 공간이 나타났다. 외국산 희귀식물과 조각상, 그림과 조명이 적절히 배치된 살롱에서 커피를 마시며 옷을 입어 보는, 음악 감상과 쇼핑을 즐기다 보면 하루해가 저물었다. 숍 매니저는 그녀를 공주로 받들면서 매상을 올린 뒤 가게 문을 닫았다.

율전에서 그녀는 딱히 갖고 싶은 물건도, 먹고 싶은 음식도 없었다. 돈이 많을 땐 쓸 일이 없고 돈이 없을 땐 쓸 일이 산더미처럼 많았다.

차를 출발시키며 준범은 성북동까지 데려다 주겠다고 말했다. 새론은 성남에 갈 일이 있다고 대답했다. 준범은 성남이라면 분당이냐고 물었다. 분당은 그의 생각에 맞는 최대치, 그는 성남이 분당의 모태라는 걸 생각 못했다. 사람은 다 그래. 나도 그래. 자기 자신을 뛰어넘지 못해.

"오리지널 성남."

"그 동넨 왜?"

준범은 생뚱맞다는 듯 물었다.

"조사연구."

오리지널 성남은 그녀에게도 준범에게도 낯선 동네, 자동차를 타고 획획 스쳐 지나는 도시였다.

내비를 조정하는 준범에게 새론이 성호동 네거리라고 말하자, 카이맨이 질주본능을 발휘하기 시작했다. 그녀는 카이맨의 속도와 승차감에 자신을 맡기고 눈을 감았다. 눈망울 가득 포르쉐 까레라가 떠올랐다.

포르쉐 까레라는 여성적인 자동차였으나 부드러운 어머니가 아니라

마음을 열지 않는 풋내기 여자애처럼 까다롭고 앙칼졌다. 하지만 까레라는 마음을 열기 무섭게 주인과 일심동체가 된 관능으로 드라이빙에 호응했다. 모든 차는 밟으면 달리고, 세우면 멈추지만 까레라는 멈추고 주행하기 전에 드라이버를 포근히 감싸는 방식이었다. 까레라를 타고 텅 빈 고속도로를 질주하면 빛을 타고 우주를 가로질러가는 발광체처럼 온몸의 세포가 짜릿했다. 도시는 가로결을 그리며 뒤로 미끄러져갔다.

내 까레라는 어디로 간 것일까, 까레라를 영영 만날 수 없는 것일까.

까레라와 새론의 이별은 벼락처럼 닥쳐왔다. 빚쟁이가 까레라를 몰고 사라지던 날 새론은 날개 부러진 새처럼 방바닥에 누워있었다. 그녀와 한 몸처럼 살던 연주가 사라진 집안은 화성처럼 적막했다. 연주는 타인이라는 사실을 각인시키고 새론의 곁을 떠나갔다.

연주는 숙식을 해결하고, 새론의 아버지가 장학금 형식으로 지급하는 돈으로 휴학 중인 대학공부를 시작한 여대생이었다. 그녀의 아버지는 연주의 시골집에 농사자금을 대주며 농사가 잘 되면 갚으라고 했지만 두 번 다시 언급하지 않았다. 연주는 울며불며 매달리는 새론을 뿌리치며 말했다.

"나 길들어 버렸어. 서울에 가고 싶지 않아. 율전에서 살고 싶어. 이런 나를 좀 봐 주라, 새론아?"

연주는 빚쟁이들의 난장판을 견디지 못했다. 가진 것이라고는 시간뿐이라던 연주는 공부할 시간이 없으면 얼굴색이 싸늘하게 변했다. 밤 9시 이후에는 핸드폰이 울려도, 숨넘어가는 소리를 질러도 얼굴도 내비치지 않았다. 연주는 종종 꿈꾸듯 중얼거렸다.

"율전의 공기가 나쁜 것 같아. 여기 온 뒤 나 이상해진 거 있지? 죽어도 율전을 떠나기 싫은 거…… 계속 율전에서 살려면 실력을 기르고 인물 좋아지고 행운이 따라야 하는데…… 우선 죽자 사자 공부하는 수밖에…… 이런 날 이해하고 9시 이후에는 찾지 마, 응?"

아버지는 해외에 나가 살다시피 하는 엄마 대신 딸에게 연주를 붙여주었다. 연주는 아침에 그녀가 일어나면 침대를 정리해주고 창가에 서서 새론의 뚱한 기분을 조잘조잘 풀어주었다. 아래층에서 이층으로 올라오는 연주의 발짝 소리가 나무 계단에 떨어지는 아침을 그리워할 날이 오리라고 생각한 적은 없었다. 어느덧 달콤한 나날은 사라지고 복면을 쓴 정체불명의 날들이 닥쳐와 있었다.

율전에 살던 시절 새론과 연주는 저녁의 통과의례처럼 욕조에 들어가 몸을 씻었다. 그녀는 연주의 베이글 풍 가슴을 보고 마릴린 먼로는 한국 남자에게 버거울 것이라고 놀리고, 연주는 새론의 봉긋한 가슴을 보고 엄마 젖을 더 먹어야겠다고 약을 올렸다. 그녀가 가슴을 건드리면 연주는 마구 물을 끼얹었다. 여자애들의 웃음소리가 분수처럼 솟구치는 저녁 시간은 카메라로 찰칵찰칵 찍히는 장면처럼 변화무쌍했다. 저녁에 집에 돌아가면 연주부터 찾게 된 새론은 그녀에게 고난을 겪은 여자 특유의 성숙미와 무게감을 느끼고 깊이 의지했다. 새론은 연주와 하루 일어난 얘기를 주고받으며 어머니의 부재를 까맣게 잊고 살았다. 일생을 통해 동성애 기질이 최고조에 달하는 소녀시절은 엄마보다 여자 친구를 좋아하는 경향이 도저하고, 연주는 철부지 새론의 편이 되어 자존심을 다독여주고는 했다.

"나, 무서워! 무서워!"

연주의 손목을 움켜쥐고 애원하는 그녀의 얼굴은 죽음처럼 캄캄하고, 연주의 얼굴은 가면처럼 딱딱했다. 머리를 흔들자 검은 머리칼에 얼굴이 반쯤 가려진 연주는 여귀처럼 기괴해 보였다. 새론은 가슴이 돌처럼 굳는 것 같았다. 연주가 돌아서는 서슬에 머리칼이 검은 바람처럼 휘돌고, 그녀의 손을 잡고 있던 새론의 손은 맥없이 무너졌다. 돌연 그녀는 연주를 자기 앞에 돌려세워 놓고 딱딱 을러댔다.

“연주, 아니 언니, 너와 난 텅 빈 그릇이었니?”

“…….”

“너와 난 무슨 의미였니?”

연주의 매몰차게 대꾸했다.

“이 세상에 의미 따위 있을 것 같니? 흥!”

흥, 이라는 본능적인 후렴이 연주 자신도 모르게 튀어나왔지만 그래서 더 생생하고 절망적이라고 느끼면서 새론은 말했다.

“그럼, 생존만 있는 거니?”

“그럼, 넌 죽을 수 있니?”

연주는 매몰차게 쏴 부치고, 그녀는 가열 차게 응수했다.

“아니지? 끝없이 잘 살려는 욕망이 있는 거지? 넌 우릴 그릇으로 이용한 거야. 난 네게 텅 빈 그릇이었을 뿐이야.”

연주는 쌀쌀맞은 어투로 대꾸했다.

“그래, 우린 모두 그래. 이런 세상에 누구의 그릇이 되어주는 사람도 있어야 하지 않겠니?”

새론은 연주의 눈동자에 돋은 사금파리처럼 파란 맹아(萌芽)를 발견하고 움칠했다.

"그럼 좋은 것만 쏙 빨아먹고 우릴 용도 폐기하는 거니?"

두 사람 사이에 숨어 있던 진실이 닭살처럼 도드라지자, 새론은 흠칫 몸을 떨었다.

"난 능력이 없어."

진실은 사람을 맥 빠지게 하는 저력이 있다는 듯 연주는 힘없이 중얼거렸다. 새론은 단지 넌, 넌…… 더듬거렸다.

그때까지 그녀는 상실다운 상실을 겪어본 적이 없었다. 연거푸 상실을 겪은 적은 더구나 없었다. 일상적인 상실은 인간이 오물에 불과하다는 경고처럼 매일 되풀이되었다. 잘린 손톱, 빠진 머리카락, 코딱지와 귀지, 오줌과 똥, 살갗을 뚫고 솟은 붉은 피는 인간의 일부였다는 사실이 무색할 만큼 기괴해 보였다.

지금까지 새론이 겪은 상실은 자연의 일종으로 아프지 않았다. 요즈음의 인공적인 상실은 아프고 쓰라렸다.

연주의 등 뒤에서 차고로 내려가는 문이 쾅 닫혔다. 그녀는 문 앞에 주저앉아 엉엉 소리쳐 울었다. 서러움의 덩어리가 뭉클뭉클 치솟아 목구멍을 막았다. 새론은 연주의 짐을 실어다 주겠다며 차고로 내려가는 가정부의 등짝을 손바닥으로 후려쳤다. 온몸으로 사나운 기운을 내뿜으며 넌, 공부하기 위해 못할 짓이 없는 인간이야! 소리쳤다.

상실이라는 난폭자는 쉬지 않고 다가왔다. 그녀는 빚쟁이의 손에 난장판이 된 방바닥에 시체처럼 누워 있었다. 빚쟁이는 새론의 텔레비전과 컴퓨터와 피아노를 포장했다. 컴퓨터가 없어지면 커뮤니티도 사라지는 게 아닐까, 자주 드나드는 블로그나 그룹 톡이 사라지면 무인고도에 버려지는 건 아닐까. 스마트폰과 컴퓨터 화면은 드넓은 세상을 품고 있었다. 빚쟁이가 그녀의 다리를 밟고 지나며 폭언을 쏟았다.

"이건 또 뭐 말라비틀어져 죽은 물건이야?"

졸지에 〈뭐 말라비틀어져 죽은 물건〉이 된 새론은 머리가 암담하게 굳는 것 같았다. 빚쟁이들은 화구와 이젤과 그림물감을 발로 짓이겼다. 그녀는 자신의 팔 다리가 부서지는 고통을 느꼈다.

"그건 제발 건드리지 마세요!"

"뭐? 너 뭐야? 도대체 뭘 건드리지 말라는 거야? 아직 똥 된장 구분도 못하는 물건이 터진 입이 있다고 나불대?"

〈똥 된장 구분도 못하는 물건〉을 두고 두 사람은 더욱 거세게 그림 도구들을 부쉈다.

"야! 너, 그럼 영원히 잘 살 줄 알았니? 세상이 그러면 쓰나? 돌고 도는 게 돈인데…… 돈 내놓으라고 해! 네 애비에게!"

야! 너, 라는 어조는 야비하게 비틀렸다. 상실은 새론의 날개를 꺾어놓고 계속 저벅저벅 다가왔다.

준범의 자동차 안에서 그녀는 혼잣말로 중얼거렸다. 까레라, 넌 어디 갔니? 연주 너는 언제 다시 올 거니? 내 날개 까레라. 내 친구 연주, 연주, 그녀는 목이 메어 더 이상 생각을 이어가지 못했다. 카이맨은 속도를 만끽하는 현실과 부서진 현실을 밀쳐내며 질주를 거듭했다.

카이맨이 내부순환도로에 진입했다. 하이브리드카인 카이맨의 외관은 스포티하고, 내부는 고급스러웠다. 카이맨은 스포츠카다운 실용성에 한 단계 업그레이드된 성능으로 가속 명령을 수행했다. 시스템을 장악하고 있는 첨단 장치는 눈길이나 빗길에서 미끄러지는 것을 방지했다. 차체 높이와 속도는 노면에 따라 조정되고 정지 명령을 내리면 온몸의 털을 일으켜 세운 들 고양이처럼 급격히 멈췄다. 카이맨은 급커브에서 잽싸게 코너링 했다. 절로 탄성이 터졌다.

"카이맨처럼 요염한 과속유발자는 없단 말이야. 멋져 뿌렀어!"

새론은 손가락을 뚝뚝 꺾었다.

준범은 그런 새론을 보고 이사 간 뒤 너 이상해진 거 아니냐고 물었다. 그녀는 이사도 변화라면 변화이고 얼마든지 이상해질 수 있다고 대답했다.

"준범이 너, 내가 차 없이 다닌다면 계속 태워줄 용의 있니?"

"왜 차를 두고 다니지? 왜?"

"만약 내가 차가 없어도 계속 태워 줄 수 있느냐구?"

"그걸 말이라고 해? 차가 없긴 왜 없어?"

"대답 해!"

준범은 대답하지 않았다.

"전에는 그렇지 않았는데 너, 성격에 초를 친 것 같다는 거 모르겠니? 혹시 성북동에서 매실식초 많이 파는 거 아니야? 나도 좀 마셔보자. 너처럼 새콤해지면 섹시할 텐데……."

너스레를 떠는 그에게 새론은 쓸쓸히 말했다.

"끝내 대답 못하네. 하긴 그런 약속 함부로 하는 게 아니지. 근데 식초와 섹시…… 말만 들어도 온몸이 새큰새큰 헤진다. 성북동에는 섹시가 길에 널려 있거든."

"온몸이 새큰새큰 해지다니, 그게 여자애가 할 말이냐?"

"여자애는 새큰새큰 해지면 안 되니? 나 섹시하다는 잘 알잖아?"

"그만두자. 나 손들었어! 근데 까레라는 어디 모셔 둔 거야?"

"미들턴 흉내를 내고 싶어서…… 우리 집엔 시녀가 없으니까."

새론은 빙글 웃었다.

"갑자기…… 감이 안 잡힌다."

"미들턴도 갑자기는 아닐 거야. 왕자와 사귀면서 졸졸 따라붙는 시녀를 떨구고 싶었을 거야."

북한산 터널을 쾌속 질주하는 자동차 안에서 새론은 돈과 자유를 생각했다. 아버지 회사가 망한 후 새론은 돈이 없으면 몸과 마음의 자유도 없어진다는 사실을 알게 됐다. 카이맨은 장지 인터체인지에서 성남으로 진입했다. 그녀는 성호동 네거리에서 내렸다. 준범은 차를 출발시키며 백미러로 내린 지점에 멍하니 서 있는 새론을 흘깃 쳐다보고 머리를 갸웃거리며 엑셀을 눌러 밟았다.

준범의 카이맨은 자동차의 행렬 너머로 사라져갔다. 도로는 모닝도 까레라도 카이맨도 모두 주행하게 하는 평등의 대명사였다. 새론은 길가에서 급전직하, 고공낙하라고 중얼거리며 카이맨을 타고 쾌속 질주하여 성호동에 닿은 게 아니라 고장 난 엘리베이터를 타고 수직 낙하하여 성호동에 닿은 것이라고 생각했다. 수직 낙하의 충격에 신장이 망가졌다.

준범은 갑자기 자동차를 U턴하여 오던 길로 되돌아갔으나 새론이 서 있던 지점에 새론은 없었다. 그녀의 핸드폰은 먹통이었다. 준범은 이 골목 저 골목 차를 몰고 헤맸지만 새론을 만나지 못하고 그 지점으로 되돌아갔다. 그녀는 왠지 절벽에 선 사람처럼 위태로워 보였다.

새론은 건널목을 지나 재래시장으로 들어갔다. 당국이 마지못해 눈감아주는 골목 시장은 학교 담장에 기대어 지은 무허가 가게와 일반

주택을 개조하여 만든 상점들이 골목 양 쪽에 줄줄이 늘어서 있었다.

쥐새끼가 골목시장 채소가게 좌판 밑으로 튀어 들어갔다. 새론은 비명을 삼켰다. 처음 반 지하로 이사한 그녀는 현관문을 열자 집 안으로 튀어 들어간 쥐새끼가 이리저리 내닫는 꼴을 보고 비명을 질러댔다. 쥐야! 쥐! 나 못살아! 죽어버릴 거야! 울며불며 그녀는 밖으로 뛰쳐나가 뛰고 걷기를 반복하는 동안 아래 동네에 닿아 있었다. 그녀는 비로소 자신이 반 지하 집 이외 갈 곳이 없다는 사실을 인정했다. 율전 수화네 집에는 갈 엄두가 나지 않았다. 나머지 친척들은 대부분 쥐가 나오는 동네에 살고 있었다.

며칠 전, 수화에게 전화를 걸었지만 받지 않았다. 집 전화번호를 눌렀고 도우미가 받았다. 아주머니를 바꾸어달라고 하고 없다는 대답을 들었다. 지금까지 아주머니는 전화가 연결되지 않으면 곧 전화를 걸어왔다. 수화의 집에서 새론에게 왕따를 놓고 있었다. 그녀는 다리가 아파 쓰러질 지경이 될 때까지 성남 시내를 훑고 다녔다. 핸드폰이 울리고 아버지가 쥐를 몰아냈다고 말했다. 새론이 다시 쥐가 들어올 것이라고 울먹이는 소리를 듣고 아버지는 한숨을 쉬었다.

"아득하다, 아득해!"

쥐새끼만 없어도 살 것 같았다. 이 동네는 반 지하에도 시장골목에도 쥐가 있었다. 시장 바닥은 으깨어진 채소와 막걸리 엎질러진 자국으로 지저분했다. 그녀는 서울 부근에 이런 도시와 골목이 있다는 걸 알고 처음엔 놀라고 요즈음엔 어떻게든 도망쳐야 한다는 생각으로 이 동네를 견뎠다. 이런 곳에서 음식물을 사다 먹고 사느니 차라리 죽는 게 나을 것 같았다. 카드 결제도 현금영수증도 불가능한 재래시장은 연말에 환급 받을 세금이 부과되지 않는 서민층이 주로 이용하는 곳이었다.

재래시장에도 미끼 상점은 있었다. 늙고 가난한 소비자들은 대형 마트에 없는 구두와 옷수선집, 반찬가게, 방앗간과 떡집에 부지런히 드나들었다. 즉석어묵가게, 호떡집, 찐빵집, 손만두가게, 막걸리집, 칼국수집, 중국산 옷과 신발가게, 구제옷상점은 주로 서민층이 이용했다. 상인들은 남의 밑에서 일할 수 없어 장사하는 것이라며 한숨지었다. 젊은이들은 식재료를 사다 밥 지을 시간이 없고, 부모세대처럼 죽기 살기로 돈을 모으려고 하지 않았다. 재래시장은 방앗간에 드나드는 노인들과 함께 쇠퇴일로를 걷다가 사라질 것 같았다.

골목시장이 나날이 찌부러지고 있다는 것을 아는지 모르는지, 상인들은 해가 뜨면 가게 문을 열고 해가 지면 가게 문을 닫으며 열심히 장사했다. 텔레비전에 나온 유명인사는 희망과 아이디어와 장사의 끈기를 역설했다. 상인들이 둥글게 허리를 말고 조개를 까거나 채소를 다듬는 반 가공 상품이 그들의 아이디어이고 장사의 끈기였다. 유명인사는 하나마나한 얘기를 늘어놓고 출연료를 챙겼다.

반찬가게에서 생선 조림 한 팩을 구입한 새론은 건너편 커피 집으로 들어갔다. 커피숍의 제일 구석진 자리에 앉아 있던 로로 피아나 신사가 팔을 치켜들고 허공을 휘저어 보였다. 자기 앞에 앉는 새론에게 사내는 건강은 어떠냐? 아버님도 건강하시냐고 일사천리로 물었다. 새론은 머리를 끄덕일 뿐 말이 없었다. 신사가 물었다.

"참 대단하세요. 현대판 효녀 심청이는 바로 학생이지요. 요즈음 젊은이들의 귀감인데……."

그는 머지않아 학생도 행운을 누리게 될 것이라고 말했다. 새론은 침묵했다. 그는 모쪼록 두 분 다 건강하셔야 한다면서 앞으로 피를 나눈 집안끼리 형제처럼 지내게 될 것이라고 말했다. 애들에게 유언해 놓겠다는 말도 했다. 새론은 머리를 끄덕여 보이고 멈칫멈칫 말했다.

"이제는 진실을 알려주셔도 될 때라는 생각이 듭니다. 다 끝난 일이니까요. 신장을 상실한 뒤 자꾸 알고 싶어졌어요. 이상한 호기심이지요? 저에 대한 정보는 어디서 구하셨나요? 그때 제 체질과 아버님 체질이 맞는 다는 것까지 알고 찾아오셨잖아요?"

그녀를 쏘아보기 시작한 신사는 일이 심각하다는 표정을 지었다. 새론은 신장을 상실한 자의 용기가 독초의 맹아(萌芽)처럼 솟는 걸 느끼며 다시 물었다.

"제 정보를 아는 곳은 병원 원무과뿐이잖아요?"

한동안 말없이 앉아 있던 신사가 시계를 보고 머리를 치켜들고 그녀를 쳐다보며 말했다.

"우리가 혜택을 받은 입장이긴 하지만 혜택을 준 입장이기도 하잖아요?"

그는 지금까지 자제하고 있었다는 투로 얼굴을 붉히며 뚫어지게 그녀를 응시했다. 꼬투리를 잡는 사람이 있다면 가만 두지 않겠다는 투가 역력했다. 기세에 눌린 새론은 머리를 숙인 채 아부 말도 하지 못했다. 그러자 모든 게 변했다. 신사는 그녀의 겁먹은 표정을 보고 애송이 여자애의 한 방을 자신의 것으로 바꾸기로 결정했다. 몇 마디 말을 구사하는 것으로 신사는 거액을 보상금을 준 자로 우뚝 서고, 새론은 보상금을 받은 자로 찌부러졌다.

"학생, 누구에게 누명은 씌우지 마세요. 그건 큰 죄입니다."

신사가 누명과 죄를 들먹이자 새론은 흠칫 어깨를 움츠렸다. 신사의 눈에 어리보기, 로봇, 어린아이라는 말이 돋아있다는 걸 아는지 모르는지, 새론은 함정을 숨긴 잔디 언덕에 서서 꿈을 꾸는 듯한 표정을 짓고 있었다. 부사에 대한 그녀의 기대는 로로 피아나 신사의 시선에 봄눈처럼 녹아내리고 있었다.

신사는 어리보기 너, 여러모로 생각해보라는 듯 계속 쏘아보았다. 이미 한 차례 발가벗겨진 그녀는 모래알처럼 작아지고, 숨결은 절여졌다. 얼마 전, 그런 방식으로 젊은 신장을 수중에 넣은 어른과 인생 초년생의 대립은 맞장도 뜨기 전에 끝났다. 새론의 칼을 단번에 무 칼로 만들어 놓은 그가 말했다.

"나도 인간이라서 학생에게 이런 말하기 죽어도 싫지만 어쩔 수 없군요. 원무과를 의심하는 머리로 5인 병실 사람들은 왜 의심하지 않나요? 거대 조직을 물고 늘어지면 큰 코 다칠 수 있다는 거 모르진 않겠지요? 그래서 거대해졌으니 그만한 대비 없겠느냐 말이지요."

그는 위협적인 어조로 그동안 퇴원한 환자와 가족들은 김경재 씨가 퇴원 못하는 이유를 다 알고 있었다고 말했다. 병실에 드나든 사람이 한 두 사람이 아니다. 그 많은 환자의 친척과 지인들, 미화원, 간병인, 간호사와 의사도 있다. 국정원에 입원하지 않는 이상 환자의 정보는 새게 마련이다, 서로 합의한 일을 가지고 의심은 해서 뭐하느냐, 새론을 코너로 몰아세워 놓고 신사는 침묵했다. 그녀는 무생물처럼 앉아 있었다.

단번에 상대를 제압해 놓은 결기의 연장선에서 그는 짐짓 푸근한 어조로 어리보기를 달래기 시작했다. 마음이 허하다는 건 알지만 어쩔 수 없지 않느냐, 누가 뭐래도 체질이 맞는 상대를 만난 행운에 감사해야 한다, 그렇지 않았다면 아버지는 지금까지 퇴원하지 못했을 것이라고 그는 말했다. 신사는 자신의 아버지가 생명을 얻었다는 말은 입밖에 내지 않았다.

더 이상 '우리'라고 하지 않는 신사의 태도에 질려버린 여자애는 입도 뻥끗하지 못했다. 혜택에 대해 언급할 때마다 신사는 '학생'이라고 강한 어조로 발음했다. 그는 새론이 받은 혜택에 대한 말을 산더미처럼 쌓아놓고, 자신이 받은 혜택에 대해서는 한 마디도 하지 않았다. 쉽게 목적은 이뤄졌다. 그는 부드럽고 다정한 목소리로 냉혹한 내용을 감싸서 애송이 여자애를 혼란에 빠뜨렸다. 그는 본론으로 들어갔다.

"우리 아버지를 구해주신 은혜 돈으로 따질 순 없지만 천만 원 더 드리는 걸로 하지요. 다른 뜻은 없고 젊고 건강한 분을 만난 프리미엄을 드리자는 것뿐입니다. 사람에게 신장을 둘 주신 하나님의 은혜에 감사 할 일이지요."

그는 가슴에 성호를 긋고 새론을 진지하게 쳐다보았다. 신사는 사무실에 돌아가면 비서에게 입금하라고 이르겠다며 바쁜 일정 운운하고 자리에서 일어섰다. 주차장에서 기다리고 있던 벤츠에서 내린 청년이 신사에게 자동차 문을 열어 주고 깊이 허리를 굽혔다. 자동차 뒷좌석에 앉은 신사는 운전기사 옆에 앉는 청년에게 말했다.

"오늘 당장 이 대포 폰 죽여라."

자동차가 출발했다. 새론은 사라져가는 벤츠를 바라보며 중얼거렸다. 상실은 내 안에서 화학 비료로 변했어. 내 안의 맹아는 무럭무럭 성장할 거야. 맹아, 나의 맹아. 순간 새론은 자신의 손을 놓고 돌아서던 연주의 눈에 반짝이던 푸른 광채를 기억했다. 연주의 눈동자에 돋아있던 것도 하얀 눈을 뚫고 솟아난 파란 맹아였다. 나는 가을에 핀 개나리에 지나지 않아, 제법 영악해졌다고 생각하지만 어림도 없어. 그녀는 비명이라도 지르고 싶었다.

〈연주, 나는 너다. 내가 너란 말이야!〉

새론은 밖으로 나갔다. 흐르는지 고이는지, 애매한 검은 개천이 화강암 절벽 아래 걸쭉히 고여 있었다. 새론은 화강암 절벽 위에 서서 힘껏 핸드폰을 날렸다. 분홍 나비처럼 날아간 핸드폰은 개천에 머리를 박고 가라앉았다. 개천은 잘 익은 흑미 막걸리처럼 뽀글뽀글 괴어올랐다. 뽀글거리는 거품에 석양빛이 비치어 색체의 파편을 퍼뜨렸다. 빛과 색의 난반사, 사방에서 튀어 오른 빛의 파편들이 나비처럼 팔랑팔랑 날아올랐다. 하양, 빨강, 노랑, 파랑, 보라, 검정, 연두, 초록, 주황, 파랑 나비들이 살랑살랑 춤을 추었다. 몽롱한 꿈속에서 수천 수억의 나비들이 잡힐 듯 잡힐 듯 춤추고 있었다.

6. 통찰

무성시를 벗어난 자동차가 하목리에 가까워지자 코끝에 닿는 공기가 상큼했다. 이 지점에서 수화는 버릇처럼 서울 사람들은 철 심장을 달고 사는 모양이라는 생각을 했다. 서울에 살던 시절이 아득히 먼 꿈처럼 여겨졌다.

율전으로 이사 오기 전 아버지는 종종 우리도 율전에서 살게 될 날이 꼭 올 것이라고 장담했다. 어린애처럼 '꼭'이라고 말하던 아버지의 얼굴이 지금도 눈에 선했다. 경재 형이 한 일 나라고 못할 거 없지, 거듭 다짐하는 아버지에게 엄마가 오금을 질렀다.

"감히 우리가 어떻게 그 동네에서 살기를 바란대요? 난 서울에서도 돈 걱정 없이 살면 원이 없겠다."

수화는 앵무새처럼 조잘거렸다.

"아빠, 꼭이지? 꼬옥?"

잣나무 숲이 우거진 율전에는 언제나 꽃이 피고 뒷산은 푸근하고 호수는 파랗고, 골프장은 푸른 융단처럼 펼쳐져 있었다.

"사람으로 태어나가지고 그런 동네에서 한 번 살아보고 죽어도 죽는 거야."

아버지는 자신만만하게 말했다.

그녀는 도시의 지붕에서 해가 떠오르면 율전의 산마루에 떠오를 붉은 태양을 상상하고 꿈꾸는 표정을 짓고는 했다. 산봉우리는 그윽하고 햇볕은 금가루처럼 쏟아져 내리겠지. 잔디 언덕에선 아롱다롱 영롱한 아이들이 뛰어 놀 거야. 하지만 수화가 율전에서 만난 새론은 영롱하다기보다 몽롱한 아이였다.

어느 날, 그녀의 아버지는 초등학교 1년생 딸을 운전석 옆에 태우고 자동차를 몰아가며 말했다.

"율전 마을은 산 중턱 숲 속에 있단다."

하목리는 율전 가는 길목에 분포된 도농 마을이었다. 율전 가는 길은 도로 표시판도 없고, 길을 아는 사람도 없었다. 우리도 형수님이 오라고 하지 않으면 갈 수 없단다. 그녀의 아버지는 선택받은 사람의 긍지와 근엄함을 풍기며 말했다.

어느 방향에서든 숲 속으로 숲 속으로 들어가게 되어 있는 율전 마을은 컴컴한 숲을 가르는 2차선 도로를 가로지르는 은색 차단기의 비밀번호를 알지 못하면 들어갈 수 없었다. 율전에서는 마을 어귀 관리소 옆 창고에 사물함을 갖춰놓고 집배원이나 택배회사 직원이 배달 물품을 집어넣으면 주인이 찾아가는 시스템을 갖추어 놓고 외부인의 출입을 최소화했다.

수화는 컴컴한 숲속에 머리를 디밀고 사라지는 2차선 도로를 겁겁히 바라보았다. 2차선 도로를 끝까지 달려가 봤자 선글라스를 쓴 군인이나 스파이 양성소가 있을 듯, 숲에는 음침한 기운이 감돌고 있었다.

"율전은 건강에 제일 좋은 해발 700m에 있단다. 부자들에겐 건강이 최고니까.”

비탈길을 한동안 더 올라간 자동차가 나목 사이로 파란 호수가 얼비쳐 보이는 언덕에 올라서자 그녀는 소리를 질렀다.

“아빠, 호수다! 지구의 눈동자처럼 파래!”

아버지는 딸의 정수리를 쓸며 말했다.

“우리 딸의 말은 아주 맛나!”

자동차에서 내린 그는 이쁘다, 이뻐! 환호하는 딸에게 호숫가에 핀 벚꽃을 가리켜 보이며 수양벚꽃이라고 일러주었다.

“와아! 이쁘다!”

수화는 숨도 쉬지 않고 탄성했다.

보통 벚나무에 연두색 잎이 돋는 늦봄에 수양벚꽃은 자연의 오묘한 발현처럼 하늘하늘 춤추고 있었다. 조선시대 어사화로 불리던 옛 영화를 전하며 수양벚꽃은 율전 마을을 한국에서 하나 뿐인 무릉도원으로 꾸며주고 있었다.

봄이 오면 율전의 골퍼들은 호숫가 골프장에서 흰 공을 펑펑 질러대고, 율전의 여자들은 여체보다 수양벚꽃의 관능에 취하는 편이 낫다고 구시렁거렸다. 풍수지리 금계포란(金鷄抱卵)에 배산임수(背山臨水)의 조건을 더하기 위해 무성산에서 흘러내리는 개천을 막아 만든 호수에는 잔잔한 파도가 일렁이고 있었다.

“아빠, 이따 갈 때 벚꽃 또 보고 가자, 응?”

아버지는 머리를 끄덕이고 소나무 사이로 붉은 지붕이 얼핏거리는 마을로 들어갔다. 늦봄의 녹음에 잠긴 마을은 꿈결처럼 아늑했다. 아버지는 차창을 가로질러가는 누런 짐승을 보고 ‘꽃사슴’이라고 일러주었다. 수화는 이쁘다고 탄성했다.

율전 마을에는 앵무새와 꽃사슴이 살고 있었다. 앵무새는 마을 주민 누군가의 새장을 뛰쳐나와 숲으로 날아가고, 꽃사슴은 가시 철망이 숨겨진 측백나무 울타리를 넘지 못해 마을 언덕을 경중경중 뛰어다니다 관리원에게 포박되어 주인에게 인계되고는 했다.

애완동물 탈출 사건은 마을에 심심찮은 얘기꺼리를 제공했다. 누구네 사슴은 가정부가 깜빡하는 사이 달아나고, 누구네 앵무새는 새 둥지 문을 연 며느리의 손등을 부리로 쪼고 날아갔다는 식의 얘기였다. 세상에 단 하나뿐인 희귀 분재나 란(蘭) 화분이 길바닥에 떨어져 박살나는 일도 종종 발생했다. 토박이 율전 사람은 애완동물 탈출 사건에 연루되지 않았다. 거액의 연봉이 보장된 외부인은 직장을 버릴 각오 없이 분재를 담 밖에 던질 배짱이 있지 않았다. 율전 사람들은 거액의 연봉을 주는 대신 사생활을 보장해줄 사람이 아니면 도우미나 운전기사로 고용하지 않았다. 토박이에게 돌아갈 혐의는 소리 소문 없이 가라앉았다.

자동차가 주택단지보다 한 단계 낮은 도로 변의 셔터에 닿자, 셔터가 스르륵 올라갔다. 수화는 눈을 커다랗게 떴다. 차고에는 스포츠 카 페라리, 포르쉐, 벤츠와 소나타, 모닝이 줄줄이 엎드려 있었다. 소나타는 운전기사의 출퇴근용 자가용이고, 모닝은 도우미의 가사용 자동차였다. 차고 한 구석에는 운전기사의 쉼터인 방과 화장실이 있었다.

율전의 젊은이들은 여의도 앞 한강에 정박되어 있는 30억 짜리 요트를 몰고 경인운하를 거쳐 인천 앞바다로 나아가 서해안의 섬을 섭렵하거나 멀리 중국이나 일본 해안을 돌며 폐부 깊이 바다의 정기를 빨아들이고 서울로 돌아와 가업 승계에 박차를 가하곤 했다. 율전에는 하와이나 서해의 무인도에 별장을 소유한 가구도 많았다. 젊은이들은 서해의 섬에서 달과 별과 은하수와 어울리는 여름밤의 파티와 벽난로가 타오르는 겨울 별장의 아늑한 모임을 기다리며 지루한 일상을 견뎠다.

계단식 주택단지에 지은 새론의 집은 호수와 골프장이 한눈에 내려다보이는 언덕에 조용히 엎드려 있었다. 사철나무 울타리 안에는 봄, 여름, 가을 없이 꽃이 피는 정원이 고즈넉이 펼쳐져 있었다. 봄에는 영춘화 진달래 목련 라일락 철쭉이 연달아 피고 지고, 여름 내내 꽃이 피는 배롱나무와 능소화가 심어져 있었으며, 가을 정원의 국화는 늦가을 서리처럼 찬란하게 피었다 스러졌다. 겨울 정원의 눈꽃은 백설공주의 추억인 듯 아스라이 반짝이다 사라졌다.

새론은 헐렁한 체육복을 입고 나타났다. 수화는 하늘거리는 드레스 차림의 새론의 엄마를 보고 반쯤 넋을 잃었다. 망고 주스의 맛은 황홀하고 당숙모의 목소리는 소녀의 귀를 달콤하게 적셨다. 새론은 그녀를 데리고 유기농 농사꾼이 가꾸는 야채가 푸른 뒤란으로 갔다.

새론의 엄마와 수화의 아버지는 거실에 마주 앉아 커피를 마셨다. 새롬 일렉트론의 영업부장인 수화의 아버지가 이마를 덮은 머리칼을 손으로 쓸어 올리자, 오른 쪽 눈썹 위에 2㎝ 가량의 붉은 상처가 드러났다. 웬 상처냐고 새론의 엄마가 물었다.

"실은 형수님, 저 여기 일부러 온 겁니다. 누구한테 하소연할 데가 없거든요. 회사에 소문이 나면 형님도 저도 곤란하니까요."

"왜 무슨 일로요? 혹시 형님이 그랬어요?"

새론의 아버지는 강한 성취욕의 소유자인 반면 사이코 패스 기질도 다분했다. 그는 화가 나면 뭐든 집어던지는 등 사촌 동생에게 스트레스를 풀었다. 볼펜이 날고, 문서와 재떨이가 날았다. 사촌 형이 던진 유리 재떨이를 정통으로 맞은 김경준은 머리칼로 이마의 상처를 가리고 회사에 다니던 참이었다. 그는 답답한 사정을 대충 털어놓고 다시 말했다.

"말씀 좀 잘 해 주십시오. 전 괜찮아요. 형님이니까요. 사원들이 수근거리는 건 참을 수가 없어요. 그래서 일부러 시간을 낸 겁니다."

한동안 묵묵히 앉아 있던 이숙진 여사가 말했다.

"네, 그래선 안 되지요. 고치겠지요, 뭐."

김경준은 새론 발전의 공로자이자 아이디어맨으로 평판이 자자한 사람이었다. 새론의 공장장을 거쳐 영업부장이 된 그는 콘덴서 불량을 잡아내는 용량 선별기, 부품의 각도를 조정하는 아이디어로 생산성 향상에 이바지하고 '콘덴서 자동 검사기' 정렬시스템을 정비하여 불량품 유출을 방지하는 공을 세웠다. 이 밖에도 그는 크고 작은 아이디어로 주식회사 새론 일렉트론에 막대한 이익을 안겨준 인물이었다.

왠지 김경재 회장은 그 공로를 지위나 급여로 보상하지 않았다. 그는 임원들이 보는 앞에서 형이 자신의 어깨에 팔을 걸치고 투덕거려주는 것으로 만족했다. 그를 낙하산 인사로 보던 사원들의 불만이 신뢰와 연민으로 바뀌고, 그를 존경하고 따르는 사원들은 점차 늘어갔다. 그 후 많은 세월이 흘러간 지금도 연구원들은 그의 인내심에 혀를 내두르곤 했다.

사촌 형이 피도 눈물도 없이 노동자들을 해고하라고 몰아 부치면 그는 자신의 월급을 쪼개어 노동자들의 눈물을 닦아주고 아내의 빈축을 샀다.

"당신은 김경재의 충성스런 부하 노릇을 하기 위해 태어난 사람이에요?"

아내의 푸념은 언제나 한숨으로 마무리되곤 했다. 그녀의 마음속 깊은 곳에 원망이 쌓여갔다. 형에 대한 남편의 울분은 크고 아내의 원한은 깊었다.

수화는 야채밭에서 상추를 따서 엄마에게 갖다 주겠다고 말했다. 그녀는 율전 사람들이 유통 기한이 긴 백화점 야채를 좋아하지 않는다는 것은 아직 몰랐다.

수화는 마을 한복판에 실외 수영장이, 그 옆에 피트니스 클럽이 있다는 것도, 여외 수영장 밑 지하에 겨울용 실내 수영장이 있다는 것도, 그 옆 마트에서 사시사철 유기농 야채와 과일과 싱싱한 생선과 최고급 생필품을 판다는 사실도 알지 못했다. 수영장과 피트니스 클럽은 알맞게 붐볐다.

율전 마을 기반시설 공사를 맡은 JR건설 오너는 피톤치드 발생 1번 타자인 편백나무를 이식하려 했으나 전문가들은 경상 전라 이남에서 자라는 편백나무가 서울 근교에서 자란다고 장담하지 못했다. 그는 율전 마을을 둘러싸고 있는 무성산 기슭에 편백나무와 잣나무를 엇섞어 심었다. 잣나무는 편백나무가 낸 구멍을 메우며 무럭무럭 성장했다. JR건설 오너의 선견지명에 따라 율전은 잣나무와 첨단 과학에 둘러싸인 공기 좋고 물 맑은 마을로 자리를 잡았다. 마을 둘레에 심은 메타세콰이어와 잣나무가 그윽해지자 JR건설 오너는 지형지물에 조응하는 개성적인 주택을 건축했다.

무성산 정상에 올라가 봐도 메타세콰이어에 둘러싸인 율전 마을은 잘 보이지 않았다. 보인다 해도 서울 근교에 흔한 반농 반도마을처럼 한적해 보일 뿐이었다. 마을 앞 골프장은 도시 근교에 흔한 스포츠 시설이고 호수도 골프장의 일부인 것처럼 보였다.

율전의 주택 건축은 JR건설의 핵심 요원 중 늙은 노동자들을 투입하여 완벽하게 시공했다. 노동자들은 대부분 사망했고 마을 건립 초기에 떠돌던 이런저런 소문은 시나브로 가라앉았다.

준 재벌인 신흥 부자들이 세인을 눈을 피해 율전으로 모여든 100여 가구는 커뮤니티 구성에 알맞은 숫자였다. 재벌의 턱 밑까지 추격한 기업인이나 대형 빌딩을 소유한 부동산 부자들이 많았다. 매스컴의 조명을 받는 정, 재계 부유층이나 은막의 별들은 받지 않았다. 율전은 부유층이 세인의 눈을 피해 부와 자유를 만끽하며 살 수 있는 조건을 두루 갖추고 있었다. 미녀의 나신처럼 미끈한 잔디 언덕 너머에서 방울소리가 울릴 듯 해맑은 대낮에 집으로 돌아가던 수화가 갑자기 소리쳤다.

"멈춰! 아빠!"

아버지는 컨벤션 센터 앞에서 분홍 드레스를 입은 여인이 파트너를 안은 자세로 빙글빙글 돌아가는 모습을 보고 눈을 휘둥그렇게 떴다. 새빨간 입술, 검게 뭉개진 아이라인, 새둥지처럼 부푼 머리칼, 여인은 연신 벙실벙실 웃고 있었다. 봄볕 쏟아지는 연회장 주위에 사람은 그림자도 보이지 않았다.

초록 십자 마크가 달린 병원차가 달려와 멈추고, 네 명의 사내가 내렸다. 춤추던 여인이 줄행랑을 놓기 시작했다. 뒤뚱뒤뚱 도망치던 여자의 드레스 자락이 쩍 벌어지고 검정색 바짓가랑이가 드러났다. 네명의 사내가 검독수리처럼 발버둥치는 여자의 팔을 잡고 질질 끌고 가서 자동차에 처박아 넣고 사라졌다. 수양벚꽃은 하늘하늘 춤을 추었다. 수화는 집에 갈 때 다시 한 번 보기로 했던 벚꽃은 잊고 분홍 드레스 여인을 보고 충격을 받았다.

"율전에도 저런 여자 살아?"

"율전 사람 아닐 거야."

"아빠, 아빠, 그 여자 독수리 부리에 찍힌 몽골 가젤 같았어!"

"녀석, 넌 독수리가 돼야 해! 가젤 따위 상상도 하지 마."

"가젤은 왜 독수리에게 잡혀 먹히는 거야?"

"독수리는 넓게 보고, 가젤은 좁게 보니까."

"그런 거야?"

아버지는 한숨을 푹 쉬고 말했다.

"승자가 되려면 높이 떠서 봐야 해."

"난 독수리처럼 높이 뜰 수 없잖아?"

"상상으로 하늘 높이 떠서 봐야지."

"아빠 그렇게 볼 수 있어?"

아버지는 허허 웃었다. 통에 울리 듯 두루뭉술한 소리였다. 여자 아이는 아버지의 웃음소리가 듣기 싫다는 말은 하지 않았다. 아버지는 새론의 가족이 이 마을을 떠나게 되리라고는 상상하지 못했다.

10년 후, 새론의 눈은 벌겋게 충혈 되고, 새한은 거의 넋이 빠진 듯 흐늘흐늘 걷게 될 미래를 아는 사람은 없었다. 새론의 엄마는 허깨비처럼 허청허청 걸어가고, 아버지는 어깨를 늘어뜨리고 터벅터벅 걸었다. 일가족은 율전 마을의 오염물질처럼 방향도 없이 흘러갔다.

7. 모순

성호동 로터리에서 헤어진 새론은 한 달이 지나도 나타나지 않았다. 학교에 휴학처리도 되어 있지 않았고, 핸드폰도 받지 않았으며, 없는 번호라는 기계음도 들리지 않았다. 새론이 왜 아직 집들이를 하지 않는지 모르겠다는 준범의 말에 수화는 좀 기다려 보자고 말했다.

새론이 잠수 탈 이유로 멜랑콜리, 뜻밖의 사태, 건강이라는 단어를 떠올렸지만 준범은 오늘이 내일로 이어지지 않는다는 사실이 놀랍고 어리둥절해서 말이 잘 나오지 않았다. 어째서 이런 일이 일어났는지 알 수 없고 이해되지 않았다. 새론의 얼굴에 야릇한 징조가 없지는 않았지만 무심코 흘려 넘긴 자신이 안타까울 뿐이었다. 창백한 얼굴, 때때로 짓는 심각한 표정, 길게 내쉬다 문득 멈추는 한숨, 갑작스런 말씨름은 전에 없던 짓이었다. 계속 차를 태워줄 것이냐는 질문에는 추궁의 의도가 짙게 깔려 있었다. 돌연 낮도깨비 같은 답이 튀어나왔다. 그녀에게 자동차가 없을 수 있다.

사고(思考)의 물고가 그 쪽으로 트이자 모든 게 변했다. 성북동으로 이사했다는 것도, 성호동에서 내린 것도, 내린 지점에 멍하니 서있던 모습도 심상치 않았다. 새론과 성호동이라니 불길했다. 준범은 그녀의

86

집이 경제적으로 완전히 몰락했을 가능성을 염두에 두기 시작했다.

그는 돈을 물처럼 소비하면서도 돈을 낭비한다거나, 아껴 써야 한다거나, 돈 벌기 힘들다는 생각 따위 전혀 하지 않았다. 아버지가 가난의 고통과 돈 벌기 힘 든다는 사실을 깨우치려고 하면 할수록 그는 엇박자로 나갔다. 천재가 아니라면 태어날 때부터 풍부하고 어린 시절도 풍부하고 인생 전체가 풍부한 사람이 가난을 이해하는 건 불가능했다. 아버지 금고에 넘치는 돈이 가족들에게 흘러드는 건 자연스럽고 아들만 혼자 가난하게 살 수도 없는 노릇이었다.

준범은 만약 새론이 가난해졌다면 자신의 주식을 팔아 부자로 만들어주면 그만이라고 생각했다. 그의 아버지는 투기나 투자가 아닌 소비로 돈을 쓴다면 온 가족이 날마다 거액을 쓴다 해도 일평생 다 쓸 수 없는 재화를 갖고 있었다. 아버지는 어린 그를 함정에 빠뜨린 적이 있었다.

온 누리에 늦봄과 초여름이 엇섞여 흐르는 6월 어느 날, 아들을 자동차에 태우고 달리던 아버지가 갑자기 열세 살 아들을 길바닥에 내려놓고 질풍처럼 달아났다. 소년의 머리 위에서 햇빛은 금빛 폭포수처럼 쏟아져 내리고, 아스팔트 도로는 뜨겁게 달아올랐다. 소년은 머리가 띵 울리는 충격 속에 우두커니 서 있었다. 소년은 어리둥절하고 분한 마음을 이기지 못해 눈물이 날 때까지 웃었다. 저 멀리 환영처럼 몇 척의 구명보트가 흔들흔들 나타날 때까지 그는 계속 웃었다. 구명보트에는 집으로 전화하기, 행인에게 도움 청하기, 율전까지 걸어가기, 친구에게 전화하기 등등의 선택 카드가 실려 있었다. 그러나 아버지를 골탕 먹일 카드는 없었다. 집에 전화하면 아버지는 젖비린내도 가시지 않은 녀석이라고 비웃을 테고, 두 번, 세 번째 방법은 지리멸렬했다. 친구에게 전화하면 아버지는 흐흐 웃겠지만 그에겐 상처가 될 게 뻔했다. 소년은 아버지의 발밑에 함정을 파기로 작정했다.

그는 걷고 또 걸었다. 마을이 지나고 또 지나갔다. 저녁 무렵 당도한 소읍에서 소년은 구질구질한 과정을 거쳐 숙식을 해결하는 조건으로 중국집에 들어갔다.

소년에게 중국집은 놀라운 신세계였다. 그는 단지 먹고 자기 위해 온종일 쉬지 않고 일했다. 율전에서는 도우미도 운전기사도 맛있는 음식을 먹고 침대에서 잠을 자는데, 소년은 하루 온 종일 일해도 하루 세 끼 밥과 강아지보다 못한 잠자리가 제공될 뿐이었다. 그는 사람이 자신의 몸을 죽도록 부려 먹는 대가로 먹이를 얻는 비열한 존재라는 걸 비로소 알게 됐다. 자신의 몸이 진저리나게 싫지만 버릴 수도 구박할 수도 없다는 사실을 인정하지 않을 수 없었다. 자신과 몸과 마음이 따로 따로 노는 게 이상하고 어리둥절했다.

이렇게 비겁한 몸을 갖고 있으니 도둑이 될 수도 있지, 뭐. 중국집 거울에 비친 자신을 흘겨보며 소년은 중얼거렸다. 중국집 돌아가는 낌새를 하나씩 꼽아보며 미래의 어느 날을 상상하는 날들이 보름 흘렀다. 소년은 주인이 화장실에 가고 주방장이 밥을 먹는 사이 돈 통에 든 돈을 움켜쥐고 버스 정거장으로 달아났다. 그리고 막 시동이 걸린 버스에 올랐다. 버스는 충청북도 경계를 넘어 문경읍에 당도했다. 소년은 다시 예천 행 버스를 타고 서울에서 멀리멀리 도망쳤다. 예천에서 그는 다시 중국집에 들어갔다. 소년의 앞에는 또 다시 몸을 뉘이고 먹이를 주는 문제가 산악처럼 버티고 있었다. 몸이 자신을 못살게 구는 게 싫지만 몸을 포기하면 자신도 곤란해지는 문제를 해결할 방법이 없었다. 몸이 자신인지, 생각하는 자신인지 소년은 혼란스러웠다. 몸이 싫다고 죽게 내버려 두면 자신도 죽을 테고, 생각이라는 것도 죽을 테니 풀기 어려운 숙제였다.

보름 후, 소년은 주인에게 야단을 맞고 갑자기 중국집을 나가버린 배달 소년의 뒤를 이었다. 소년은 주인이 야단을 쳐도 회장 아들이라는 사실이 알려졌을 때 촌로의 주름에 고일 진땀을 떠올리며 미소 지었다. 노동의 고통은 곧 끝날 것이라고 스스로를 위로하며 길에 버려졌을 때의 괴로움을 기억하고 이를 앙다물었다. 그렇다 해도 부정을 긍정으로 바꾸는 일은 쉽지 않았다. 소년은 인간 이하 취급을 받을 때 그 자리에서 죽어버리고 싶었다. 아버지에겐 아들의 죽음이 극약처방이겠지만 소년은 텅 빈 신작로에서 자신에게 한 약속을 기억하고 옥상에서 뛰어내리지 않았다. 목숨을 걸고 버스 정거장까지 달아날 때 심장이 터질 것 같던 기억도 그냥 버릴 수 없는 소중한 경험인 것 같았다. 소년은 뜨거운 아스팔트 도로에 자신을 버리고 달아나는 자동차를 바라보며 엉엉 소리쳐 울던 순간이 핏줄에 사무쳤다. 아버지가 강제한 가난체험은 백지에 그린 그림처럼 소년의 뇌리에 아로새겨진 모양이었다.

소년은 청소, 설거지 등 궂은일을 도맡아 했다. 주인은 일을 척척 해내라고 꿀밤을 먹이고 주방장은 발길로 걷어찼다. 소년은 더러운 부엌 바닥에 개처럼 뒹굴며 이를 악물었다. 무슨 애가 대걸레 잡을 줄도 모르냐? 너, 어디 밥 먹고 살겠냐? 중국집 주인은 말끝마다 밥 먹고 살겠느냐고 머리통을 쥐어박았다. 밥 먹고 사는 일이 치사하다는 이유로

굶게 내버려두면 죽을 테고, 죽은 자는 쓰레기처럼 태워질 것이었다. 소년은 어떻게든 살고 싶었다.

중국집 철가방의 안과 밖은 하늘과 땅 차이가 났다. 철가방 안에 든 음식국물이 넘치지 않게 최대한 빨리 달리는 게 중국음식 배달 요령이었다. 철가방과 소년의 처지는 단박 역전됐다. 철가방은 가마, 소년은 가마꾼, 중국음식 그릇은 공주님. 그릇이 기울까, 밀릴까, 흔들릴까, 소년은 조심조심 질주하며 외줄타기 서커스 소년을 상상했다.

자전거에 철가방을 싣고 골목길을 달리던 소년은 갑자기 나타난 어린애를 피하려다 홀랑 뒤집어졌다. 현관문에서 사납게 짖어대는 개의 혓바닥과 이빨과 눈알이 뿜어내는 적의, 소년은 차라리 개의 동공으로 빨려들기를 소원했다. 사람의 몸과 정신은 유리처럼 쉽게 부서질 정도로 허약했다. 손님의 재촉 전화를 받고 질풍처럼 달려갔지만 번지수가 다르다는 걸 알고 멍청해졌을 때, 소년은 죽음을 생각했다. 속치마처럼 뒤집어진 소년을 일으켜 세우며 쯧쯧 혀를 차던 할머니, 사나운 개의 목줄을 거머쥐고 거기 두고 가라고 이르던 아주머니, 중국집에 전화를 걸어 준 고등학생이 없었다면 소년은 아마도 아버지에게 항복했을지 모른다. 한 달이 지나 중국집에 나타난 어머니의 얼굴에 떠오른 안도감이 슬픔으로 변하는 순간 소년의 고난은 끝났다. 소년은 자기 앞에 나타난 엄마의 체취에 자신을 맡기고 유년시절의 그리움에 잠겨 구수하고 달짝지근한 엄마의 냄새에 흠뻑 취했다.

아들을 집에 데리고 간 어머니는 성장기의 영양제 운운하며 어린 아들을 함정에 빠뜨린 남편의 무모함을 원망했다. 물속처럼 조용한 집을 충실함으로 가득 채우던 부부는 오래 불화했다. 어머니가 아버지를 간섭하지 않고 아버지가 어머니를 중전 대우해 주는 부부 생활이 전환기를 맞을 조짐이었다.

그의 어머니는 주부의 일과 운동과 붓글씨로 하루 24시간이 부족한 여인이었다. 아버지는 아들이 불면 날아갈까 깨어질까 조바심치는 반면, 낯선 길에 아들을 버릴 정도로 비정한 면을 함께 지니고 있었다. 소년은 아버지가 문제 해결 능력 프로젝트를 한 번으로 끝내지 않으리라고 예상했다. 극기와 파격, 목적 완수의 숭배자인 아버지의 말을 기억했다.

가족에게도 약점을 보여선 안 된다. 언제나 유리한 고지를 선점해라, 인간은 상대의 약점에 발을 딛고 서서 우월해지려는 본능대로 살고 있다는 걸 명심해라, 밀고 당긴다는 말이 왜 있겠니? 착한 사람도 상대의 약점에 발을 딛고 관계를 맺어야 비로소 착한 사람이 된다는 것을 기억해라. 약점을 줄이고 약점을 장점으로 위장해라, 위장의 명수가 되지 못하면 죽음이 있을 뿐이다.

준범은 아버지의 프로젝트를 두 번 다시 겪고 싶지 않았다. 어머니에 기대어 불안을 잊으려 했지만 의심이 목구멍의 가시처럼 걸려 있었다. 프로젝트는 그가 상상할 수 없는 곳에 준비되어 있을 것 같았다.

새론의 행방이 묘연해지자, 준범은 어머니의 핸드폰에서 SPT라는 영어 약자 전화번호를 따냈다. 불법의 소지가 많은 컨설팅업체는 그림자처럼 활동했다. 존재하지만 찾으면 사라지고 조명을 비추면 증발했다. 도심 깊이 숨어 있는 업체들은 수주를 딸 때도 노출을 극도로 삼갔다. 전화번호는 수시로 바뀌고 일이 있으면 먼저 연락했다.

준범은 쇼핑백을 들고 성호동 산동네 골목길을 올라가고 있었다. 골목 양 쪽에 고만고만한 구형 주택들이 줄줄이 늘어서 있었다. 스마트 폰으로 지도를 검색하며 비탈길을 오르던 그는 문득 뒤돌아보았다. 손바닥의 화투장처럼 펼쳐지는 아랫동네는 시중이라는 회색의 바다였다. 그리고 보니 율전은 회색 바다에 둘러싸인 작고 푸른 섬이었다.

컨설팅 업체의 서포터는 새론이 성호동 주소지에서 사라졌다는 사실을 전하며 주민등록을 그대로 두고 이사 간 사람은 찾을 방법은 없고, 핸드폰까지 죽인 사람을 찾을 방법은 더욱 없다고 말했다. 준범이 쐐기를 박고 나섰다.

"죽인 사람이라는 말 따위 두 번 다시 쓰지 말아요."

준범은 왼쪽에 세탁소를 끼고 돌아 허름한 다가구 현관에 당도했다. 주차장 북쪽 끝이 그녀가 살던 반 지하 방이었다. 반 지하 방의 창문틀에 닿은 시멘트 바닥에 돋아난 이끼는 가난의 얼룩처럼 구질구질했다. 다시 주택 정면으로 돌아가 현관문을 밀었다. 쉰 누린내와 같은 악취가 풍기고 구역질이 솟구쳤다. 농활에 갔을 때 농가 헛간에서 풍기던 쥐 오줌 냄새였다. 준범은 골목으로 뛰쳐나가 위 속에 든 음식물을 모조리 토했다. 전봇대 밑에 붉으죽죽한 음식물이 야만국의 지도처럼 번졌다. 그는 구멍가게로 달려가 생수 다섯 병을 사서 입안을 헹구고 지도에 쏟아 부었다. 하수구 멀리 멈춘 토사물은 더 이상 밀려가시 않았나.

그는 산소탱크처럼 푸푼 숨을 멈추고 새론이 살던 가구의 벨을 눌렀다. 구시렁거리는 소리에 이어 나타난 노파는 주름살에 박힌 실눈을 벌려 뜨고 준범의 아래 위를 훑어보았다. 그는 할머니, 다정하게 불러 놓고 전에 살던 사람들이 이사 간 곳을 아시느냐고 물으며 쇼핑백을 건넸다. 생크림 케이크가 담긴 쇼핑백을 받은 노인의 얼굴에 번지는 미소를 보며 그는 집안을 일별 했다. 부엌이자 통로인 공간 양쪽에 방문이 나 있었는데, 싱크 찬장은 멍 자국처럼 푸르스름했다. 냉장고와 신발장 이외 다른 가구는 놓을 자리도 없었다. 열린 방문 사이로 살림살이가 천정까지 쌓인 창고인지 방인지 구분 못할 공간이 보였다.

노인은 남매가 반신불수 아버지와 바보 같은 엄마를 데리고 이사 가는 것을 봤을 뿐이라며 머리를 흔들었다. 반신불수라니 새론의 아버지가 뇌졸중 환자가 되었다는 것인지, 엄마가 갑자기 바보가 되었다는 것인지, 아무것도 모른 채 그는 물러나올 수밖에 없었다.

그동안 준범은 김 회장이 경영하던 새롬 일렉트론이 망한 이유를 캐내기 위해 지난 신문과 경제 잡지를 모조리 읽고, 콘덴서 업계 사람들을 만나 술을 마시며 정보를 수집하는 과정에서 대한민국의 총천연색 부패도 경험했다. 술과 유흥에 빠진 사람들은 비밀의 문을 활짝 열었다. 준범이 신문 기사를 경험담처럼 풀어내면 그들은 콘덴서 업계의 음모와 술수를 누설했다. 그는 말이 통하는 사람과 친밀감을 쌓으며 다음 수순을 모색했다. 입수된 정보와 신문기사를 크로스 체크해보고 공통점이 있으면 컴퓨터에 입력했다. 진실은 크로스 체크의 교차점에 있을 것 같았다. 사람 다루는 재주는 점점 늘고, 금품제공과 권력 행사라는 진부한 메뉴를 적절히 이용하여 매듭을 풀곤 했다. 건민그룹 아들 이준범이라는 사실을 밝히는 것이 약점이자 강점으로 작용하리라는 예상은 대충 맞아떨어졌다. 약점은 협박, 강점은 국물로 나타날 것이라고 생각하고 두 부류를 구분하고 대화의 방향과 수위를 조절했다. 그들은 새롬과 에버테크의 라이벌 관계에 초점을 맞춰 새롬 패망을 설명했다.

새롬은 창업 이래 모진 경쟁을 이기고 살아남은 불사조 기업이고, 에버테크는 새롬과 치열한 경쟁을 벌리며 성장가도를 달려온 후발 업체였다.

콘덴서는 전하(電荷)를 축적하여 전자제품에 고른 전기를 공급하는 축전기였다. 반도체가 전자제품의 두뇌라면 콘덴서는 혈류였다. 콘덴서는 첨단 산업이 발전하면 할수록 수요가 많아지는 전자산업의 쌀이었다. 70년대부터 콘덴서 업계의 주축으로 새롬을 이끌어오는 동안 콘덴서의 달인이 된 김경재 회장은 새로움을 추구하는 기업인으로 유명했다. 그는 회사 이름을 새롬, 아들 이름은 새한, 딸의 이름은 새론이라 짓고도 새로워져야 한다는 말을 입에 달고 살았다.

파고 들면 들수록 새롬이 에버테크에 먹힌 사건은 풀 수 없는 수수께끼라는 생각이 들었다. 경제신문 기사대로 새롬의 몰락이 풀 수 없는 수수께끼라는 점에 이의를 다는 사람은 없었다.

창업 이래 새롬은 종종 위기를 맞았고, 위기를 넘으면 성장의 단 열매를 딸 기회가 도래했다. 기업인에게 성취는 엑스터시이고 마약처럼 강렬했다. 빛이 있는 곳에는 그늘이 있게 마련이지만 성장가도를 달리는 사람은 그늘에 대한 인식이 없었다. 사업에 손을 대는 족족 성공했나는 사실은 김 회장에게 자신감을 안겨준 반면 자기 과신의 짙은 그늘을 안대처럼 두르게 됐다. 자기 환상, 과대망상, 자아도취는 리더의 오판을 부르는 원흉인데 바로 그 점이 리더의 덕목 중 하나라는 모순을 극복하는 사람이야 말로 진정한 리더라고 할 수 있었다. 리더는 타인의 도움과 협조를 이끌어내는 능력이 있어야 하고, 사람 보는 안목이 탁월해야 했다. 정보와 조언의 크로스 체크도 중요하지만 주변인들이 똘똘 뭉쳐 같은 말을 반복 강조하여 리더의 눈과 귀를 멀게 하면 끝장이었다. 리더의 건강과 나이도 문제였다. 리더 주변에는 회사의 성장이나 패망을 아랑곳하지 않고, 개인의 부귀영화에만 관심을 두었는 사람이 많았다. 대통령도 부하들이 파 놓은 함정에 빠지면 실패한 대통령이라는 오명을 뒤집어쓰고 권좌에서 물러나고, 역사의 흐름도 바뀔 정도였다.

사업 초창기 새롬과 에버테크는 티격태격 다투는 정도에 그쳤지만 회사가 성장하면 할수록 가열 찬 경쟁을 벌리게 됐다. 에버테크는 새롬의 모방 제품 만들기, 기능공 빼가기, 거래처 빼앗기를 상습적으로 저질렀다. 여우의 뇌를 가진 게릴라처럼 정보를 훔치면 재빨리 도망쳤다. 북한 대남 공작부의 수법대로 한 번 써먹은 방법은 두 번 다시 쓰지 않았다. 세 수 네 수 앞을 보고 대비하지 않으면 번번이 당할 수밖에 없었다. 새롬의 임원이었던 사람은 인간의 간지가 어떻게 변할지 모를 일이라고 한숨지었다. 이 말이 준범의 목구멍에 가시처럼 걸렸다.

에버테크의 비행이 계속되자 김 회장은 에버테크라는 말만 들어도 전신이 떨리고, 몸은 소금에 절인 배추처럼 늘어졌다. 막판 두 회사는 죽기 아니면 살기의 격전에 휘말렸다. 새롬이 최후를 맞기 전, 에버테크가 새롬의 알짜 정보를 훔쳐갔다는 사실이 드러났지만 김 회장은 손도 쓰지 못하고 당했다.

1990년대 초, 한국 가전 업계는 일본을 뛰어넘어 전 세계 판매망을 구축하려는 야심 찬 계획을 세웠고, 콘덴서 업체도 그에 맞는 제품을 개발하지 못하면 생존이 불가능한 상황이었다. 이미 새롬은 전자완성품 회사의 능동형 유기발광다이오드 TV에 맞는 콘덴서를 개발하여 업계에서 넘볼 수 없는 위치를 구축해 놓고 있었지만 또 다시 도약하느냐, 추락하느냐의 기로에 놓였다.

새롬은 신제품 개발에 회사의 총 역량을 집중했다. 제품은 크고 수명은 짧고 전기 저항이 많은 전해콘덴서의 단점을 극복하지 못하면 살아남지 못할 상황이었다. 김 회장은 희귀 금속인 탄탈, 세라믹, 알루미늄과 씨름하는 악전고투 끝에 고성능 고체콘덴서를 개발해내는데 성공했다.

새롬은 특허를 신청해 놓고 해외로 눈을 돌려 전압이 불안정하여 콘덴서 수요가 많은 인도와 중국에 판매망을 구축하기 시작했다. 블루오션을 선점하는 기업은 승승장구하고 후발업체는 고전을 면치 못했다. 중국에서 미미한 수익이 나기 시작했다.

겨우 한숨 돌리고 있는데 이번엔 에버테크가 새롬의 해외 담담 부사장을 스카웃 해갔다는 소식이 날아왔다. 새롬의 해외사업 정보와 판매망이 에베테크의 수중에 들어갈 위기였다. 김 회장이 중국 발 음모수습에 올인하는 사이 이번엔 에버테크가 새롬과 인수합병 협상 타결 직전인 대만 기업과 MOU를 체결했다는 소식이 전해졌다.

대만 AK회사의 기술은 새롬이 한국에 특허를 신청해 놓은 신기술과 시너시 효과를 낼 분야이고, 그것이 입수합병의 전제 조건이었으며, 한국 특허가 떨어진다 해도 반쪽 특허가 될 공산이 컸다. 새롬이 내내 우위를 지키던 제품 경쟁력을 상실할 수 있었다.

새롬은 자체 감사 반을 R&D센터와 인수합병 팀에 투입했다. R&D센터 연구원 중 몇몇은 대만 AK회사의 기술과 연계된 고체 콘덴서 개발에 참여했던 실력자들이었다. 감사 반은 에버테크 회장 아들이 새롬의 연구원을 회유 설득하여 핵심 정보를 빼갔다는 감사 보고서를 제출했다. 동시에 담당 연구원이 인천공항을 빠져나갔다는 소식이 전해졌다. 수사 당국은 해당 연구원이 해외로 빠져나간 흔적은 있지만 동남아 자유무역항을 거쳐 미국으로 떠난 뒤 행방이 묘연하다고 통보했다. 미국은 캐나다와 멕시코 국경을 넘을 수 있는 중간기착지였다.

　김 회장은 눈앞이 캄캄했다. 새롬의 임원들이 한 달 사이 체중이 20kg이나 줄어 빼빼 마른 김 회장을 차마 눈 뜨고 바라보지 못할 정도였다. 새롬이 허둥거리는 사이 이번엔 에버테크가 인수합병 대상이 되었다는 기사가 떴다. 도깨비가 널을 뛰는 형국에 새롬의 임원들은 우왕좌왕 갈피를 잡지 못했다. 에버테크가 이런저런 악수를 두느라고 내부 종양을 감지하지 못했다느니, 대만 AK기업을 인수 합병하려는 야심에 눈이 멀어 국제 M&A사기단에 당한 것 같다느니, 밑도 끝도 없는 소문이 떠돌았다.

　새롬의 임원들은 에버테크가 음모에 올인하느라고 체력이 고갈된 것이라고 진단했다. 업계에는 음모 비용이 정상 비용보다 더 많이 든다는 말이 정설처럼 떠돌고 있었다. 회사의 치명적 약점을 수중에 넣은 첩자의 입을 틀어막기 위해 돈을 쏟아 붓다보면 회사는 깊은 수렁에 빠지고, 그 쯤 된 회사는 끝장을 보기 마련이라고 했다. 경제신문 기자들은 에버테크가 무리수를 두던 끝에 막장을 맞은 것이라며 현금 흐름이 양호한 기업이 인수하면 가뭄에 단비를 맞은 듯 소생할 것이라고 진단했다.

　새롬이 만약 에버테크를 인수한다면 대만 AK기업도 인수하는 셈이어서 꿩 먹고 알 먹고, 폭발물의 뇌관을 뽑고 재도약의 발판을 마련할 수 있는 절호의 찬스였다. 김 회장은 자신이 에버테크의 잔 펀치를 맞고 비틀거리는 사이 상대도 그로기 상태에 빠진 것이라고 판단했다. 사각의 링에서 상대에게 마지막 결정타를 먹인 복서는 승리하고 패배자에겐 치욕이 안겨질 뿐이었다. 경영의 정글에서도 승패는 사력을 다해 결정타를 날리느냐 못하느냐에 달려 있었다. 업계에서도 새롬의 동정에 촉각을 곤두세웠다. M&A 전문가들은 초기에 자금을 투입하여 에버테크의 부도를 막고, 가족 경영체계를 공조직으로 바꾸어 갈고 닦고 조이면 흑자를 낼 것이라는 진단을 내렸다.

김 회장은 절대로 기회를 놓치고 싶지 않았다. 그도 〈절대로〉라는 말은 호흡이 가쁘고 호흡이 가쁘면 무리수를 둘 가능성이 있다는 것 정도는 알고 있었다. 하지만 사사건건 새롬의 발목을 잡고 늘어진 에버테크를 인수할 기회를 놓치고도 리더의 책무를 다했다고 할 수는 없었다. 대만 AK기업 인수합병도 가능해진다. 에버테크 직원을 모조리 물갈이하지 않는 이상 조직의 생리는 변치 않을 터, 에버테크를 인수하지 못한다면 에버테크는 새롬의 목구멍에 걸린 가시로 남을 게 분명했다. 김 회장은 새롬의 미래를 위해 현재의 난관을 건너뛰기로 결심했다.

그는 자신이 에버테크와 경쟁하는 사이 가랑비에 옷 젖는 줄 모르게 흠뻑 젖었다는 사실, 젖은 몸을 오슬오슬 떨고 있다는 사실을 알지 못했다. 일상적인 일은 몸에 배고 몸에 밴 것은 인식을 마비시키는 저력이 있으며, 오판을 부르는 원흉이라는 점도 알지 못했다. 김 회장의 건강은 가족이 챙겨야 하지만 아내는 해외여행 중이고, 아들과 딸은 철부지 공주와 왕자에 불과했다. 그는 자신이 에버테크의 도끼에 열 번 이상 찍혀 몸이 너덜너덜 헤어졌다는 사실도, 자신의 내면이 헌 걸레처럼 낡았다는 사실도 알지 못했다. 몸과 마음이 지칠 대로 지친 것에 비해 에버테크의 음모는 아무것도 아니라는 점을 깨달을 여력도 없었다.

그즈음 그는 장수풍뎅이 비슷한 검은 곤충이 톱니 발을 휘두르며 기어와 자신의 발끝을 사각사각 갉아 먹는 꿈을 꾸다 놀라 깨는 경우가 잦았다. 온몸이 땀에 흠뻑 젖은 상태로 캄캄한 어둠 속에 누워 있는 자신을 발견하고 그는 한숨지을 뿐이었다. 날이 선 신경을 잠재우는 남아공 특산물인 루이보스티도 효능이 없었다. 수화의 어머니가 잠이 잘 오는 건강 차라며 남아공에 여행가는 친구에게 부탁하여 구입했다는 차였다. 도우미에게 좀 더 진하게 타달라고 일렀지만 별다른 효과는 없었다.

그는 욕조의 온수에 몸을 담그고 심신의 긴장을 풀고 다시 침대에 누웠으나 눈동자가 유리알처럼 맑아 조간신문을 읽고 아침 일찍 출근했다. 몸이 천근만근 무거웠다. 몸이 무거우면 무거울수록 에버테크를 인수해야 하겠다는 욕망은 뜨겁게 달아올랐다. 자금 형편상 은행융자는 힘든데 제3의 자금을 동원할 여력도 없었다. 전진도 후퇴도 힘든 상황에서 선물옵션 투자를 계획했다.

월가의 천재라는 소문이 자자한 골드만 삭스의 한국인 펀드매니저를 픽업할 수 있다면 인수합병 자금 쯤 쉽게 벌 수 있을 것 같았다. 우여곡절 끝에 그는 월가의 한국인 펀드매니저를 픽업하는데 성공했고, 자신의 경영권 지분을 담보로 은행 융자를 받아 투자했지만 펀드매니저가 내내 허수를 보여주었다는 사실을 알았을 때, 통장의 잔고는 텅 비어 있었다. 펀드매니저가 투자금을 올리지 않으면 희열을 느끼지 못하는 도박 중독자였다는 사실이 밝혀졌지만 이미 버스는 떠난 뒤였다. 그가 새롬에 픽업되기 전 골드만 삭스의 퇴출 명단에 오른 인물이었다는 사실이 드러났지만 속수무책이었다. 닭 쫓던 개 지붕 쳐다보는 꼴, 회사 자금이 바닥나는 날은 예상보다 빨리 닥쳐왔다. 회사채와 기업어음으로 회사를 이끌어가던 새롬은 부도를 맞고 말았다.

이번엔 에버테크가 새롬을 인수하겠다고 나섰다. 에버테크를 먹으려던 새롬이 에버테크에 먹히는 신세가 된 것이다. 김 회장이 받은 타격은 상상을 초월했다. 마침 선물옵션에 투자했던 독일 6위의 재벌이 전 재산을 날리고 철로에 뛰어들어 자살했다는 소식이 전해졌다. 김 회장은 탄식할 뿐이었다.

업계에는 새롬이 에버테크의 트로이 목마 작전에 말려들었다는 소문이 파다했다. 에버테크가 새롬을 쓰러뜨리기 위해 주도면밀한 전쟁을 수행했다는 소문, 에버테크가 M&A 대상 기업으로 위장하고 새롬을 패망의 구렁텅이로 몰아넣었다는 소문은 가라앉지 않았다.

증권가의 찌라시는 에버테크가 새롬의 기획 조정실에 트로이 목마를 심어놓았다는 설, 새롬의 임원들이 에버테크의 월급도 받아먹은 이중 스파이였다는 설로 들끓었다. 어쨌든 에버테크가 새롬을 찍고 또 찍어 넘어트렸다는 사실은 부정할 수 없었다. 새롬의 몰락에 정체 모를 변수가 숨어있다는 공론도 수그러들지 않았다.

전문가들 중에는 에버테크가 불법을 자행하긴 했지만 새롬에 스파이를 박아 놓을 만큼 유능하거나 대담하지 못하다고 머리를 갸웃거리는 사람도 있었다. 새롬을 못 먹은 감이라고 찔러보고 싶은 기업인들의 심술에 뿌리를 둔 소문이 수그러들 기미는 보이지 않았다. 정체모를 변수란 무엇일까. 준범은 머리를 갸웃거렸다.

8. 사유

　이숙진 여사는 새한의 어깨에 기대어 거실로 들어서는 남편을 멀뚱히 쳐다볼 뿐이고, 김경재 씨는 아내를 흘깃 쳐다보더니 배고프다고 소리를 질렀다. 배고파, 졸려, 가려워, 더워, 똥 마려, 생리적 욕구만 표현할 줄 아는 환자는 엉금엉금 기어 화장실에 가고, 에베레스트 등산처럼 힘겹게 수저를 이동시켜 식사를 했다. 새한은 진땀을 흘리며 아버지의 걸음마 연습을 도왔다.

　남매는 엄마가 무슨 생각을 하는지, 아버지처럼 감정과 이성을 아주 상실했는지, 알 길이 없었다. 엄마는 남매가 현관문을 열고 들어가면 방문을 열고 내다볼 뿐 말이 없었다.

　신장 매수자에게 핸드폰을 걸면 없는 번호라는 기계음이 어지러울 뿐이었다. 새론은 세상 돌아가는 낌새를 웬만큼 알았다고 자부하면서도 신장 매수자의 약점에 송곳을 들이댈 만큼 이악스럽지 못했고, 세상이 정석대로 돌아간다고 생각하는 인생 초짜였다. 아버지와 딸의 약봉지가 방구석에 수북이 쌓였다.

　새론은 시름시름 아팠다. 한 달 후 건강이 어느 정도 회복되었지만 돈이 바닥나 있다는 것을 알고도 심각하지 않았다. 카드 결제가 금지

되어 신용불량자가 된 다음, 개인 빚을 갚지 못하게 되었을 때 사방이 꽉 막히고, 손과 발이 꽁꽁 묶인 느낌인데도 새론은 아직 돈의 위력을 실감하지 못했다. 엎친 데 덮친다는 격으로 머리까지 흐리마리해서 판단 능력도 없었다. 설마 사람이 죽기야 하랴, 미래를 미래로 미뤄 두고 멍하니 누워있었다.

살림은 새한이 도맡아 했다. 내외는 딸이 환자라는 사실도 알지 못했다. 그날 새론을 태운 담가는 흐느껴 우는 새한을 복도에 남겨 두고 수술실로 향했다. 수술실의 육중한 문틈으로 흘러드는 새한의 울음소리를 들으며 새론은 정신을 잃었다.

신장매매 대금으로 아버지의 병원비를 지불하고 얼마 되지 않는 돈으로 살림을 꾸려가던 새한은 돈이 한 푼도 남지 않았다고 고했다. 그동안 친구들에게 돈을 빌려 썼는데 더 이상 빌릴 곳이 없다고 했다. 새론은 방바닥에 늘어져 누워 될 대로 되겠지, 하다하다 안 되면 죽으면 돼, 남의 일처럼 막연히 생각했다. 순간 새론은 가족 모두가 죽을 수 없다는 사실을 알아차렸다. 가족의 동반자살은 아무나 하는 게 아니었다. 새한은 물론 그녀 자신도 강심장의 소유자가 못됐다. 밥 좀 줘, 밥, 밥 좀 주라, 아버지의 신음소리에 애간장이 녹을 지경이었다. 귀를 막아도 신음 소리는 계속 들렸다. 자신의 배에서도 쪼르륵 소리가 났다. 음식물을 원하는 위의 욕망은 처절하고 끈질겼다. 새론은 원시적으로 먹고 싶었다. 김치와 찌개와 밥을 배불리 먹는다면 죽어도 원이 없을 것 같았다. 그녀는 하늘을 날아가는 새를 바라보며 네가 부럽다고 중얼거렸다.

친구들에게 빚을 진 새한은 밤에 가위에 눌려 헛소리를 질러댔다.

그녀에게도 빚쟁이는 지옥의 사자처럼 무서운 존재였다.

새론은 비실비실 일어나 밖으로 나갔다. 골목 식당들은 지지고 볶는 음식의 열기를 주방 뒤쪽의 문 밖으로 쏟아냈다. 주방에서는 지저분하고, 불퉁스럽고, 거센 도우미 아줌마들이 왔다갔다 분주히 일손을 놀렸다. 편의점에 들어가 빵 봉지를 만지작거리던 새론은 깜짝 놀라 거리로 튕겨져 나갔다. 배에서 꼬르륵 소리가 나고 위의 쓰라림이 머리끝까지 뻗쳤다. 한동안 먹자골목을 오르내리던 그녀는 유리창에 비친 자신의 모습을 보고 멈춰 섰다. 도둑이나 거지가 될 가능성이 있는 여자가 우두커니 서 있었다.

그녀는 제일 후덕해 보이는 도우미가 일하는 식당 주방으로 다가갔으나 구걸의 말이 입안에서 뱅뱅 돌 뿐 말이 되지 못했다. 도우미가 돌아보고 다시 일손을 놀렸다. 새론은 기어드는 목소리로 남은 밥과 반찬을 주시면 감사하겠다고 주절거렸다. 도우미가 돌아보고 입을 씰룩거렸다. 새론은 또 다시 남은 음식이 있으면 좀…… 우물거리며 머리를 숙였다. 도우미가 손에 쥐고 있던 칼을 높이 치켜들었다. 칼로 도마에 놓인 생선을 탁탁 칠 요량이었다. 그녀는 길바닥에 주저앉아 엉엉 소리쳐 울고 싶었다. 도우미가 손에 칼을 치켜든 채 지껄여댔다.

"한국인이 왜 배가 고파? 연변 사람도 밥 먹고 사는 판에…… 이번 한번 뿐이야. 밀찡해가지고…… 니미럴……."

새론은 빛을 타고 우주를 가로질러가는 자신을 상상했다. 바람과 구름과 별무리를 헤치고 날아가면 시원하겠지. 뒤에서 옷자락을 잡아당기는 사람이 있었다.

"누나! 집에 가자, 잘못했어, 내가, 내가……."

새한은 그녀의 손을 움켜쥐고 무더위를 쓱쓱 헤쳐 나아가며 주절거렸다.

"내가 해결할 거야. 지금부터 이 새한이를 믿어도 돼! 난 뭐든 할 거야."

집으로 돌아온 새한은 방바닥에 누이를 눕히며 말했다.

"꼼짝 말고 누워 있어. 다시는 거리로 나가지 마. 내가 못 참아!"

조금 후, 새한은 식당용 그릇에 밥과 반찬을 담아 가지고 돌아왔다. 가족들은 허겁지겁 밥을 먹었다. 식사가 끝나자 새한은 아까 그 식당 주인에게 며칠간 외상으로 밥을 주면 무슨 짓을 해서든 갚겠다, 하고 밥을 얻어왔다고 했다. 만약의 경우 식당에서 알바를 하면 되지 않겠느냐는 말로 주인을 설득했다고 했다. 새한은 이제 난 어린애가 아니라며 주먹을 흔들어 보였다.

"밥을 먹었더니 머릿속이 상큼해졌다. 새한아! 이제 생각났어. 우리 도우미 아줌마에게 전화해 보자!"

신기하게도 밥을 먹고 나니 생각이 솟았다. 밥이라는 에너지가 도와줄 수 있는 유일한 인물이 도우미라는 판단을 이끌어낸 것 같았다. 핸드폰에 나타난 도우미는 일하지 않으면 돈 나올 구멍이 없다고 떵떵 을러댔다. 생각해보니 일하지 않으면 돈 나올 구멍이 없었다. 지금까지 그녀가 쓴 돈은 아버지의 지갑에서 나왔고 그것은 아버지가 일해서 번 돈이었다.

"내가 뭐, 좋아서 도우미 하는 줄 알아? 돈은 그냥 굴러오는 물건이 아니니까."

하긴 돈이 없으면 물건을 사지 못하고 자존심도 가질 수 없었다.

율전에서 꼬박꼬박 경어를 쓰던 도우미는 이제는 반말로 지껄여댔다. 새론은 재로 변하는 느낌을 삭이며 당분간 먹고 살 돈을 빌려주시면 벌어서 갚든지, 집세를 빼서 갚겠다고 애원했다. 도우미는 집세 빼서 도망치면 어떡하느냐고 물었고, 새론은 대꾸하지 못했다. 어느새 도우미는 갑, 그녀는 을이 되어 있었다. 통화가 길어질수록 가정부는 기가 살고 새론은 기가 죽었다. TV드라마에서도 소금 간을 친 짭짤한 세상과 식초를 두른 상큼한 세상이 싸웠다. 식초를 두를 기회를 놓치면 곤란했다. 사극 드라마에서 순수한 정통파는 망하고, 언제나 미소 짓는 음모꾼은 살아남아 부귀영화를 누렸다. 지금은 살아남는 게 중요했다.

"아니, 아니…… 전 꼭 갚아요. 갚는다고요. 저 그런 거 상상도 못한다는 거 잘 알잖아요?"

새론은 진땀을 흘리며 도우미의 비위를 맞췄다.

"회장님도 빚을 갚고 싶었겠지. 누구에게나 사정이 문제인 거야. 아가씨가 나한테 돈 꿔달라고 하게 될 줄 누가 알았겠어?"

도우미는 큰 소리쳤지만 말은 사람을 살리고 죽이지 못했다. 돈이 사람을 살리고 죽였다. 도우미는 집 주인의 보증을 받고 비로소 돈 삼백만 원을 빌려주었다. 겨우 화급한 고비는 넘긴 셈이지만 삼백만 원을 모조리 써버리고 돈 한 푼 남지 않을 미래를 생각하면 막막했다. 그녀는 가난이 호랑이보다 무섭다는 말을 실감하며 도우미에게 살림의 요령을 배웠다.

얼마 전까지 돈 삼백만 원은 카드로 마구 질러대던 돈이지만 지금은 네 식구 목숨이 걸린 돈이었다. 건너 방에 누워있는 아버지와 온종일 서성거리는 엄마를 두고 남매는 한 달 생활비를 계산했다. 우선 식비부터 챙겨야 했다. 율전에서는 배가 고프면 밥이 있었고, 학교에 가고 싶으면 자가용을 타면 되었다. 성호동에서는 돈이 없으면 한 발짝도 움직일 수 없었다. 율전에서는 돈의 쓰임새가 불분명했는데, 성호동에서는 분명했다. 남매는 생전 처음 밥 한 끼를 먹는데도 많은 돈이 든다는 사실을 알았다. 쌀, 야채, 생선, 간장, 된장, 고추장, 소금, 설탕 등등 식료품 값 이외도 돈 쓸 곳은 많았다. 아침에 눈을 뜨면 고난이 닥쳐왔다. 돈이 삼백만 원 밖에 없다고 생각하면 자다가도 번쩍 눈이 떠졌다. 돈을 쓰지 말아야 하는데 돈 쓸 일은 산더미처럼 밀려들었다. 하루 살면 돈이 줄고 이틀 살면 또 돈이 줄었다. 만물의 영장이라는 인간이 '먹이'라는 수레바퀴에 깔려 죽어야 한다면 사람의 발길에 치여 죽는 개미와 다를 게 없었다. 산다는 건 그 이상도 이하도 아닐까.

집 주인은 정신이 오락가락하는 엄마와 가스 밸브를 연계하며 방을 빼라고 요구하면서 부동산 수수료와 이사비용을 부담하겠다고 했으나 그동안 집세가 수직 상승한 성남에서 돈 삼천만 원짜리 전셋집은 구할 수가 없었다.

율전 시절, 이숙진 여사는 국내보다 해외에서 머무는 날이 더 많았다. 세계적인 여행지를 훑은 뒤에는 크루즈를 타고 세계의 유명 해안을 돌고, 크루즈 여행 뒤에는 오지 탐사에 나섰다. 북극 탐사선을 타고 설원에 북극곰이 어슬렁거리는 캐나다 극지방을 돌 때, 서양 남자들은 동양여자에게 찡끗찡끗 미소를 날렸다. 그 다음엔 세계의 유명 휴양지에서 머물고 싶을 때까지 머물다 돌아왔다.

율전 사람들은 이숙진 여사에게 외국남자 취향이 있는지 모른다고 수근 거렸다. 그녀가 영어 회화에 능숙하다는 점, 한 번도 지인들과 여행을 떠나지 않은 점을 수상하게 여겼다. 아내가 여행의 자유를 만끽하는 동안 남편은 눈 코 뜰 새 없이 바삐 일했다.

김경재 회장은 전문가의 커리큘럼에 따라 남매를 교육시켰다. 회사 과장급의 보수를 주는 가정교사는 전문가의 식견과 성실성을 갖추고 남매의 청소년기를 가꿔주었다. 연주에게 기대어 청소년기를 넘기면서 새론은 엄마에게 간섭받고 다투며 사는 것보다 나을지 모른다고 생각한 적도 있었다. 하지만 연주의 미래에 그녀는 없었다. 새론은 연주와 함께 산 적이 있었던가, 자문자답하고는 했다.

9. 무지

창문으로 초여름의 열기가 밀려드는 6월 중순, 새론은 수명의 결혼식 참석 여부를 고민했다. 수명은 결혼의 황금계절인 5월이나 10월을 기다리지 못하고 결혼을 서둘렀다.

그녀는 결혼식에 입고 갈 살구색 원피스를 꺼내놓고 머리를 갸웃거렸다. 빗쟁이가 엄마의 옷을 휩쓸어가던 날 방구석에 처박아 둔 골판지 상자 하나는 건드리지 않은 게 탈이었다. 집이 몰락한 이후 전화는 벙어리가 되고 피난민 출신이라 많지도 않은 친척들은 발을 끊었다. 지인들의 전화가 단절된 건 가난 지수 영하 3도이고, 발길이 끊어진 건 가난 지수 영하 5도, 가난 지수가 영하 5도로 내려앉자 새론은 동면에 들어간 곰처럼 몸을 웅크렸다.

예식장 로비에는 화기애애한 기운이 넘실거리고, 수화의 가족들이 연신 미소 지으며 하객을 맞는 풍경은 꿈결처럼 아늑해 보였다. 연푸른 치마에 정교한 꽃수가 놓인 흰 저고리를 바쳐 입은 신랑 어머니의 입가에 떠돌던 미소는 사라지고, 새론은 어색한 미소를 지었으며, 디스플레이 필름의 고수인 신랑 아버지는 야릇하게 웃었다. 활짝 웃으며 손을 내민 신랑을 제외한 일가족이 쏟아내는 경멸을 받으며 그녀는 머리를 숙였다. 수화의 어머니가 겨우 말했다.

"왔니?"

그녀는 시들한 한 마디를 떨어뜨리고 입구 쪽으로 시선을 돌렸다. 신랑 아버지의 시선은 불청객의 정수리를 가로질러 vip를 찾아 두리번거렸다. 수화는 쌩한 표정을 풀고 새론의 손을 잡았다 놓았다. 수명이 새론의 손을 움켜쥐고 말했다.

"그럼 와야지. 네가 있어야 이 오빠가 결혼을 하지."

신랑은 수풀 속에 선 미루나무처럼 그녀를 내려다보며 말했다. 새론은 일가족을 등지고 예식장 입구로 향했다. 예식장 입구에 모여 있던 친척들의 얼굴이 굳어졌다. 그들은 두 팔을 펼치고 다가오거나 활짝 웃지 않았다. 옷걸이가 좋다느니, 패션 감각이 보통 아니라느니, 요즘 애들 같지 않다느니, 수선을 떨지도 않았다. 지난날 그들이 던지는 치사(致辭)의 말을 고스란히 받아들인 건 아니지만 고조되는 기분을 즐긴 측면이 없지 않았다. 그들은 이제 쑥스러움이나 의기양양한 기분을 선사하지 않았다. 현악 사중주 사계가 애조를 띠기 시작하는 식장에 빈자리는 없었다. 청초 홍초가 타오르는 테이블에 장미와 백합 향이 은은히 풍겼다.

검정 보타이 차림의 웨이터가 다가와 어느 댁이신지요? 정중히 허리를 굽혔다. 〈신랑 친척〉이라고 말하자, 웨이터는 〈친척〉들이 앉은 테이블로 안내했다. 테이블의 대화는 무르익어 있었다. 겸손, 풀 죽은 모습, 희미한 미소, 당당한 표정 중 하나를 선택해야 할 차례였다. 친척들이 어색한 미소를 짓고, 빚쟁이 친척은 머리를 돌렸다. 테이블의 공기는 어석버석해졌다.

제가 좀 늦었어요, 희정이는 왜 안 왔어요, 라는 인사는 이 자리에 맞는 언어의 꽃다발이지만 새론은 안녕하세요? 초짜가 포장한 종합선물 세트 같은 인사를 건넸다. 친척 아주머니가 반 박자 늦게 〈왔니?〉 최소한의 단어로 인사했다. 그걸 신호로 친척들은 좀 전의 대화에 몰두하는 척 했다. 새론은 하나 남은 빈 의자를 내려다보고 서 있었지만 누구도 앉으라고 하지 않았다. 빈 의자에 놓인 핸드백이 좌석 확보용일 가능성을 꼽아보는 어투로 그녀는 여기 앉아도 되느냐고 물었다. 순간 친척들의 얼굴이 굳어졌다. 언니인 수미가 말했다.

"희연이가 온다고 그랬거든."

새론은 또박또박 말했다.

"그 애가 오면 일어나면 되겠네."

수미가 말없이 핸드백을 가져갔다. 그녀가 의자에 앉자, 친척들은 가면을 쓴 사람처럼 우두커니 앞만 보고 있었다. 새론은 어색한 얼굴들을 피해 주례석 쪽 화면으로 시선을 돌렸다. 화면에는 신랑 신부의 어린 시절과 두 사람이 함께 한 최근의 순간들이 되풀이 돌고 있었다. 아직 희연은 나타나지 않았다.

갑자기 뒤에서 새론아 너 언제 온 거야? 굵은 남자 목소리가 침묵을 깨뜨리며 다가왔다. 준범은 테이블에 놓인 그녀의 손을 잡고 왜 연락하지 않았느냐고 거푸 물었다. 새론은 식이 끝난 뒤 만나자고 가만히 말했다. 친척들의 얼굴에 아직도? 라는 의문문이 떠올랐다. 준범에게서 율전의 냄새를 맡은 모양이었다. 준범이 물러가자 친척들은 묵언수행에 들어간 스님들처럼 침묵했다.

하얀 백합과 장미로 꾸며진 결혼의 길을 걸어오는 수명에게 하객들이 박수갈채를 터뜨렸다. 박수치는 모습이 카메라에 잡힐 때까지 열성적인 박수는 계속될 것이다. 그녀는 살그머니 일어섰다. 가족석에 앉아 있던 수화의 눈이 반짝 빛났다.

새론은 거리의 인파에 휩쓸리며 모두 살기 바쁜데 가난 지수 통계를 내자는 것이냐고 자문자답하며 걸어갔다. 군중 속은 따뜻한 숨처럼 부드럽고 편안했다.

"헐! 너 미꾸라지 빠치겠다!"

준범이 다가와 소리를 질렀다. 새론이 짜증을 냈다.

"너, 뒤에서 소리치는 역할 이제 그만 좀 해라! 제발."

"예식장에 왔으면 식은 끝내고 가야 하는 거 아니야?"

"나, 바쁘신 몸이거든."

그녀가 돌아서서 걷기 시작하자 준범이 팔짱을 끼었다. 새론은 남자의 팔이 주는 힘에 압도되어 묵묵히 걸어갔다.

"부모님은 왜 오지 않은 거야? 휴학은 왜? 폰은 왜 받지 않는 거지?"

왜, 왜냐고, 거푸 물으며 준범은 새론의 손목을 움켜쥐고 글라스 빌딩 일층 커피숍으로 들어갔다. 몇몇 남녀가 띄엄띄엄 앉아 있는 서울의 심장부 토요일 오후의 커피숍은 진공상태처럼 먹먹했다. 두 사람은 창가에 마주 앉았다.

우듬지에 노란 햇실을 뒤집어 쓴 플라타너스가 바람에 흔들리면 보도의 그늘도 따라서 흔들렸다. 행인들은 흔들리는 그늘을 밟으며 지나갔다. 그들은 무슨 일에 직면해 있는 것일까. 그 일은 절박한 것일까. 하루하루 밥을 먹고, 불을 켜고, 버스를 타고 일터에 나가는 일은 모두 절박했다. 그래, 절박해. 사람은 내일을 모르고, 모르는 내일을 산다는 건 절박한 일이야. 준범이 셀프 커피를 날라 왔다. 새론은 비엔나, 준범은 아메리칸. 커피 잔을 잡은 준범의 하얀 손을 보며 그녀는 내일을 모른다는 것을 모르는 손이라고 생각했다. 이중의 무지에 빛나는 손으로 커피 잔을 쥐고 준범은 말했다.

"나, 요즈음 뭐했게?"

"……."

"새론 찾아 삼 만 리……. 영화 히트하겠니?"

말이 없는 새론에게 그는 수명의 결혼식을 얼마나 기다렸는지 모른다며 지금은 모든 걸 이준범과 함께해야 할 때라고 말했다. 우정 이상도 이하도 아니야, 내게는 널 도울 책임이 있고 그 책임을 완수하게 해줘.

"그건 대형마트 버전이야. 통 큰 것, 대형마트 회장이 생선부 직원 딸 안중에 두겠니?"

"내가 대형마트 사장 아니라고 하면 저능아 취급할 거니?"

"콜!"

준범은 앞으로 모든 걸 나와 함께 하자고 다시 말했다. 그녀는 네가 로맨티스트라는 건 알지만 아르망이 춘희에게 상처 주는 스토리 따위 구닥다리 버전이라면서 오페라 라트라비아타나 보러 가자고 말했다. 준범은 헉 웃었다.

"그럼 당장 밀라노에 갈래? 지금 한국에는 라트라비아타 공연 없거든."

"끝내자. 말씨름."

준범은 네가 이사 간 집에 한 번 가보고 싶다고 말했고, 새론은 대답하지 않았다. 이제 그만 일어서는 게 좋겠다는 준범에게 그녀는 그럼 성호동 우리 집에 가겠느냐고 물었다. 준범은 머리를 끄덕이며 말했다.

"너도 나도 한 치 앞도 모른 채 살아가고 있으니까. 지금 이 순간의 의미를 아는 사람은 없어."

새론은 물끄러미 준범을 쳐다볼 뿐 말이 없었다.

"그렇지? 잘 모르겠지? 미래를 알려고 하는 건 월권이야. 글구 세상엔 모르는 게 약이라는 말도 있어. 세상에서 제일 강력한 약이지."

그녀는 속으로 모른다는 것을 모르는 손이라고 했던 좀 전의 판단을 취소했다. 사람의 짐작은, 생각은, 판단은 뻥뻥 구멍 난 양철처럼 완전하지 않았다. 사람은 생각하는 동물이고, 그래서 만물의 영장이라고 하는데 인간이 본래 뻥뻥 구멍 난 양철판과 같은 사고를 하게끔 타고 났다고 생각하면 허망했다. 그렇다면 사람은 생각하고 판단하고 추측할 때마다 사유방식을 점검해야 할 책임이 있는 게 아닐까. 그렇다면 그 점검은 완전한 것일까. 단정하는 건 위험하지만 생각하지 않는 사람은 자신을 정립할 수 없고, 줏대 없이 흐늘거릴 게 뻔했다.

"사람의 시각은 좁아, 우린 순간순간 폭력을 행하고 있다는 것도 모른 채 살고 있어."

"……."

"우리가 사물을 장님 코끼리 만지듯 하면서 코끼리를 안다고 하는 건 폭력이야. 육체적 폭력보다 정신적 폭력이 더 무서워. 무지에 무지를 더하는 거. 지금 네가 사는 세상이 험악하다는 거 알아. 하지만 세상은 돌고 돈다는 말도 있잖아?"

그녀는 말없이 그를 쳐다보았다. 그는 부잣집 도련님만은 아닌 모양이었다. 그동안 부쩍 성장한 것도 같았다. 자신처럼 고난을 겪지도 않고 몰라볼 정도로 커버린 준범이 무섭고도 든든했다.

이제 그만 집에 돌아갈 때라고 준범이 말했다. 먼저 2호선을 타야 한다는 그녀에게 준범은 내 차로 가자고 말했다.

새론은 성호동에 가는 제일 빠른 코스는 전철로 가는 것이라고 말했다. 새론의 뜻이 완강하다는 걸 알아챈 그는 자동차를 포기했다. 두 사람은 복잡한 거리를 지나 을지로 입구 지하철역으로 갔다. 그녀는 지하 1층에서 화장실 쪽으로 돌아섰다. 그는 벤치에 앉아 5분 쯤 기다렸다. 그게 실수였다. 준범은 여자 화장실 입구로 달려가 새론의 이름을 외쳐 불렀다. 그녀는 기둥 뒤 개찰구를 통해 지하 2층으로 달아난 모양이었다. 헐! 너 나를 속여 먹었어. 준범은 손바닥으로 이마를 치고 지하철역 계단을 재빨리 올라갔다. 난 너보다 강해, 편법을 사용할 수도, 사설탐정을 고용할 수도 있어, 혼자 중얼거리며 그는 H호텔 쪽으로 바삐 걸어갔다.

새론은 검정 비닐봉지만 생각했다. 쌀이 든 검정 비닐봉지가 홀쭉해지자, 걱정은 마냥 부풀었다. 돈이 바닥날 날을 상상하면 소름이 쭉 끼쳤다. 끼닛거리가 없는데 식사 시간이 되면 손발이 꽁꽁 묶인 느낌이겠지, 쌀과 반찬값과 버스비는 꼭 있어야하는데, 어떻게 되겠지, 그녀는 컴퓨터 앞에 앉아 잡스 코리아를 뒤졌으나 역사학과 2년 중퇴생을 구하는 곳은 없었다.

그동안 새론은 옆 수선집 아줌마에게 마냥 치대고 의지하며 살았다. 일평생의 재봉질에 등이 활시위처럼 굽었지만 얼굴 윤곽에 미모의 흔적이 희미하게 남아 있는 여인의 봄날을 상상하며 그녀는 불안을 잊었다. 예쁜 여인도 노동에 찌들고 병들면 미추를 구분할 수 없게 되는 모양이었다.

"아들은 편의점, 딸은 반도체 공장에 다녀. 요즘 세상에 나처럼 못난 어미가 있을까 몰라."

"그러고 싶은 엄마가 어디 있겠어요?"

편의점 야간 파트에 근무하는 그녀의 아들 태호는 밤낮을 바꾸어 사는 탓에 늘 얼굴이 부석부석한 모습이었다. 경기도 소재 반도체 공장에 출퇴근하는 딸은 얼굴이 창백해서 코스모스를 연상케 하는 아가씨였다.

수선집 여인은 우선 먹기는 곶감이 달다는 말이 있다며 새론에게 편의점 알바를 권했다. 몸이 바쁘면 마음의 고통이 덜어지는 법이라면서 편의점 알바, 급여는 적지만 언제든 이직해도 부담스럽지 않은 좋은 점도 있다고 했다. 그녀는 〈임시〉라고 강조하여 대학생 출신인 새론을 배려하는 눈치였다. 그녀는 대뜸 편의점 알바생인 아들 태호를 불렀다. 태호는 일사천리로 새론의 알바 취업을 서둘렀다.

편의점 알바를 수습하는 날, 함께 지하철을 타고 출근하면서 태호는 손님에 대한 접촉도와 서비스 강도가 높은 맥주집 알바를 접고, 편의점 알바를 선택했지만 역시 힘이 든다고 하소연했다. 서울 강남에 있는 편의점은 대로변 빌딩의 샐러리맨과 뒷골목 유흥가를 상대하는 업소였다.

그녀는 오전 알바가 오후 알바와 교대하기 직전 인수인계 작업을 수습하는 것으로 알바를 시작했다. 계산은 계산기가 척척 해냈다.

편의점 수습 기간에 새론은 기계는 실수가 없고 사람은 큰 실수를 저지른다는 사실을 알고 긴장했다. 새론의 편의점 근무는 눈물에 얼룩졌다. 돈을 거슬러줄 때 손이 부들부들 떨리고, 계산기를 두드릴 때 눈앞이 캄캄했다. 업무를 인계해야 할 오후 4시가 되면 가슴이 두근두근 뛰었다. 남학생이 훔쳐간 초코파이 값을 합쳐 하루 27,000원을 손해 본 적도, 42,000원의 실수 금액을 채워 넣은 적도 있었다. 초짜 알바가 연거푸 큰 사고를 친 것이다. 시급 4,500원짜리 새론은 부족 금액을 계산기에 찔러 넣으며 눈물을 삼켰다.

하루 종일 동동거린 대가는커녕, 시급 하루치와 생돈 42,000원을 날리고 전철 정거장으로 가는 길에 그녀는 엉엉 소리쳐 울었다. 이래서 길에서 우는 사람이 있었다. 새론은 길에서 싸우는 사람은 봤어도 우는 사람은 본 적이 없었다. 세상 물정 모르던 시절은 가버리고 악착같이 살아야 할 날이 닥쳐와 있었다.

다음엔 고객을 대하는 일이 힘겨웠다. 매부리코의 40대 사내가 반말을 앞세우며 캐시부스로 다가온 적이 있다.

"이봐 알바, 앞에 파라솔 어디 갔냐?"

그는 손에 맥주 세 캔을 들고 있었다.

"원래 없었는데요?"

손님이 눈을 부라리며 한 발 다가섰다.

"뭐, 지금 장난 치냐? 어제도 분명 있었는데?"

새론은 얼굴에 철판을 깔고 응대했다.

"제가 석 달째 일하는데 처음부터 없었어요."

초짜 알바는 속으로 덜덜 떨었다.

"뭐야, 사장한테 전화해봐."

"사장님 전화번호 모르는데요."

새론은 치밀어 오르는 울음을 누르고 시침 딱 떼었다. 지금까지와 전혀 다른 자신이 나타나 거짓말을 해대는 것 같았다.

젊은 여성을 데리고 온 남자 취객의 허세는 볼만했다. 화가 나서 가슴이 쿵쾅거리고 팔이 부들부들 떨려도 참는 수밖에 없었다. 손을 만지는 사내에게 항의 할 수도, 더위를 식히려고 들어와서 죽치고 있는 노숙자를 몰아낼 방법도 없었다. 야외 탁자에 토사물을 쏟아놓고 도망치는 술꾼을 쫓아갈 수도 없었다. 나는 눈 뜬 장님이었어, 이런 주제에 준범의 손을 보고 이중의 무지에 빛나는 손이라고 우쭐거렸지, 나야말로 이중 삼중의 무지에 빛나는 인간이지.

집에 돌아가면 오후 6시, 밥을 짓고 빨래와 청소와 아버지의 병수발을 들고 나면 밤 9시, 텔레비전 뉴스를 보다 잠이 들면 죽음보다 깊은 잠에 빠져 아침에 울어대는 알람을 꺼버리고 또 잠이 드는 나날이었다.

10. 씨앗

수화는 새 지저귀는 소리에 잠이 깨었다. 풍선처럼 부푼 망사 커튼 새새로 아침빛이 비쳐들어 방안이 환했다. 잣나무 숲 바람은 신선했다. 커튼을 열자 잣나무의 검푸른 숲이 성큼 다가왔다. 아침 숲은 갓 잡아 올린 물고기처럼 팔딱거리고, 한낮의 숲은 뜨거운 열기에 지쳐 늘어지고, 저녁의 숲은 밤의 전령인 어스름과 교섭할 채비로 술렁거렸다.

시야를 흔드는 나무 이파리의 군무, 파랗게 열린 하늘, 아침노을에 빨갛게 물든 동쪽 하늘, 까만 종이를 오려 붙인 듯 납작한 산 능선, 올케 세진은 벌써 일어난 것인지, 이층은 물속처럼 조용했다.

예식장에서 친척들의 칭송을 받으며 시부모에게 폐백을 올리던 세진의 모습이 선히 떠오른다. 수화는 올케가 컬럼비아대학 MBA 이상도 이하도 아니라고 선을 그었다. 세진은 앞으로 누리 C&C의 재정통으로 근무하게 될 것이다. 기업 경영은 돈 계산도 중요하지만 신제품 개발에 미치지 못했다. 부모의 얼굴은 언제나 푸근하고 정답고……. 그녀는 아래층에 떠도는 밥 익는 구수한 냄새를 가슴 깊이 들이마셨다. 집안 구석구석으로 리드미컬하게 울려 퍼지는 도마질 소리, 훈김이 피어오르는 부엌은 충만해 보이고, 새 신부 세진이 왔다 갔다 하는 부엌은 생명감이 넘쳐흘렀다. 슬로우 푸드니, 자연식이니, 한국 전통 음식은 정성스런 손길을 요구하고, 두 명의 도우미가 일해도 부엌에는 일거리가 산더미처럼 쌓여 있었다.

분홍 저고리에 연두색 치마를 두른 세진은 수풀 속에 핀 양귀비처럼 단아해 보였다. 양귀비는 제 몸에 마약이 있다는 것도, 제 모습이 애잔하다는 것도 알지 못했다. 그냥 자연일 뿐인데 사람들이 멋대로 미워하고 좋아했다. 당국은 원예용 양귀비도 금지했지만 사람들은 양귀비 씨를 받아 두었다가 다음 해에 몰래 심었다. 수화는 바람에 살랑거리는 양귀비를 보면 콧마루가 시큰해지고는 했다. 그녀는 윤기 흐르는 세진의 머리칼을 바라보고 돌아섰다.

며느리가 부지런하고 깔끔한 자신의 어머니를 닮았으면 좋겠다던 아버지의 얼굴이 의문부호처럼 떠올랐다. 마침 화장실에서 나오는 엄마를 보고 수화는 엄마 안녕, 사분사분 인사 했다. 그래, 울 딸 안녕? 산뜻한 목소리로 호응하는 성희의 얼굴은 동성의 어린 연인을 대하는 듯 간지러워 보였다.

부엌의 며느리를 보고 성희는 미소 지었다. 세진은 요즈음 보기 드문 며느리였다. 순수하지만 고지식한 아들의 손을 잡고 김 씨 집안을 이끌어 갈 재목으로 더없이 든든한 모습이었다. 신부의 고운 한복, 재바른 몸놀림, 공손한 태도는 언제 어디서든지 아름답게 보였다.

김경준 부부는 며느리를 맞은 첫날 아침 마음이 들떠서 한복을 차려 입고 아들 며느리의 절을 받고 식당으로 향했다. 경준은 검은 나물밥이 담긴 밥그릇을 보고 눈을 커다랗게 치떴다. 성희가 얼른 무슨 밥

이냐고 물었다. 시부모가 의자에 앉기를 기다리는 며느리 대신 경준이
대답했다.

"새 애기가 곤드레 나물밥을 지은 모양이지?"

세진은 뽕잎 밥을 지었다고 말했다. 뽕잎 밥은 왜 지었느냐는 성희
의 질문도 시아버지가 받았다.

"내가 당뇨라는 걸 안 거겠지?"

미소 짓는 세진을 바라보며 성희와 수화는 굳은 표정을 지었다. 가
장의 건강을 병원에 맡기고 태평하게 살아온 모녀의 처신이 부스럼딱
지처럼 도드라지고 있었다. 모녀는 이 순간이 빨리 지나기를 기다리고
있었다. 두 사람은 비서실에서 과학적인 데이터를 뽑아 회장의 건강을
챙길 테고, 가장의 경증 당뇨쯤 거뜬히 해결되리라 믿고 신경 쓰지 않
았다. 한동안 입을 다물고 있던 시어머니가 가까스로 어떻게 아버님
진지에만 뽕잎을 넣었느냐고 물었다. 세진은 뽕잎을 따로 쪄서 아버님
진지에 섞었다고 대답했다. 순간 수화의 얼굴에 그늘이 스쳤다. 가장
이 말했다.

"당신 다이어트에도 뽕잎 밥이 좋을 거야. 당질 대사가 잘 되면 살
이 쭉쭉 빠질 테니까."

다이어트라는 말에 시어머니는 무조건 웃었다. 음식을 먹고 살을 뺀
다는 걸 통쾌해 하며 그런 음식을 상에 올린 며느리를 신기하다는 듯
쳐다보았다. 세진은 내일은 어머니 진지에도 뽕잎을 넣겠다고 말했다.
시어머니는 거푸 웃었다. 딸이 가로막고 나섰다.

"당뇨도 좋고 다이어트도 좋지만 좋은 것도 본인이 적극 나서야 시
너지 효과가 나지 않겠어요? 언니?"

수화는 상대의 응전의지를 녹이는 특유의 목소리로 속삭이듯 말했다. 갑자기 식탁 주변이 조용해지고, 숟가락 부딪는 소리만 간간 이어졌다. 수명은 말이 없었다. 며느리가 부드러운 목소리로 오늘은 우선 맛만 보시라는 의미로 나물진지를 드린 것이라며 보통 진지 드릴까요? 물었다. 재빨리 시아버지가 대답했다.

"아니, 아주 맛나! 검은 색도 실키하구나."

가족들이 와하, 웃었다.

"새 애기가 들어와서 집안에 웃음꽃이 피고……."

가장은 싱글벙글 웃었다.

"이거 우리가 동의보감 며느리를 모셔왔구먼. 허허! 그 참 허허."

경준은 벌어진 입을 다물지 못하고 웃었다. 시집살이 첫날 아침 세진은 만만치 않은 면모를 드러냈다.

수화는 늘 자신을 점검하려고 하는 순간 불쑥 튀어나와 제발 돌아보지 말라고 애원하는 자신이 애틋하고 눈물겨워 목이 메이곤 했다. 그때마다 자신을 고이고이 쓰다듬어 주면 또 다른 자신은 미련 없이 상큼하게 사라졌다. 그런데 오늘은 달랐다. 자신의 수호천사인 아버지에게 실수를 쌓고 있는지 모른다고 생각하니 등짝이 서늘했다. 아버지가 화를 내면 살그머니 다가가 살랑살랑 나부대면 아버지는 마음을 풀고 허허 웃었다. 주변 남자들도 마찬가지였지만 수명과 준범은 달랐다. 그녀는 사업에 관심이 없는 오빠는 좋아하지만 준범이라는 남자는 적절히 상대할 방법이 없어 당황스럽기만 했다.

준범은 개방과 봉쇄의 경계를 넘나드는 헐렁하면서도 단단한 성격의 남자였다. 사람 속에 사람 있다는 말이 떠오르는 그의 모습을 보고 그녀는 성실함의 색깔도 사람마다 다 다르다는 걸 알았다. 일에 성실한 그는 타인에겐 불성실한 면도 있고, 타인에게 성실하면서도 자신에겐 불성실한 것도 같았다. 그는 취미에 성실하면서도 일에는 불성실한 면도 있었다. '인간'이라는 텍스트는 모순에 찬 인간상을 조명하여 베스트셀러가 된 책인데, 준범을 모델삼아 쓴 것 같았다. 그는 수화에게 관심을 보이는가 하면 새론을 배려하고 다른 여자에게도 친절하게 대했다. 그녀는 치마 두른 인간이라면 다 좋은 모양이라고 비웃으면서도 준범에 대한 생각을 끊지 못하는 자신을 발견하고 심장에 쓴 물이 고인 느낌이었다.

그녀는 오늘 아침 비로소 자신이 숙제를 쌓아가고 있는데, 어디에 어떻게 쌓고 있는지 모른다는 생각이 들어 속으로 찔끔했다. 오빠 수명은 제 할 일을 척척 해내면서 주변 돌아가는 판세를 꿰뚫어 보는 세진에게 푹 빠진 모양이었다. 미모와 애교와 지능으로 실천 형 여자들을 압도해온 수화는 갑자기 올케가 무서워졌다. 올케는 해독 불가능한 암호처럼 다가와 있었다.

수화는 세진이 선점한 고지를 2번째 타자로 오르는 짓은 하고 싶지 않았다. 차선책으로는 아버지를 감동시킬 수 없다는 걸 잘 알고 있었다. 올케는 그보다 세 배 더 효과적인 아이템을 찾아낼 것이다. 순수해서 멍청한 오빠는 지략가 아내를 맞은 것 같았다.

다음날 아침, 수화는 혈압계가 담긴 케이스를 든 올케를 안방 문 앞에서 마주치고 호들갑을 떨었다.

"우아! 굉장하다, 언니. 우리 집에 호박이 넝쿨째 굴러온 것 아니에요? 오빠가 권한 건 아니겠지요?"

"친정아버지 혈압이 높거든요."

시누이는 입을 꾹 다물었다. 올케는 송곳으로 찔러도 피도 나지 않을 여자였다. 오늘 아버지는 나이팅게일 며느리를 얻었다고 싱글벙글 웃었을 것이다. 하루 만에 세진은 동의보감에서 나이팅게일까지, 동양에서 서양까지 자신의 영토를 확장했다. 알렉산더와 칭기즈칸의 모습이 동시에 떠올랐다. 과연 아버지는 딸을 기다리고 있었다는 듯 활짝 웃었다.

"언니한테 배워라. 너도 시집가서 이쁨 받고 살아야지?"

"아이! 언닐 멘토로 삼으라구요? 아빠 제가 물리학과 괜히 간 줄 아세요? 다기능 디스플레이 필름이라는 첨단의 바다를 헤쳐 가는 건 제 몫이잖아요?"

"그래, 알아. 그래도 가족의 건강을 챙기는 건 기본 중에 기본 아니겠니?"

"알았어요, 알았어. 하믄 되지, 아빠."

그녀는 아무리 애교를 떨어도 밑 빠진 독에 물붓기처럼 허망했다. 딸은 아버지의 목에 팔 깍지를 걸고 내가 누군데 울 아빠 건강을 챙기지 않겠느냐며 살랑살랑 웃었다. 알아, 알아. 새애낏 샘을 내니까 더 이쁘네. 아버지는 한껏 고양된 얼굴로 딸의 코끝을 살짝 비틀었다. 회사도 가정도 잘 굴러간다는 생각이 드는 풍요롭고 싱그러운 아침이었다.

새롬 재직 당시 영업부장으로 전자회사 사람들을 상대하던 김경준은 디스플레이 필름 업계에 틈새시장 있다는 것을 간파하고, 창업에 나설 정도로 사업가 기질을 타고난 인물이었다.

당시 한국의 전자회사는 디스플레이 필름 전량을 일제를 수입해서 썼다. 김경준은 기술 수준이 낮은 필름부터 제조하여 차츰차츰 제품의 질을 높이고 품목을 다양화하여 사업 영역을 넓혀갔다. 누리C&C는 빠르게 성장하고 있는데, 재정분야의 재원을 며느리로 맞으니 금상첨화였다. 남편의 마음을 아는지 모르는지, 성희는 말했다.

"우리 딸이 엄마를 얼마나 챙기는지, 당신 모르지? 엄마가 아프다면 한의원에 간다 어쩐다 난리를 피우는데…… 숫제 말을 못한다니까. 우리가 딸 농사는 기가 막히게 지었다니까요."

"알아, 내가 내 딸 모르면 누가 아나? 딸아 그렇지?"

"딸이 엄마 아빠의 영원한 보디가드라는 거, 이 세상 끝까지 엄마 아빠 곁에 있다는 거, 저 하늘처럼 명백해!"

"네 말은 아주 맛깔이 나."

딸은 부모의 볼에 뽀뽀를 하고 안방을 나가면서 중얼거렸다.

"나물밥 까짓……. 핏줄을 따라가?"

마침 현관문을 열고 거실에 나타난 세진은 그녀에게 서류 봉투를 건네며 대문 안에 떨어져 있더라고 말했다. 주소도 우표도 없이 평범한 글씨체로 〈김경준 귀하〉라고 쓴 봉투였다. 봉투는 깨어진 유리 틈새로 비어진 콜타르처럼 불길해 보였다. 완벽하기로 유명한 율전의 보안시스템을 무용지물로 만들고 봉투를 집안에 던져 넣은 사람은 누구일까. 누가 왜 그런 짓을 했을까. 아버지는 당장 마을 CCTV를 검색해볼 것이다. 서류 봉투는 입 안에 든 유리조각처럼 위험한 무엇이었다. 아니겠지, 수화는 서치라이트 범위를 가로질러가는 탈옥수처럼 몸을 움츠리고 아버지에게 봉투를 전했다.

경준은 나가라고 손을 내저으며 봉투를 개봉했다. 세 명의 사내가 손에 손을 포개고 뭔가 다짐을 하는 사진, 청바지에 감색 재킷, 사선 무늬 넥타이를 매고 블루 드레스셔츠를 입은 사내의 손에 손을 포갠 김경준, 그는 황급히 사진을 탁자 위에 엎었다. 〈우리는 지난 봄, 당신이 저지른 일을 알고 있다〉 그는 손을 부들부들 떨며 사진의 앞뒤를 훑어봤다. 소리 없이 방문을 열고 나타난 아내가 물었다.

"이상학 회장도 청바지를 입어요?"

남편이 버럭 고함을 질렀다.

"무슨 여자가 벌컥 벌컥 문을 열고 그래?"

"아니, 당신 갑자기…… 왜?"

"나가, 나가라니까!"

그녀는 주눅이 들어 어깨를 움츠리고 무슨 일이냐고 다시 물었다. 남편은 사진을 봉투에 밀어 넣고 말했다.

"서류야, 갑자기 이 상학은 무슨……."

성희는 쫓기듯 밖으로 나갔다. 월급쟁이 아내를 회장 사모님으로 만들어 준 남편의 말이라면 콩을 팥이라 해도 믿는 성희는 남편을 존경했다. 남편의 성공이 부인의 복이라는 사람들의 말이 립 서비스에 불과하다는 걸 알면서도 자신의 복이라면 맘껏 누리자고 생각했다. 남편이 회장이 될 때까지 아내가 겪은 아슬아슬한 마음은 보상 받아 마땅했다. 남편이 수백만 월급쟁이들 속에 우뚝 솟은 회장님이 될 줄은 꿈에도 생각한 적이 없는 그녀는 늘 감사하는 마음을 품고 있었지만 그가 오늘처럼 자신을 화풀이 대상으로 삼을 땐 스트레스가 많은 탓이라고 이해하면서도 겨울 들판으로 쫓겨난 여자처럼 춥고 쓸쓸했다. 성희는 거실 소파에 앉아 신문을 뒤적이고 있는 딸에게 아버지가 화난 이유를 아느냐고 물었다. 수화는 아버지가 화를 내더냐고 오히려 반문했다. 성희는 서류를 보다가 갑자기 화를 내더라고 했다. 딸은 언니가 문간에서 주워온 서류봉투를 아버지에게 전했을 뿐이라고 말했다.

"우편물이나 택배라면 신호가 왔을 텐데? 봉투가 문간에 떨어질 리도 없고…… 아빠는 서류라고 하던데?"

"글쎄, 서류가 대문간에 떨어질 리 없잖아? 아빠한테 물어볼까? 아빠 기분 퀵 다운이라 그랬지? 엄마 조심! 알겠지?"

딸은 엄마에게 단단히 주의를 주면서도 허방에 선 느낌을 지울 수 없었다.

11. 자만

집으로 돌아가는 골목에서 자신을 부르는 소리를 듣고 새론은 뒤돌아보았다. 어설픈 미소를 띠우고 다가오는 이준범. 새론은 가슴이 막히는 답답증을 느끼며 대한민국 방방곡곡에 실뿌리처럼 퍼져있는 신경망으로 모래알까지 포착해낼 힘을 지닌 사람들 몰래 살아갈 방도가 없다는 것을 알았다. 준범은 아랫단에 콩알만한 흰 점 주위에 깨알 같은 점이 흩뿌려진 스왈라스키 데님 바지를 입고 있었다. 데님 중의 데님인 스왈라스키를 입은 그는 새론을 가로막아 서서 우리 밥 먹으러 가자고 천연덕스레 말했다.

"여긴 식당 없거든. 칼국수 집은 있지만……."

새론은 외계인처럼 낯선 눈으로 준범을 쳐다보며 다시 말했다.

"이런 동네 살아서 미안해."

"서울로 가면 되잖아?"

"시간이 없어 미안해."

"우리 빈대떡이나 부쳐 먹자."

"부모에게 저녁밥을 차려주고 와야 해. 미안해."

"미안해, 미안해. 미안해. 사람 놀리는 방법도 가지가지구나. 사람

지치게……."

　그는 화가 나서 말했다.

　"그래, 난 미안하면 안 되니? 뭐가 그리 당당해?"

　"당당하지 않을 것도 없지."

　"혼자 산악처럼 당당해 봐. 돈도 들지 않으니까."

　준범은 취기처럼 붉은 석양이 넘실거리는 골목에서 담배를 피워 물었다.

　한 달 후, 새론은 가족을 이끌고 서울 자양동으로 이사했다. 준범이 전세로 얻어준 방 세 칸짜리 빌라는 검소하지만 사람답게 살 수 있는 공간인 것 같았다. 집의 의미가 새삼스러웠다.

　새론은 준범이 빌라로 이사하라고 하는 순간 콧속의 섬모가 물결치는 걸 느꼈다. 눅눅하고 컴컴한 우물집을 벗어날 수 있다고 생각하니 숨통이 트일 것 같았다.

　자양동은 고요하고 푸근한 동네였다. 햇살이 밝은 남향받이 4층 빌라 창가에 서면 험한 세상이 아득히 멀었다. 빌라는 아파트로 이사하라는 준범과 아파트보다 빌라 전세가 싸다는 새론이 타협한 것인데, 새론의 입가에는 미소가 떠나지 않았다. 돈이란 그늘진 집을 벗어나게 하고, 새한의 방을 마련해 줄 수 있는 방편이구나. 돈은 멋져!

　준범의 아버지는 건민제약, 병원, 식품 등등 건강 관련 계열사를 거느린 건민그룹 회장이고, 인간의 생명을 좌우하는 바이오산업을 미래의 성장 동력으로 보고 R&D센터에 거액을 투자한 재벌 2세였다. 준범은 젖먹이 때부터 할아버지와 아버지에게 증여받은 주식을 다량 보유하고 있었다.

새론은 그의 요구대로 다음 학기에 복학하겠다는 약속을 하고, 우선 준범이 통장에 넣어 준 돈을 생활비로 쓰면서도 편의점 알바를 놓지 못했다. 벌써 서민 근성이 몸에 배었는지 일하지 않으면 불안했다. 율전에 살고 있는 준범이 무지개를 탄 사람처럼 대단해 보였다.

과연 이사 며칠 뒤 핸드폰에 낯선 번호가 떠올랐다. 통화 버튼을 밀자 북소리처럼 둥둥 울리는 중년 사내의 목소리가 굴러왔다.

"세상에 공짜는 없어."

그는 진리를 설파하는 종교인처럼 엄숙히 말하고 즉시 폰을 끊었다. 새론은 넋을 놓고 서 있었다. 준범이 준 통장과 빌라에 벼락이 떨어진 것 같았다. 방금 들은 목소리에 비하면 빚쟁이들의 악다구니는 애들 장난에도 미치지 못했다. 그들은 지하세계의 지배자들처럼 소리 없이 일을 도모할 것이다. 다음날 사내는 이웃 아저씨처럼 친근한 어조로 세상에 공짜가 없다는 것도 모르느냐고 묻고 폰을 끊었다. 그는 능청스러운 배우처럼 번덕스러운 목소리로 매일 폰은 걸어왔다.

"세상에 공짜로 받은 건 뒤끝이 나빠."

사내는 언제나 낮고 친근하게 굴었다. 새론은 조근 조근 타이르는 어조와 냉혹한 협박이 대비되고, 유리가 깨어질 때의 파열음에 이은 유리 가루가 쏟아지는 환영에 몸에 소름이 돋는 걸 느꼈다.

"세상에 공짜 좋아하는 사람은 망하고 말지."

사내는 〈세상에〉라는 말을 꼭 넣고 망한다는 말에 방점을 찍으며, 새로운 말 한 두 마디를 첨가하여 협박의 강도를 더해갔다. 그녀는 무서운 내용과 푸근한 어조의 틈새에서 어찌할 바를 몰랐다. 그 방면의 전문가다운 면모를 과시하면서도 어떤 요구도 없이 핸드폰을 끊는 사내가 소름끼치게 무서웠다. 그들은 준범과 새론의 근황을 유리 속처럼 들여다보고 있는 것 같았다.

그녀는 괴전화를 고발하지도 스팸 처리도 하지 못했다. 덮는다고 덮어질 사안이 아니라면 추측 가능한 영역에 놔두고 당하는 편이 나을 것 같았다. 자신을 멋대로 요리할 궁리만 하는 사람들이 잠잠한 상황은 더욱 무서워 감당할 자신이 없었다. 코 앞에 다가온 상황을 이겨낼 배짱도, 이 기묘한 상황을 타개할 묘책도 없이 공포의 나날을 보내면서 그녀는 그들이 끝장을 보기 전에 물러설 사람들이 아니라면, 이쪽에서 선수를 치는 것도 하나의 방법이 아닐까 생각했다. 생각이 여기 이르자 스스로가 무서워 소름이 쭉 끼쳤다. 그들도 무섭고 너도 무섭다, 어쨌든 하는 데까지, 뭔가 해보고 죽더라도 죽자.

율전 사람들은 자식의 결혼을 가문의 미래를 좌우할 기회로 보지만 하필 그것이 뜻대로 되는 않는 거의 유일한 문제이니 답답한 노릇이었다. 그들은 기회 있을 때마다 자식이 율전이나 율전에 버금가는 집 자식과 결혼하기를 바라며 은밀히 손을 썼지만 공염불이 될 가능성이 컸다.

새론의 핸드폰 번호를 아는 사람은 준범과 동생뿐이지만 저들이 새론의 핸드폰 번호를 알아내는 것은 식은 죽 먹기보다 쉬운 일이었다. 벌써 저들은 그녀의 귀에 〈공짜는 없다〉라는 말이 이명처럼 울리게 하는 성과를 올리고 있었다.

뒤숭숭한 며칠이 흘러갔다. 어느 한가한 오후, 신사복 차림의 사내가 편의점 안으로 들어서더니 캐시 부스에는 눈길도 주지 않고 음료수 코너로 돌아섰다. 발끝에서 머리끝까지 자연스럽지만 자신을 의식하지 않으려고 기를 쓰는 어색함이 풍겨왔다. 사내는 홍삼 한 캔을 들고 캐시 부스로 다가와 계산을 마친 다음 명함을 내밀었다. 〈모델 에이전시 사업부장 김한철〉 영문으로 된 명함이 창날처럼 그녀에게 내밀어져 있었다. 굵은 목소리의 사내를 성공시켜야 한다면 모델 에이전시에게 퇴로를 열어줘야 할 것 같았다. 저들은 매뉴얼대로 착착 움직일 테고, 새론이 자근자근 부서지기 전에는 물러설 사람들이 결코 아니었다. 그녀는 역이용을 생각했다. 김새론, 네가 감히 저들과 대결하려는 거니?

"아가씨의 미모와 몸매라면 A급은 되겠는데…… 편의점이라니…….
길거리 캐스팅이 될 정도인데…… 오늘 운세 기막히게 좋네."

그렇구나, 무지개의 모습을 하고 나타났구나, 누구의 운세가 기막히게 좋다는 것인지, 어물쩡 얼버무리는 사내 앞에서 새론은 내가 만약 무지개에 올라탄다면 무지개는 하늘 높이 날아가 검은 구렁에 나를 떨어뜨리고 달아날 것이라고 추측했다. 그걸 알면서도 무지개에 오르지 않을 수 있을까. 새론과 모델은 어울리지 않았다. 무엇보다 그녀는 신장이 170㎝에 미치지 못했다. 새론의 처지는 골리앗의 발길에 밟혀 죽을 개미에 불과하지만 어떻게든 살아남지 못한다면 미물보다 낫다고 장담할 수 없었다. 돌연 저들의 손에 두 번 당할 수 없다는 오기가 솟았다.

호랑이에게 물려가도 성신만 차리면 살 수 있다던 아버지의 말이 북소리처럼 둥둥 울렸다. 사극 드라마에선 음모가 창궐하는 궁궐에서 끝까지 살아남는 자는 교활한 자였다.

돌아보니 준범을 두 번째 만났을 때 이미 골리앗과 새론의 전쟁은 시작된 셈이었다. 협박 전화와 모델 에이전시의 등장은 전쟁이 본격화

되었다는 신호탄을 쏴 올린 것이고, 골리앗은 준범이 단념할 때까지 새론에 대한 감시망을 풀지 않을 것이었다. 새론이 외국에 나간다면 저들은 쾌재를 부를 것이다. 김새론이 해외에서 쥐도 새도 모르게 죽는다 해도 대한민국은 눈도 깜짝하지 않을 나라였다. 새론에겐 김새론 사망사건을 사회 문제로 부각시킬 가족 파워도 없었다. 그녀도 저들의 머리 위에 무지개를 띄워놓아야 할 차례였다.

"제가 A급이라면 저기 저 아가씬 AA급인가요?"

새론은 긴 다리로 여름 더위를 가위질하며 편의점 앞을 지나는 아가씨를 가리켜 보이며 말했다.

"하기 나름이지요? 결심이 문제지요. 신체 개조쯤 일도 아닌 세상이니까. 잘 생각해 보고 일루 전화해요. 잘하면 여배우도 될 수 있고, 인생이 확 바뀔지 누가 알아요?"

사내가 띄워놓은 무지개에 신체 개조라는 말이 광배처럼 빛났다.

골리앗과 새론의 전쟁은 새로운 국면에 돌입했다. 새론이 만약 골리앗의 선전포고에 응한다면 지나던 개미가 웃을 일이지만, 두 손 들고 항복하고 싶어도 그마저 쉽지 않았다. 준범이 가로걸렸다. 준범은 그녀가 당하는 꼴을 지켜보고 있지 않을 테고, 그럴수록 새론은 더 위험했다.

지금도 골리앗은 새론의 아군인 준범을 훼방꾼으로 만들어놓고 예의주시하고 있을 게 분명했다. 그러고 보면 준범은 새론의 우군이며 족쇄였다. 골리앗은 준범이 새론을 깡그리 포기하거나 새론이 자근자근 부서지기 전에는 전쟁을 끝내지 않을 것이다. 율전의 사업가들은 뒤처리에 완벽을 기하는 사람들이었다.

새론은 준범을 단념시키거나, 자신이 부서지거나, 골리앗을 완벽히 피하거나 셋 중 하나를 선택해야 했다. 불현듯 마사지 걸이 될 수 없는 남자인 것을 한탄하던 태호의 얼굴이 떠올랐다.

새론은 늙어죽을 때까지 일해도 아파트 전세도 얻기 힘든 처지였다. 태호의 어머니는 평생의 재봉질에 오목 가슴이 되어 위장 장애, 변비, 허리통증에 시달리다 못해 의사, 한의사, 침술사를 찾아다니며 딸 태희가 벌어다 주는 돈을 쏟아 붓고 있었다. 삶이 병이고 죽음인 그녀의 모습은 새론의 미래를 비추는 거울이었다.

남동생 새한의 얼굴이 떠올랐다. 그녀의 가족은 새한이 군대와 대학을 마치고 취직하면 전세를 얻어 살 가능성은 있지만 동생은 그때가 되면 등록금 대출을 갚아야 하고, 결혼을 하고 자식을 낳아 길러야 했다. 현재의 가족은 방계 가족이 되어 동생의 짐이 될 게 뻔했다. 지난날 새론은 가난한 사람들의 미래를 상상해 본 적이 없었다. 지금 그녀는 개천에서 용 나기 힘들다는 말이 서민의 엄살만은 아니라는 것을 잘 안다. 그러고 보니 그녀의 가족은 천 길 낭떠러지를 향해 걸어가는 꼴이었다. 매스컴은 누구든 살만한 세상이라고 떠들지만 그들에게 서민은 돈 벌이 대상이외 아무것도 아니었다. 알바생인 새한은 군복무를 마치고 대학에 복학해야 하고, 부모에게도 적지 않은 약값이 들었다.

편의점을 쉬는 휴일, 하늘은 파랗게 개이고 복더위에 도시는 지글지글 끓었다. 새론은 시장 골목을 이리저리 돌아다니다가 반대편으로 나가고, 빌딩 정문으로 들어가 뒷문으로 빠져나가 골목으로 나갔다. 동선을 헝클어 놓고도 마음이 놓이지 않아 자신에게 전화할 때는 꼭 대포 폰을 사용해야 한다고 준범에게 일러두었다.

그는 예의 추상화 데님 바지에 허리에서 어깨까지 하얀 선이 가로지르는 검정 티셔츠를 걸치고 자동차 광고모델처럼 카이맨에 기대 서 있었다. 새론은 신경질을 부렸다.

"나 만날 땐 카이맨 타지 말라 했잖아? 전화도 그렇고…… 아마 전자기기로 우리를 감시하고 있을 거야."

"피하고 싶은 네 마음은 알아. 하지만 언제까지?"

새론은 하얗게 질려 돌아섰다.

"아, 참. 이거 렌트했어."

"나, 괜히 이러는 거 아냐."

그가 자신을 쫓아 다니는 이유를 생각하며 새론은 쓰게 웃었다.

"헐! 포사도 웃네. 역시 내가 짱이지? 날 만나니 마음이 편해진 거지? 좋아."

준범은 자동차 문을 열고 돌아보며 무슨 비닐봉지가 그렇게 많으냐고 물었다.

"술, 그리고 안주……. 오늘 율전 뒷산에 가서 좀 쉬고 싶어……. 이런 날은 거기가 제일 좋잖아?"

"좋−치, 개울을 따라 올라가면 딱 좋은 장소가 있어. 숲은 깊고 개울물은 졸졸, 맥주를 담글 찬물 웅덩이도 있고……. 그런데 웬 일? 아주 적극적이네. 섹시해."

"오늘은 섹시가 초특급 열차를 타는 날이야."

"네가? 와! 무시무시하다. 사람 가슴 벌렁거리게 그런 말 하지 마아."

"나, 본래 무시무시하잖아? 그러니까 이리 억세게 살고 있는 거야.

여자애가 겁도 없이……."

"헐! 너, 겁과 사귄 적 있어? 제발 그런 불량배와 사귀지 마라."

두 사람은 마주보고 웃었다.

"알아. 이렇게 씩씩한 보디가드를 두고 설마 겁과 사귀겠니? 난 비겁이 아니거든."

두 사람은 곧 율전에 당도했고 마을 입구에서 새론은 숲속으로 스며들었다. 그는 주차장을 향해 자동차를 몰아갔다. 조금 후, 두 사람은 무성산 중턱 잣나무 숲에서 만났다. 새의 날개처럼 율전을 감싸고 있는 수백만 평의 산자락에 심어진 잣나무는 까마득히 치솟아 50m 저편까지 시야를 트여 놓았다. 켜켜이 쌓인 잣나무 낙엽에 발바닥이 푹신했다. 새론은 호랑이 굴에 들어와 호랑이에게 골탕을 먹이려는 발칙한 여자를 생각하고 혼자 웃었다.

"잣나무, 너 피톤치드 제조하느라고 수고 많다."

"넌, 율전을 꼭 남의 동네처럼 말하더라."

"난 이방인이야. 지구에서 목성으로 이사 간……."

"아프겠지, 난 네가 이사 간 곳을 잘 몰라. 인정해."

대학생이 된 준범은 물 만난 고기처럼 율전의 바깥세상을 헤엄쳐 다녔다. 여름 방학에는 농가 근처 해수욕장에서 놀다 싫증이 나면 부근의 농가를 돌아다녔다. 농부가 변소에서 똥을 퍼내는 모습을 신기하게 바라보다가 구린내에 위가 뒤집어져 음식물을 모조리 토한 적도 있었다.

겨울 어느 날, 영등포역 뒤편 빈민촌을 지나다 차를 멈춘 적도 있었다. 그 골목에 비하면 여름에 본 농가는 너무 고급스러웠다. 매섭게 불어대는 겨울바람에 골목 양편에 늘어선 무허가 건물의 벽과 지붕을 이은 비닐이 더러운 빨래처럼 펄럭거렸다. 마침 밥차가 나타났다. 오두막에서 꾀죄죄한 인간 군상들이 어슬렁어슬렁 기어 나와 밥차 뒤에 줄지어 섰다. 얼굴이 검누렇게 뜬 사람들 사이에서 외부인은 단박 눈에 띄게 마련이고 자동차도 마찬가지였다. 그는 차를 몰고 그곳에서 좀 떨어진 골목에 주차해 놓고 그 곳으로 되돌아갔다. 회색 파카는 고급이지만 색깔은 그들이 걸친 옷과 비슷해서 두드러지지 않았다. 그래도 정체모를 이질감과 불안감에 쭈뼛거리며 한동안 서서 구경하던 그는 밥차를 몰고 온 사람들이 지껄이는 소리를 듣고 서울에 지옥이 있다는 것을 알았다. 이 사람들 말이야. 밥차가 제공하는 한 끼니로 하루를 견디는 사람도, 마약중독자도, 불치병 환자도 있어. 이곳에서 노동자는 상류층이고 실업자는 중산층, 나머지는 하루 살기 급급한 극빈층이지.

그는 골목에 떠도는 악취를 희석시키기 위해 겨울의 찬 공기를 들이마셨다. 세상 갈피를 넘길 때마다 펼쳐지는 세계에 대한 호기심을 안고 그는 율전으로 돌아갔다. 새론이 그들만큼 가난하지는 않지만 율전에서 살았던 경험 때문에 아픔이 클 것이라고 추측할 수 있었다.

"율전에서 손은 키보드나 악기, 운동에만 사용하잖아? 목성에서는 모든 걸 내 손으로 해야 돼. 설거지를 하면 부엌이 깨끗해지는 거 있지? 손으로 아버지 마사지도 해주고…… 손이 신기하고 위대하다는 걸 알았어."

너무 그러지 마아, 준범은 새론의 손은 잡고 말했다.

"이 순간 내 손도 위대하잖아?"

"……."

"더 위대해지는 방법도 있지."

재빨리 준범은 두 손으로 새론의 양 볼을 잡고 입을 맞췄다. 그에게서 몸을 떼며 새론은 중얼거렸다.

"왕가에서 하인은 받아주지 않아."

"율전 사람들이 괴물이라도 된단 말이냐? 율전에 살던 너를 받아주고 말고 그러게?"

"괴물이지! 그럼? 기업인들이 돈이 없어 감옥에 가는 거니?"

"욕심이 비정하겠지. 끝없이 갖고 싶은……."

"인간은 수수께끼야. 조직이 문제라는 생각도 들어. 우리 아버지도 조직을 영구히 보존하려는 욕심 때문에 망했으니까. 언제나 세포 분열이 문제야."

"세포 분열?"

"그래, 이 세계가 다 그래. 단세포에서 다세포로……. 인간도 세포를 분열시켜 성장하고, 가족도 결국 세포의 무한 증식이 목적이잖아? 회사도 국가도 조직을 유지하고 분열하려는 본능에 따라 움직이잖니? 우리 아버지도 결국 세포 분열의 패턴에 부나비처럼 걸려든 거야. 만약 아버지가 가족만 생각했다면 회사를 팔아 돈만 챙기면 되는 거였어."

"헐! 김새론, 아주 멋져 뿌렀네!"

준범은 탄성하고 다시 말했다.

"김경재 회장은 세포의 무한 증식 문제로 망한 게 아니야."

새론은 무안한 얼굴이 되어 네가 우리 아버지 일에 관심 두는 이유가 뭐냐고 물었다.

주식회사 새롬 일렉트론이 망했다는 사실을 알고 그는 물벼락을 뒤집어 쓴 느낌이었다. 친구와 함께 요트를 타고 필리핀 섬을 돌고 막 돌아온 참이었다. 바다의 정기와 푸름이 어망진창이 된 것 같았다. 율전 사람들은 마을에서 일어난 부정적인 사건은 입에 담지 않는 불문율을 지키고 있었다.

당시 준범은 아버지가 권하는 경제신문을 한 줄도 읽지 않았다. 새롬이 망했다는 사실도 새론의 핸드폰이 끊기고 의문을 해소하는 과정에서 알게 됐다. 그녀가 성북동으로 이사 가지 않았다는 사실을 알고 의문이 폭발했다.

그는 지난 경제신문을 모두 찾아 읽고 기자들이 팩트 대신 소설을 썼다는 사실을 알았다. 새롬의 패망 이유를 사실에 입각하지 않고 김경재 회장의 심리상태에 초점을 맞춘 점, 김 회장의 판단 미스를 지나치게 부각시킨 점은 수상하다 못해 괴상했다. 새롬의 몰락에 네 아버지의 책임도 있겠지만 전부는 아니라고 준범은 말했다. 너까지 기자들의 붓 끝에 놀아나는 꼴은 차마 보지 못하겠다는 추궁의 말에 새론은 얼굴을 붉혔다. 준범은 에버테크는 단독으로 새롬을 인수할 자금이 없었다고 진지한 태도로 말했다. 그녀도 에버테크가 못된 짓을 했다는 것 정도는 알고 있었다.

"에버테크 회장은 비열하고 쩨쩨하지만 남의 기업을 통째로 말아먹을 뱃장은 없는 인물이라고 했단 말이야. 넌 그걸 알아야 해."

"네가 거기까지? 왜?"

"율전 사람은 모두 재계에 연결 되어 있잖아? 난 실 끝을 조금 잡아당겨 봤을 뿐이야. 의외로 큰 덩어리가 끌려나왔어."

그는 전자업계 사람들이 신문기자들이 쓴 소설을 고스란히 믿고 있더라고 덧붙여 말했다.

"새롬의 패망은 머리칼을 흩날리며 숲속으로 사라진 여자애처럼 내 흥미를 끈단 말이야. 난 요염한 흥미유발자를 끝까지 따라가 볼 거야."

또 섹시한 여자애냐, 캐릭터 좀 바꾸면 안 되냐, 새론은 혹시 여자애가 환영이라면 헛물만 켤 게 아니냐고 하면서 새롬이 원상복구 된다는 보장도 없는 마당에 다 부질없는 짓이라고 머리를 내저었다.

"넌, 세포의 무한 증식에 대해 말했지? 난 기업의 무한 증식 패턴을 규명하고 싶은 거야. 아주 섹시한 작업이 될 거야."

"섹시해도 그렇지, 알아서 뭐하게?"

"난 기업인의 자식이니까."

"너무 자만하지 마. 요염한 요정이라면 용용 죽겠지? 약을 올리며 깊이 숨어버릴 걸?"

"새롬은 네 아버지 회사였어. 내가 이 정도 나가면 너도 핫 해져라, 좀."

"저는 지금 목구멍에 풀칠도 바쁘신 몸이거든. 미안해!"

새론은 시들하게 웃었다. 신문기사는 앞뒤가 맞지 않았다. 콘덴서 업계의 백전노장인 김 회장이 선물옵션 투자에 인생을 걸었다는 기사는 의문을 넘어 기괴하기까지 했다. 당국의 발표와 달리 수사당국이 새롬의 신기술을 훔쳐간 산업스파이를 끝까지 추적하지 않은 점도 이상했다. 진상을 알고 있을 김경재 회장이 치매기가 있는 마당에 요정을 찾겠다고 나선 준범이 허당처럼 보이기도, 요정을 만져주고 쓰다듬어주면 진실을 털어놓게 마련이라고 큰소리치는 모습이 어처구니없기도 했다. 에로틱한 언어를 구사하면 피식피식 웃어주는 사람들이 결국 관심을 보이는데 재미를 붙인 준범은 매사 에로틱하게 말하곤 했다. 그는 바람기 많다는 인상이나 세평에 신경 쓰지 않았다.

새론은 나는 에너지 고갈 상태라고 선을 그었다. 준범은 난 해낼 수 있다, 섹시한 남자를 돕는 여자는 어디든 있게 마련이다, 라고 너스레를 떨었다. 세포의 무한증식 패턴을 끊는 데 관심이 있지만 자신은 하루도 빠짐없이 위장에 먹이를 제공하여 세포 증식에 기여하고 있을 뿐이라면서 그녀는 웃었다.

새론은 사실 세포의 무한증식의 바다에 빠져 허우적거리며 살아야 할지, 허무의 바다에 빠져 죽어야 할지 알 수 없었다. 병든 부모를 외면 못하는 이상 스님처럼 살 거나 세포의 무한증식의 바다에 빠져 허우적거릴 자유조차 없었다.

준범은 재벌 3세인 자신의 인생에 커다란 구멍이 뚫려 있다고 생각했다. 사방에 맛있는 음식이 널려 있어도 먹고 싶지 않았다. 값비싼 옷을 입고도 트랜드를 따라서 뭐 하나, 좋은 옷은 입어서 무엇 하나, 중얼거렸다. 빌 게이츠 못지않은 전자기기를 갖춘 숲 속의 집은 더 크게 확장할 수도, 더 좋은 전자기기를 갖출 수도 있었다. 자동차도 요트도 마찬가지였다. 노력으로 더 이상 얻을 게 없다는 생각이 들면 산다는 게 말짱 허망할 뿐이었다. 현재보다 더 높은 안일과 자유를 추구한다면 죽음이 있을 뿐이고, 더 많은 쾌락을 얻으려고 한다면 마약이나 섹스가 있을 뿐이었다. 차원 높은 예술의 경지에 오르거나 감상자가 될 수도 있지만 글쎄, 라는 생각이 들었다. 그의 흥미를 끄는 만화는 애초에 원천 봉쇄된 분야였다. 만약 그가 만화를 그리겠다고 나선다면 가족들은 기절하거나 비웃을 것이다. 그에게 미래는 풀 수 없는 수수께끼처럼 다가와 있었다.

새론이 말하는 세포의 무한증식 문제는 아버지가 자신의 몫까지 도맡아 하고 있었다. 준범은 의학적 분위기에서 성장했고 의학공부를 당연시하며 살아왔으나 대학 2학년에 오르자 마음이 변했다.

"내가 처음 본 위인전이 뭔지 아니?"

"……"

그는 한글을 깨우치자마자 만화 슈바이처 전기를 읽었고 병원 얘기에 파묻혀 어린 시절을 보냈다. 아버지가 한국계 미국인과 한 방에서 지내게 해준 덕분에 현지인과 영어 대화를 나눌 정도의 실력도 갖췄다. 의사보다 위대한 사람이 없다고 생각하며 성장한 그는 자신이 부모가 찍어낸 벽돌인지 모른다고 의심하기 시작했다. 그는 자신이 하고 싶은 일을 모색하며 대학 2학년에 올랐다.

새론의 집이 망했다는 사실을 알고, 그는 율전에도 흥망성쇠와 눈물과 고통이 있다는 사실, 율전이 누추하고 가난한 세상에 둘러싸인 화려한 섬이라는 사실, 자신이 투명 감옥에 갇혀 산다는 사실을 알고 충격을 받았다. 가난한 사람은 가난이라는 틀에 갇혀 살고, 부자는 부자라는 틀에 갇혀 산다는 것도 알았다. 가난한 사람에겐 치료를 받거나 공부할 자유가 없고, 부자는 가난을 겪을 자유가 없었다.

"어쨌든 가난한 사람들은 멋대로 생각할 자유가 있잖아?"

"가난한 내 머리 속이 자유롭고 풍성하겠니? 가난에 매몰되어 다른 걸 보지 못해."

새론은 자신이 가난을 탈출할 궁리에 급급할 뿐이라면서 네 도움을 달콤하게 받아들이는 나를 보고 가난이 무섭다는 사실을 절감했다고 말했다. 그녀는 네 도움을 뿌리치고 싶은 마음이 조금도 없었다면서 자신의 울타리 안에 갇혀 사는 건 인간의 숙명인지 모른다고 말했다.

"아마도…… 천재만이 자기 울타리를 뛰어 넘을 수 있을 거야."

"인간이 세상을 다 아는 건 불가능해. 그래도 난 최소한 사육장에 살고 싶진 않아."

"그래서 공부는 않고 놀기만 하니?"

"너를 만나잖아?"

"그만 좀 해라! 넌 나와 정 반대 고민에 빠져 있어. 나는 내가 하고 싶은 걸 못하고, 넌 네가 하고 싶은 게 뭔지 모르고…… 못하는 건 다 마찬가지다, 뭐."

대학에 들어간 뒤 준범은 할머니가 정성껏 키운 분재를 담 밖으로 내 동댕이질 쳤다. 철사로 칭칭 동여매 구불구불한 소나무가 꼴도 보기 싫었다. 추궁 당하는 도우미를 보다 못해 범행을 자백했지만 10년 묵은 체증이 뚫린 듯 시원했다.

"그럼 사슴도 앵무새도 다 네 짓이란 말이야?"

"다른 집 애들도 마찬가지겠지."

"이 세상 어찌 살아야 하는 거니?"

"그런 면에서 공평해."

"하지만 니네들이 빡세게 낫다는 거 인정해라. 넌 가령 유학 가는 척하고 다른 공불 할 수도 있잖아?"

"우아! 너, 독심술 배웠니? 나, 너랑 같이 유학 갈 준비하는 중이야."

새론은 가슴이 쿵 내려앉았다. 태산이 앞을 가로막고 있었다. 바람이 잣나무 가지를 흔들며 지나갔다.

그녀는 목성인이 지구인으로 사는 건 불가능하고, 울타리를 뛰어넘는 만용을 부리고 싶지 않다면서 나는 내 길을 갈 수밖에 없다는 말을 네게 들려주려고 여기 왔다고 말했다.

"빌라로 이사한 것으로 충분해. 부작용이 생겼어. 자꾸 너한테 기대고 싶은 거 있지? 정말 싫어. 아버지에게 너무 기대 살았다고 자책하는 마당에…… 이건 아니잖아?"

"나는 사육사의 손에 길러진 애완동물, 너를 만나면 비로소 내가 되는 나, 애완동물이 되지 않으려고 발버둥치는 날 좀 봐주라, 응?"

언제나 자신만만한 준범은 왠지 맥 풀린 어조로 중얼거리며 운동화 발로 길섶의 풀을 뭉갰다. 풀물이 배인 운동화 발끝이 푸르스름했다. 새론은 네 집에 대한 반감으로 날 좋아하는 것이라면 너도 날 사육하는 것이고 자기모순에 빠지는 것이라고 말했다. 준범은 넌 날 피할 궁리만 하느냐고 묻고, 율전에서 너와 함께 살아갈 날이 반드시 올 것이라고 말했다.

"그건 불가능해. 난 벌써 가난하게 사는 법을 배웠어. 그럭저럭 살아갈 거야."

대화는 다시 원점으로 돌아와 있었다. 두 사람의 머리 위에 강렬한 햇살이 쏟아지고 시원한 바람이 불었다. 잣나무 가지가 짙푸른 모빌처럼 흔들렸다. 그녀가 돌아보니 비가 오거나 바람이 불면 흔적도 없이 사라질 희미한 길이 구불거리고 있었다. 율전 사람들은 해발 고도 높은 여기까지 오지 않았다. 골프장이나 피트니스 클럽을 두고 여기까지 올 필요도 없었다.

"아까 하던 얘긴데 넌 하고 싶은 걸 찾은 것 같은데?"

"만화의 매력에 푹 빠졌어. 아마 세포의 무한 증식도 이런 맥락일 거야. 나, 실은 아무도 몰래 만화 배운다?"

"의학공부에 구멍이 날 텐데?"

"몰라, 나도…… 내 멋대로 좀 하고 있을 뿐이니까. 응원 좀 해주라!"

"만화가 그렇게 좋아?"

"움직이는 그림이 좋아. 가짜 움직임을 만드는 거."

"그럼 우리도 움직이자! 이건 진짜야"

새론은 갑자기 자리에서 벌떡 일어섰다. 두 사람은 바위 군락지를 지나갔다. 여름 뙤약볕에 달구어진 바위가 뜨거운 열기를 훅훅 내뿜고 있어 두 사람은 줄줄이 땀을 흘리며 개울 바닥에 뿌리를 내린 단풍나무 군락지로 들어갔다. 이번엔 발에 닿은 찬 기운이 머리끝까지 뻗쳤다. 한동안 개울을 거슬러 올라가던 두 사람은 단풍나무 그늘에 비닐 돗자리를 깔고 앉았다.

햇빛은 잡목 숲 이파리에 반짝반짝 빛났다. 바위에서 하얗게 부서져 내리는 작은 폭포 아래 물웅덩이에 나뭇잎 한 장이 빙빙 돌고 있었다. 졸졸 흐르는 개울물 소리, 비빗 비이빗 새 지저귀는 소리, 숲을 휩쓸어가는 바람 소리, 새론은 눈이 감길 듯 나른했다.

그녀는 참외와 체리가 담긴 도시락, 레드 와인과 샌드위치를 돗자리에 꺼내 놓았다. 두 사람은 샌드위치를 먹고 과일 안주에 레드 와인을 홀짝거렸다. 새론은 혀 꼬부라진 소리로 중얼거렸다.

"도대체 세상이 뭐란 말이야? 모르겠어. 모르겠어."

"이런들 어떠하리 저런들 어떠하리. 만수산 드렁 칡이 얽혀진들 어떠하리. 우리 이리 얽혀 천년만년 살자꾸나."

"세포의 바다가 아닌 허무의 바다에 빠져볼까 생각 중이야. 넌 되어 가는 게 뭔지 아니?"

준범은 끌려왔다.

"자연."

"지금은 자연대로 살지 못하는 세상이야. 난 절벽 길을 걷는 것 같 아. 한 발 삐끗하면 천 길 낭떠러지…… 일차 낙하했고, 또 낙하할 것 같은……."

"네가 불안한 이유가 도대체 뭐지?"

"내 미래는 예측 불가능한데 내게는 그걸 언급할 능력도 자유도 없어."

"미래는 신의 영역이잖아? 걱정한다고 미래가 바뀔 리 없어. 이건 진리야."

준범은 진리를 언급했다. 진리는 요동치는 마음을 진정시키지 못하 고 틀어막을 뿐이었다. 준범은 새론의 걱정거리를 알지 못했으므로 더 이상 묻지 못했다. 두 사람의 대화는 늘 그렇게 끝나곤 했다. 그는 자 신의 진리라는 말이 새론의 머리를 가격했다는 사실도 알지 못했다. 진리는 왜 이렇게 멀고 아득하지? 피부에 닿지도 절실하지도 않아. 새 론은 한숨 돌렸다. 너에겐 코잎에서 할랑거리지만 불확실한 미래가 아 닌 좀 더 확실한 미래가 있겠지. 그게 네 진리야. 내 진리는 아니야. 준 범은 자신이 알지 못하는 새론의 절박한 미래를 방치하고 떠나려 한 다는 징표처럼 흥얼거렸다.

"소용돌이치네. 삼 태극인지도, 블랙홀인지……."

"갑자기 무슨 말?"

"소용돌이치는 우물인지도 모르겠다."

"너, 지금 내 가마를 보고 있는 거지?"

"네 정수리의 가리마, 신비해. 가마를 중심으로 머리칼이 소용돌이치고 있어. 머리칼은 가르마를 타서 착착 빗어 넘기고…… 무질서와 질서…… 사람의 머리칼은 윤기가 흘러. 호랑이 털은 신비하지만 윤나지 않아. 네 머리칼을 보고 사람이 신비한 존재라는 걸 알았어. 섣부른 거니?"

그는 새론의 머리칼을 가만가만 쓸어내리며 말했다.

"사람이 신비한 존재라는 걸 알게 해준 이 머리칼……."

준범은 새론의 머리를 가슴에 안고 머리칼에 키스했다. 그녀의 단발머리에 그의 키스가 줄줄이 매달렸다.

12. 혼미

    새론은 모델학원에 나가 패션의 기본을 익히고, 워킹 연습과 자세 교정을 위한 요가, 무대포즈, 터닝 법, 몸의 균형과 리듬감각을 익히기 위한 재즈 댄스, 신체의 유연성을 길러주는 트레이닝, 식이요법, 바디 라인 관리법, 메이크업과 헤어스타일 연출법을 배웠다. 학원의 졸업이 가까워지자 그녀는 김한철에게 모델 탈락생의 길을 물었다.

    "실은……."

    그는 숨을 몰아쉬고 대답했다.

    "내가 말은 안했지만 사실 유흥가에서 번 돈으로 모델이 된 사람도 있어요. 모델도 돈을 써야…… 세상이 다 그렇지요? 기름을 치면 스르륵 문이 열리고…… 빡빡하게 산다고 뭐가 됩니까? 삐걱거리기만 하지. 하지만 난 동생 같은 아가씨에게 권하고 싶지는 않아요."

    그는 혼자 북 치고 장구 치고 난리를 피웠다. 새론은 난관을 무릅쓰고 임무를 완성하게 된 자의 번들거리는 눈을 바라보며 어느 세월 돈을 벌 수 있을지 막막하다고 중얼거렸다. 그는 신이 나서 룸살롱 풍속도를 나열했다. 텐 프로 업소는 상위 10% 안에 드는 미인 호스티스가 콧대를 세우고 돈을 버는 곳이고, 여배우 비슷한 여자들도 있다.

쩜 5업소는 상위 15% 안에 드는 미인 호스티스가 근무하는 곳인데, 손님은 텐프로 미인을 기대하고 호스티스는 텐프로 대접을 받고 싶어 하는, 손님과 호스티스의 욕망이 교차하는 장소라고 설명했다. 풀 살롱은 호스티스가 유사 성행위를 베푸는 곳이고 비위가 없으면 근무할 수 없는 곳이라고 했다.

그는 쩜 5업소의 새끼마담을 소개했다. 새끼마담의 권유에 따라 새론은 청담동 드레스 숍에서 회원제 클럽을 들먹이며 미니 드레스를 구입했다. 고가의 드레스를 구입할 눈치를 보이자 숍 매니저의 눈가에 아부와 질시가 어른거리고 반가움과 비굴함이 교차했다. 고객의 지갑의 무게를 가늠하는 노하우를 알고 있는 매니저가 꼬랑지를 내리고 살랑거렸다. 그녀는 드레스와 구두와 화장품을 구입하기 위해 월 1%의 이자가 붙는 마에낑(선불금) 1,000만 원을 받았다. 쩜 5 호스티스의 월급은 400만 원. 새끼마담은 새론에게 예은이라는 네임을 붙여주었다.

새론은 룸살롱이 있는 7층 빌딩 주변을 빙빙 돌았다. 컴포트 하우스라는 간판의 검은 아크릴과 하얀 견명조체 글씨는 고상하고 단아한 레스토랑 간판처럼 보였다. 입소문이 난 업소라고 광고하고 있었다.

새론은 열대 정글에서 살아남기 위해 둥글게 몸을 말고 제 꼬리를 잘라 먹고 사는 굶주린 뱀을 상상했다. 파충류의 꼬리는 제 몸통을 살리는 영양이 될 수 있을까. 먹고 남은 자리에서 피를 흘리다 죽는 건 아닐까. 하지만 꼬리를 먹지 않으면 죽을 수밖에 없다면, 살기 위해 제 꼬리를 먹을 수밖에 없다면, 살 희망이 실낱만큼이라도 있다면 그렇게라도 목숨을 부지해야 하지 않을까. 생물이 살아남는 건 신의 의지 아닐까. 죽으면 끝인데 무슨 짓인들 못하랴. 생물의 입장에서 생은 우주를 팔아서라도 쟁취해야 하는 것 아닐까. 자신을 바라보던 부모의 눈동자가 선연히 떠올랐다. 네 개의 눈동자에 살고 싶다는 갈망이 빛났다.

룸살롱 시스템은 왕을 중심으로 돌았다. 인테리어는 현대판 궁전 스타일이고, 호스티스는 궁녀, 웨이터는 내시, 새끼마담은 대전 상궁, 궁중에 왕권은 있지만 호스티스에겐 인권이 없었다.

남자들의 동물성을 적절히 만족시킬 줄 아는 호스티스는 승승장구했다. 하지만 적절히 만족시키는 것은 여신이나 가능한 일, 여흥에 빠져 본색을 드러내지 않는 고객도 없고, 호스티스에겐 술에 취한 척 키스를 시도하거나 가슴에 손을 집어넣는 고객과 싸울 권리도 없었다. 왕의 기분을 업그레이드시키지 못하는 호스티스에게는 무능하다는 낙인이 찍혔다. 손님에게 연인처럼 몸을 밀착시키고 애교를 떠는 건 기본, 새끼마담의 노하우라는 것은 도인(道人) 수준의 인내를 구사하는 것이었다.

룸살롱 근무 일주일, 킬 힐에 닿은 레드 카펫의 감촉이 말랑했다. 새끼마담은 너도 여배우 못지않은 미모의 소유자라는 긍지를 가져야 한다며 어깨를 다독였다. 매출이 목적이라는 걸 알면서도 귀에 달콤했다. 유흥업계에서 산전수전 다 겪은 새끼마담은 호스티스의 기분이 업그레이드되면 룸살롱 매출이 오르고, 호스티스의 마음을 배려해주는 것도 매출을 위한 것이며, 자신의 몸짓 하나하나가 매출에 영향을 미친다고 생각하는 프로였다. 그녀는 속삭인다.

"진심을 다하는 거 알지? 손님들은 눈치 10단이야. 무감각하거나 가짜라는 거 단박 알아. 첫인상 다음에 통하는 건 진심이야. 손님의 좋은 점을 발견하고 반하는 게 노하우야. 그래야 너도 손님도 좋아. 다음엔 손님의 장점을 부추기고 너도 즐기는 거야. 즐기는 자에게 복이 와."

복도의 은은한 조명 아래 예은의 눈이 반짝 빛났다. 새끼마담의 노하우라는 것은 도인(道人) 수준의 인내와 수련을 의미했다. 골리앗이 원하는 게 이런 것인지, 김한철의 등장 이후 협박전화가 없다는 점은 생각할수록 무섭기만 했다.

미진의 권유대로 우황청심환을 마셨는데도 가슴이 두근두근 뛰었다. 파트너를 보고 호감이 일지 않을 때, 싫은 고객에게 표정을 위장해야 할 때 죽고 싶다던 서연의 하소연이 떠올랐다. 고통은 전염성이 강했다. 미진은 호스티스는 술이라는 마술의 힘을 빌려 새끼마담의 진심과 자신의 감정 사이에 패인 골을 메워야 한다고 속삭였다. 술은 호스티스의 고통을 누그러뜨리고, 고객을 흥겹게 하여 룸살롱 매출을 올리는 도깨비 방망이였다. 온 세상이 부러워하는 부호도, 미인 호스티스도 술에 마비될 즈음 대개 술자리 마감이었다. 술이여, 손님이여, 돈이여! 예은은 룸살롱의 문고리를 비틀며 숨을 몰아쉬었다.

문이 열리자 장미향이 풍겨오고, 벽걸이 장미꽃 수반 뒤의 조명이 은은히 빛났다. 장미꽃 조화는 생화보다 더 생화처럼 보였다. 새끼마담은 장미꽃 조화를 색깔 별로 일곱 다발 준비해 놓고 매일 다른 장미를 벽걸이 수반에 꽂고 이란 산 장미수를 뿌렸다.

문이 열리자 소파에 앉아 있던 초로의 신사 세 명이 일제히 돌아보았다. 여자들을 보고 값을 매기느라고 번쩍이는 시선을 받으며 호스티스들은 도도하게 서 있었다. 초로의 신사라 해도 생트집을 잡거나 주정을 부리지 않고 멋지게 놀고 굿바이를 연발하며 사라져준다면 최고의 손님이었다.

서연은 상글상글 웃으며 서연입니다, 라고 머리를 숙였는데, 그녀의 목표는 텐프로 호스티스가 되는 것이고, 기회를 잡기 위해 언제나 계산하고 행동하는 여자였다. 새론은 예은이라고 인사하는 순간 자신이 호스티스로 변하는 느낌에 사로잡혔다. 고객의 계산은 끝나지 않았다. 호스티스는 어떻게든 손님의 눈에 들어 지명 손님이 되게 하려고 기를 썼다. 좋은 손님이라고 취면을 걸고 술을 마셔도 취하지 않으며, 재치와 유머를 구사하여 수준급 호스티스라는 평가를 받으려고 혼신의 힘을 기울였다. 수준급이 되지 못하면 무능력자의 수모가 따랐다.

손님들도 룸살롱 술값에 호스티스의 몸값이 포함되어 있다는 걸 모르지 않았다. 미모에 몸매 잘 빠진 호스티스가 많아 수질 좋은 업소라는 소문이 돌면 룸살롱 매출이 올랐다. 룸살롱에서는 호스티스의 미모와 옷맵시, 태도, 목소리, 걸음걸이, 미소와 분위기 조정 능력까지 돈으로 계산되지만 미모나 재치만으로 유능한 호스티스가 되는 것도 아니었다. 섹시해야 했다. 개그맨이나 방송 MC도 가능한 수준이었다.

쩜 5업소는 손님과 호스티스의 실익과 허세가 교차하는 장소였다. 호스티스는 텐 프로 못지않은 미인이라는 평가를 받기 위해 고급 화장품과 명품으로 포장하지만 감정노동은 피할 수 없었다. 감정 노동은 상호작용이 필요하고, 인내와 수련이 요구되며 변칙과 묘수가 통하는 노동이었다. 사내의 손가락이 몸에 닿을 때, 긴장이 되면 급히 술을 마시고 위기를 모면하지만 손님을 만나는 게 무서워지는 후유증이 남았다. 첫 순간 호스티스도 손님들과 즐거운 시간을 보낼 수 있을지 맹렬히 계산했다. 호스티스가 유쾌한 시간을 조정하는 노하우를 알고 있다 해도 룸의 주도권은 어디까지나 손님이 좌우했다. 고객과 감정노동자 사이의 계산은 끝났다. 사내들의 얼굴에 긍정의 빛이 떠오르는 것을 보고도 가슴의 동계는 가라앉지 않았다. 새끼마담은 손님의 시선을 포착하여 파트너를 점지해주는 노하우를 알고 있었다. 손님들은 대부분 오랜 경험과 직관의 힘에 의한 결정에 만족했다. 새끼마담은 예은에게 감색 양복 신사 곁에 앉으라고 눈짓했다. 미진은 줄무늬 양복, 서연은 회색 양복 신사 곁에 앉았다.

분위기를 주도하는 메인이 없는 것으로 미뤄 청탁의 자리가 아닌 여흥의 자리인 듯 그들은 거침없이 30년산 발렌 타인 로열 살루트를 주문하고, 유쾌하게 웃고 떠들며 룸의 주도권을 잡아갔다. 대기하고 있던 4인조 밴드가 들어와 무르익어가는 주흥에 음악의 환상을 뿌렸다. 서연은 밴드에 맞춰 노래하고 미진과 예은은 춤을 추었다. 여기까지는 체면유지 단계이고 가장(假裝)이었다. 점점 에로틱한 말과 몸짓이 오가는 사이, 신사들은 여자들을 끌어안고 음악에 맞춰 빙빙 돌며 볼에 입술을 대고 짙은 키스를 시도했다. 룸살롱의 주 메뉴인 성추행을 감수하기 위해 예은은 거푸 술을 마셨다. 술이 수치감과 예의를 녹여 분위기가 무르익어갔다. 독한 양주에 몸과 마음이 나른히 풀렸다. 손님들이 새끼마담에게 아가씨들과 함께 노래방에 가도 되느냐는 물었다.

일행은 노래방으로 이동했다. 세상이 붕 떠오르고 빙빙 돌았다. 노래를 부르며 흐늘거리는 사이 일행은 어디론지 사라지고, 예은과 감색 양복 신사만 남아 있었다. 신사는 예은의 팔짱을 끼고 거리로 나가 택시를 불렀다. 예은은 엄마에게 빨리 데려다 달라고 웅얼거렸다.

택시는 어두운 거리를 씽씽 달렸다. 예은은 등받이에 기대며 눈꺼풀을 내리고 잘 될 것이라고 생각했지만 속이 느글거리고 어지러웠다. 택시는 어두운 산속을 질주하여 숲속의 이층집 잔디밭에 멈췄다. 신사가 예은을 부축하며 다 왔다고 말했다. 예은은 빨리 눕고 싶다고 중얼거렸다. 신사는 빙긋 웃었다.

다음날 아침, 눈을 뜨자마자 예은은 주위를 둘러보고 '내가 왜 여기?' 중얼거리며 세차게 머리를 흔들었다. 푹신한 침대와 크림색 커튼, 침대 맞은편의 화장대와 텔레비전, 예은은 자신의 알몸을 내려다보고 경악했다. 알몸이 지난밤을 요약 설명했다. 아무리 생각해도 얼굴이 기억나지 않는 신사는 누구였을까? 나는 누구인가? 내가 나인가? 지난밤 나는 나답게 굴었나? 이게 내 몸인가, 새론은 거푸 반문했다. 어젯밤 이 방에서 색계(色戒)의 세계가 펼쳐진 것 같았다. 어젯밤 일어난 일이 풍선처럼 빵 터지고, 기억의 파편이 우수수 쏟아져 내렸다. 파편을 조립해보고 새론은 긴 신음을 흘렸다.

지난 밤, 신사는 예은의 본래 페이지를 넘기고 새 페이지를 펼쳤다. 처음 보는 낯선 페이지에서 신사는 숨을 헐떡이며 꿈틀거렸다. 예은은 굵은 상형문자의 몸짓에 끌려들었다. 굵은 상형문자는 예은이라는 상형문자의 가닥과 구비를 만지고 쓰다듬으며 몸부림쳤다. 가느다란 상형문자는 굵은 상형문자의 침에 흠뻑 젖었다. 굵은 상형문자는 부르르 몸을 떨며 긴 신음을 흘렸다.

영화 색계에서 탕웨이와 양조위에게 색(色)은 없고, 계(誡)만 울울창
창했으나, 예은에게는 색(色)이 만연했다. 예은은 신사가 엎드리라면
엎드리고 누우라면 눕고, 가랑이를 벌리라면 벌렸다. 그저 막연히 하
라는 대로 했을 뿐, 자신이 무슨 짓을 하는지 알지 못했다. 즐거운 것
도 슬픈 것도 같았다. 신사는 몸을 경직시키며 소리소리 지르고 축 늘
어졌다.

영화 색계에서 양조위와 탕웨이는 사지에 마디가 있는 인간이 도저
히 취할 수 없는 포즈로 성적 환상을 자극했다. 관객들의 환상이 작
열하고 세포들이 아우성쳤다. 성적 환상에 자지러진 칸은 색계에 그랑
프리를 안겼고, 관객들은 환호성을 질렀다. 관능이 제거된 색계의 포
즈에 온 세상이 열광의 도가니에 빠졌다.

그녀는 세차게 머리를 흔들며 창문을 열었다. 거짓말처럼 새파란 하
늘, 음모의 기운에 잠긴 검푸른 숲에서 굴러오는 새 소리, 몸은 출출
늘어지고 머리가 띵 울렸다. 세상이 온통 아리송하고 허무맹랑했다.
아침도 아침이 아니고, 해도 해가 아니고 나무도 나무가 아니고, 새도
새가 아니었다. 세상이 온통 부유스름했다. 그 사람은 어디 갔을까.
손으로 허공을 휘저으며 아니야, 아니야, 외치면서 새론은 소스라쳐
놀랐다. 새론과 세상에 이격이 생기고, 이격의 틈새는 점점 더 벌어져
거리는 길어지고 넓어져 시공간이 생겼다. 그녀는 바다 한 가운데 떠
있는 섬처럼 달랑 혼자 남겨져 있었다. 뼈가 시리고 몸이 콩알만큼 작
아진 것 같았다.

불현듯 준범의 얼굴이 떠오르자 새론은 털썩 주저앉았다. 알뜰살뜰
찢어졌어, 중얼거리는데 동영상이 찍혔을 것이라는 생각이 기습해왔

다. 새론은 또 다시 긴 신음을 흘렸다.

예은과 신사가 유리통에 채집된 두 마리 곤충처럼 상형문자 놀이에 빠져 있을 때 기계는 찰칵찰칵 미래를 예비해두었을 것이다. 그리고 사내는 흔적도 없이 사라졌다. 예은에게 들켜도 무방한 인물이라면 숨을 이유가 없었다. 그러므로 몇 다리 건너 아는 사람일 가능성이 높았다. 새론은 재빨리 머리카락, 분비물을 채집하여 비닐 봉투에 넣고 밀봉했다. 어젯밤 신사의 행동이 연극처럼 떠오르고 새론은 머리를 흔들었다. 경고처럼 핸드폰이 울었다. 액정을 밀자 굵은 남자 목소리가 울려왔다.

"김새론 씨? 김새론 씨? 김새한 씨가 동생 맞습니까?"

상대는 위압적인 목소리로 김새한이 동생 맞느냐고 거푸 확인했다. 머릿속의 몽롱한 안개를 헤치고 의식이 솟구쳤다. 쿵 내려앉는 가슴을 추스르며 새론은 내 동생이라고 대답했다. 지금까지 새한을 찾는 사람은 있어도 '김새한 씨'를 찾는 사람은 없었다. 사내는 형사라는 신분을 밝히고 김새한 씨가 사망했다고 전했다. 형사는 네? 네? 네? 라는 그녀의 질문을 무시하고 금성병원으로 빨리 오라고 명령했다. 택시를 타고 달려가는 새론의 눈에 비친 하늘은 노랗고 나무들은 거무죽죽했다. 핸드폰에 형사의 전화번호가 줄줄이 찍혀 있었다. 새한이 누나를 애타게 찾고 있을 때 너는 어디서 무슨 짓을 했느냐고 묻고 있었다. 그 애가 창밖에서 헛물을 켜는 동안 나는 뭘 했나? 정신을 차려야 해, 정신을…… 새론은 필사적으로 자신을 추슬렀다.

금성병원 시체안치실에 닿자마자 형사가 나타났다. 냉동고 서랍 속에 누운 새한은 벌써 딱딱하게 얼어 있었다. 형사는 김새한 씨 맞느냐고 묻고 새론의 신분을 확인한 뒤, 노숙자로 보이는 사람이 동생을 칼로 찌르고 도망쳤다면서 범인은 곧 체포될 것이라고 했다. 노숙자, 싸움, 심장, 이송, 병원, 사망이라는 단어들이 새론의 가슴을 씀벅 베고 사라졌다. 온몸에 피가 흘러나올 것 같았다.

"새, 새한아! 새한아!"

새론은 흐느껴 울었다. 형사는 무전기에 대고 뭐라고 지껄여대고는 급한 용무 운운하며 사라졌다. 시간이 얼마나 흘렀는지, 준범이 나타났다. 준범은 뉴스 화면을 가로지르는 새한의 이름을 보고 여기로 달려왔다면서 영안실을 꾸려야 한다고 말했다. 새한과 영안실이라니, 가슴이 막히고 토할 것 같았다. 네가 왜? 네가 왜?

다음날, 새한의 관은 벽제 화장장의 화염 속으로 사라졌다. 화통의 문이 열리고 붉은 화염이 관을 휩싸는 것을 보고 새론은 다시 주저앉았다. 화장을 마친 뒤 준범은 집까지 새론을 따라갔다.

두 사람은 새론의 집 앞에서 헤어졌다. 빌라가 보이는 골목 입구에서 준범은 뒤돌아보았다. 새론은 이미 현관의 어둠 속으로 사라지고 없었다. 준범은 태양이 마지막 힘을 발하는 오후 네 시의 빛 속에 우두커니 서 있었다. 새론은 무서운 표정으로 동생의 골분이 담긴 사기 항아리를 안고 빌라에 함께 들어가려는 준범을 돌려세웠다. 너무 매몰찬 태도여서 거부할 수가 없었다. 그게 두 사람의 마지막이 될 줄 그는 알지 못했다.

보름 후, 내내 자리에 누워 있던 새론은 갑자기 자리를 털고 일어나 밥을 지어 입에 우겨 넣고 ○○경찰서 강력계 형사를 찾아갔다. 형사는 새론의 아래 위를 훑어보고 범인의 행방은 오리무중이지만 근처의 노숙자들을 모조리 수사하고 탐문수사도 벌리고 있으니 곧 해결 될 것이라고 말했다.

"요즈음 범인들은 CCTV에 다 잡히잖아요? 종로에도 카메라는 있을 거 아니에요?"

형사는 경찰이 노력하고 있다고 대답했다. 그녀는 범인이 현장에서 옷을 갈아입고 도망친 것이냐고 물었지만 형사는 묵묵부답 말이 없었다.

"범인이 사라지는 모습이 카메라에 잡혔을 텐데요?"

형사는 어쨌든 CCTV에 찍히지 않았다고 대답했다. 새론은 이상하다고, 범인이 CCTV를 피해 도망친 것이냐고, 근래 CCTV 때문에 미제 사건도 다 해결되지 않느냐고 묻고, 범행은 〈서울 종로3가〉에서 발생했다고 말했다.

"우리가 거기까지 알 순 없지요."

형사는 거기까지, 라고 선을 그었다. 거기까지라니 애매모호했다. 새론은 수사일지를 보여 달라고 요구했으나 형사는 업무상 기밀이라고 거부했다. 제가 할 일이 있으면 알려달라는 말에도 형사는 수사에 진전이 있으면 연락하겠다고 말했다. 자꾸 찾아오지 말라는 압박이 느껴졌다. 경찰은 업무상 기밀을 내세워 민원인의 요구를 차단했는데 업무상 기밀은 민원인의 항의를 잠재우고 경찰의 과오를 가리는 방패막이 역할에 충실한 것 같았다. 경찰은 시민의 이해를 판가름하고 민원을 해결하는 권력자의 위치에서 백주 종로대로에서 범인이 CCTV를 피해 도망쳤다는 말을 반복했다.

한 달이 지나도 연락은 없었다. 연이어 터진 충격적인 사건에 새한의 사건은 뒤로 밀리고 시중의 관심도 흐려졌다. 젊은 청년이 백주대로에서 가슴에 피를 흘리며 죽어간 사건은 쏟아져 내리는 시간의 모래에 파묻힐 조짐이었다.

한밤중에 아악! 비명을 지르며 깨어난 새론은 밤을 하얗게 밝히며 궁리했다. 갑자기 새론은 벌떡 일어나 새한의 컴퓨터를 열었다. 동생의 창은 중세의 성처럼 고고히 누나를 바라보고 있었다. 가족보다 더 오래 새한을 기억할 컴퓨터 앞에서 새론은 숙연했다. 기계가 인간보다 오래, 어쩌면 영원히 새한을 기억한다는 사실이 어처구니없기도 신기하기도 했다. 영혼의 흔적처럼 컴퓨터에 남은 새한은 누이의 행동을 요구하고 있었다.

그녀는 동생의 컴퓨터를 사용하면서도 동생의 창을 열어본 적이 없었다. 그럴 시간도 여유도 없었다. 내 컴퓨터를 클릭하자 검색 창이 나타났다. '새롬'이라는 창을 열자 코끝이 찡 울렸다. 전에는 새롬이라는 말만 들어도 가슴이 뿌듯했는데 지금은 새롬이라는 말을 들으면 가슴이 철렁 내려앉았다.

새롬을 클릭하자 아버지 회사가 망할 당시의 신문기사와 경제잡지와 종합지의 기사가 연이어 나타났다. 그녀는 새롬의 패망에 대한 기자들의 진단과 분석을 읽고 전율하며 준범이 괜히 숲 속으로 사라진 요정을 찾아 나선 게 아니라고 생각했다. 동생은 새롬이 망할 무렵의 자료를 모으던 중 살해 당한 것 같았다. 자료를 모두 모았다는 반증은 없지만 동생은 새롬이 에버테크의 음모에 걸려 망한 것이라고 판단하고, 아버지에게 결정타를 가한 인물을 찾던 중 살해당한 것 같았다. 새론의 시선은 투자의 귀재 골드만삭스의 펀드매니저라는 기록에 오래 머물렀다. 새롬은 골드만삭스의 펀드매니저라는 자의 농간에 망한 것일까. 새한은 왜 그의 행적을 추적하다가 당한 것일까.

13. 새한의 기록

첫째 날.

주식회사 새롬의 가족이었던 에버테크 직원들은 나를 알아보지 못할 것이다. 가진 것이라고는 몸과 시간 밖에 없는 나는 지금 퇴근하는 에버테크 직원 중 누군가를 만나겠다는 막연한 기대를 품고 가로수에 기대 서 있다. 곧 쓰러질 것 같은 몸을 추스르며 나는 석양이 붉은 위스키처럼 밀려드는 거리를 망연히 바라보고 있다. 만약 에버테크 건물 외벽에 CCTV가 설치되어 있다면 내 노력은 물거품이 될 가능성이 컸다. 아버지가 에버테크에 당했다는 확신은 날이 갈수록 강해지고, 어떻게든 범인을 찾아야 한다는 결심은 나날이 굳어진다.

언젠가 아버지의 부름을 받고 경비의 거수경례를 받으며 걸어갔던 빌딩이 유리 성처럼 고고히 나를 내려다보고 있다. 저녁 햇살을 되받아치며 번쩍이는 유리벽의 창문 숫자만큼 많은 시선이 나를 지켜보고 있을 것 같아 몸이 부르르 떨렸다. 음모와 술수로 새롬을 쓰러뜨린 에버테크라면 빌딩 곳곳에 CCTV를 능가하는 전자기기를 설치했을 가능성이 있었다. 음모와 술수는 정보의 조작과 이용에 관계가 있고 정보가 세상의 베이스인 것이다.

에버테크라는 간판을 본 순간 가슴이 쿵 내려앉고 슬픔이 밀려들었다. 고딩 시절 친구들과 회사 앞을 지나가던 내가 좀 빼기면서 우리 회사 구경하고 싶은 사람 있으면 나와 보라고 소리치던 기억이 떠올랐다. 어느새 자부심에 찬 시절은 사라지고 고난에 찬 시간이 다가와 있었다.

지금 내게는 에버테크 로비에 설치된 지문감식 기기를 통과할 방도가 없다. 아버지와 함께 새롬 직원들이 줄지어 서 있는 로비를 걸어가던 기억은 폐기 처분해야 마땅했다. 나도 그 시절의 소년이 아니고, 그들도 새롬의 직원이 아닌 것이다. 모든 게 변했다. 밥 한 끼 대접할 돈도 없이 누군가의 협조를 구해야 한다고 생각하니 얼굴이 뜨거워졌다. 지갑엔 돈이 없고 내게는 용기가 없다. 율전을 떠날 때 잃어버린 자신감을 되찾을 날이 올지 암담해진다.

나는 가로수에 기대서서 여섯시가 되기를 기다린다. 나를 왕 재수 취급하는 사람을 만나면 얼굴에 철판을 깔고 들이 댈 것이다. 혹여 내게 동정의 눈길을 보내는 사람이 있다면 나는 전진할 수 있을 것이다. 평생 제조업의 길을 걸어온 아버지가 갑자기 선물옵션에 투자를 하다니, 수상하다 못해 괴상했다. 아버지의 의지가 아닌 누군가 파놓은 함정에 빠진 건 아닌지, 의심은 나날이 부풀어간다.

나는 전 새롬 회장에게 호감을 품은 누군가를 만나게 해달라고 노을 진 하늘에 빌었다. 블랙홀에 빨려들기 직전의 우주 공간처럼 적막한 석양의 거리에 갑자기 설레임이 범람하기 시작했다. 빌딩에서 사람들이 하나둘 쏟아져 나오고 소슬바람이 불었다. 술렁이는 저녁 바람에 가난의 냄새가 깃들어 있다는 걸 나는 알았다. 내가 풍기는 냄새였다.

건너편 빌딩에 걸린 시계가 6시를 가리켰다. 에버테크 정문으로 직원들이 한둘 빠져 나오기 시작했다. 에버테크 정문으로 다가가며 '미친놈'이라고 중얼거리자 용기가 솟았다. 그래 난 미친놈이다. 미친놈에게 수치는 사치에 불과하다. 좀 전의 망설임은 미친놈 취급당하기 싫다는 조바심일 뿐, 애초에 망설일 이유는 조금도 없었다. 나는 줄무늬 넥타이 신사를 가로막아 서서 말했다.

"혹시 김경재 회장님을 아십니까?"

삼십 대 사내는 주춤주춤 물어왔다.

"네? 그 분 새롬 회장이었잖아요?"

"그 분의 가족을 아시나요?"

"아, 모릅니다. 지금 급한 약속이 있어서……."

나는 줄행랑치려는 그를 잡고 늘어졌다.

"제가 김 회장의 아들인데요. 몇 가지 알아볼 일이 있거든요. 저를 잠깐 만나주실 수 없을까요?"

"그런데 내가 왜 학생을 만나야 합니까?"

그는 나를 학생이라고 일반화시켜 놓고 인파속으로 사라졌다. 두 번 더 비슷한 꼴을 당한 나는 다시 혼자 걸어오는 넥타이에게 다가갔다. 미친놈이니까 무슨 짓이든 할 수 있었다. 내 말이 끝나기도 전에 김경재 회장님이요? 푸른 넥타이가 눈을 커다랗게 치뜨고 반문했다. 나는 어물거렸다.

"아, 그 분이요? 병환이 났다고……."

그의 '병환'이라는 존칭어에 용기가 솟았다. 이 도시에서 동정은 이용의 대상이외 아무것도 아니었다.

"제가 그 분의 아들이거든요. 몇 마디 여쭈어볼 게 있어서요. 저하고 찻집에⋯⋯."

그는 말단이라서 아는 게 없다며 다른 사람을 찾아보라고 말했다. 나는 서둘러 회장님의 조언자를 만나게 해달라고 부탁했다. 그는 높은 사람을 사칭하는 사람이 많은 세상이라고 대답했다. 나는 학생증을 꺼내 보이며 저는 김새한이고 누나는 김새론이라고 대답했다. 푸른 넥타이는 자신의 핸드폰 번호를 알려주고 내일 연락하라고 말했다. 다음날 나는 세 번 전화를 연결한 끝에 김경재 회장을 지근거리에 보필했다는 사람과 만날 약속 날짜를 잡았다.

셋째 날.

찻집에서 만난 오십대 중반의 사내는 김 회장님의 아드님을 만나는 건 당연하다고 말했다. 나는 중얼거렸다.

"부탁드립니다. 회장님 비서를 소개해 주세요. 꼭 만나야 하거든요. 회장님은 지금 건강이 좋지 않으셔서⋯⋯."

나는 그만 울컥했다. 다음날 나는 아버지의 비서를 만났다. 하루 일과를 끝낸 직장인의 홀가분한 마음과 재미있는 지옥이라는 서울의 밤에 대한 기대에 웅성거리는 찻집에서 나는 막막했다. 내 앞에 앉은 갈색 넥타이의 50대 사내는 말이 없었다. 김경재 회장에 대한 의리 때문에 만나기는 하지만 내가 나타난 이유가 궁금하다는 표정만 점점 뚜렷해졌다. 그 얼굴을 어떻게 대해야 할지, 백년 묵은 이무기 같은 월급쟁이의 마음을 열 수 있을지, 막연했다.

그가 새롬의 급여를 받은 과거는 무력하고, 에버테크의 월급을 받는 현재는 강력했다. 내게는 지금 이 순간을 요리하여 미래로 향할 징검다리를 놓아야할 의무가 있었다. 집안의 몰락을 겪으며 나는 사람들이 과거보다 현재, 정신보다 몸, 정의보다 이익을 중시한다는 사실을 알게 됐다. 에버테크 직원으로 월급을 받는 현재는 초강력 테이프처럼 그에게 달라붙어 있고, 새롬 직원이었던 과거는 끝까지 풀려버린 테이프처럼 쓸모가 없었다. 그에게 나는 아버지의 펀드매니저를 만나게 해달라고 부탁했다. 그 분에게 알아볼 일이 있다는 핑계를 댔다. 그는 앞뒤를 재는 눈치였다. 그가 나를 철부지로 여기기를 바라며 나는 주사위가 굴러갈 방향을 가늠했다. 50대 사내는 내일 연락하라는 말을 남기고 자리에서 일어섰다. 이유도 없이 벌떡 일어서는 그가 신사다운 태도로 본심을 숨기고 있는 것 같다는 생각이 문득 들었다. 그러면서 느낌이 언제나 맞는 건 아니라고 부정했다.

나는 재빨리 카운터로 달려가 찻값을 지불했다. 또 다시 생활비에 구멍이 났다. 생활비에 구멍이 나는 게 진저리나게 싫고, 이 상황도 싫다. 지구라는 행성은 돈 없는 사람을 초강력 테이프로 칭칭 동여매놓은 구형(求刑) 감옥인지 모른다. 새한의 기록은 여기서 끝났다.

새한은 지구를 영영 탈출한 것일까. 새한의 영혼은 지구를 떠나 우주로 날아간 것일까. 새한의 기록도 멈추고 새롬의 패망 원인도 거기서 정지되어 있었으며, 수많은 의문이 물고기의 비늘처럼 반짝거리고 있었다. 새한이 펀드매니저를 찾고 있었다는 사실만이 어둠속의 보석처럼 빛났다. 새한은 새롬의 패망 당시 신문 기사를 머릿속에 입력해 놓고 나머지 퍼즐을 맞춰가던 끝에 아버지의 비서를 만났다. 새한은 비서의 안내로 펀드매니저도 만난 것일까. 아버지의 비서와 펀드매니저.

일곱째 날.

그 일주일 후 새한이 사망했다. 준범이 말한 소위 트로이 목마가 아버지의 비서인지도 모른다. 아버지의 비서와 펀드매니저를 찾는 것은 이제 살아남은 자의 의무가 되어 있었다.

마지막 기록 이후 새한이 사망할 때까지 일주일 동안 대체 무슨 일이 벌어진 것일까. 새한의 생애 마지막 일주일간, 그의 행적이 담겨 있을 스마트 폰은 어디론지 사라지고 없었다. 동생의 알리바이도 함께 사라진 것이다. 핸드폰의 행방불명은 권력의 작용이 있었다는 증거가 아닐까.

통신사는 사생활보호법을 들먹이며 동생의 통화내역을 내줄 수 없다면서 판사의 수색영장을 받아오면 가능하다고 말했다. 무슨 방법으로든 동생의 통화내역을 손에 넣지 못하는 한 그녀는 아무것도 할 수 없었다.

남매가 거의 같은 시간 참화를 당했다는 사실을 우연의 일치라고 보기에는 너무 공교로운 일이었다. 어쨌거나 반 쯤 살해당한 누이는 살아남고, 살아남은 자에겐 상처를 치유할 시간이 있지만 망자에게 상처는 사치이며 허영이고 아무것도 아니다. 새한의 사망 원인을 규명하는 것은 살아남은 자의 의무였다.

새론은 골리앗의 만행을 추측해 보았으나 저들이 새한을 살해할 이유는 없을 것 같았다. 에비데그가 새한에게, 골리앗이 새론에게 위해를 가했을 가능성은 있었다.

골리앗은 결코 경고를 경고로 끝낼 인물이 아니었다. 그는 준범의 털끝 하나 다치지 않고 난제를 해결할 매뉴얼에 따라 움직일 것이다. 새론은 동생이 소위 머리칼을 휘날리며 사라진 요정을 따라갔다가 당했을 가능성을 생각했다.

준범은 기자들이 팩트 대신 추리 소설을 썼고, 김 회장의 심리상태와 실수에 초점을 맞춰 사실을 왜곡보도 했다고 말했다. 동생까지 숲 속으로 사라진 요정을 따라 갔다 살해당했다면 새롬은 누군가의 음모로 망했을 가능성이 컸다. 사건의 증거가 인멸되기 전에, 경찰의 의지가 식기 전에 범인을 찾는 일이 시급한데 그녀에겐 수사 당국을 움직일 돈과 권력이 없었다.

경찰은 기다리라는 말만 되풀이했다. 시간이 촉박했다. 새론의 일거수일투족은 저들에게 즉각 보고될 테고, 새한처럼 당할 가능성도 있었다. 그녀는 두 주먹을 움켜쥐었다. 그녀는 그날 밤 투숙했던 별장을 찾아가 그곳이 부호들이 하룻밤 묵는 사생활이 보장된 비밀 호텔이라는 것을 알았다.

새론은 새끼마담이라는 30대 여자를 만났다. 유흥업계에서 잔뼈가 굵어진 그녀는 특유의 냉정함과 친화력을 발휘하여 상대를 조율하면서도 다정한 미소를 잃지 않았다. 언니처럼 따뜻해서 긴장을 풀면 즉각 너는 아마추어일 뿐이라는 태도로 새론의 기를 죽였다. 포근한 이미지 뒤에 숨어 있다가 불쑥불쑥 나타나 상대의 잘못을 지적하는 그녀는 마에낑(선금) 일억을 주겠다며 성형 수술을 권했다. 그녀는 인생은 단 한 번뿐이고 모두에게 이로운 일을 망설일 이유는 없다고 말했다.

"군인이 최신 무기도 없이 전쟁터에 나갈 수 있겠어?"

돌연 어떤 상념이 떠올랐다. 창밖에 바람이 불고 있었다. 그녀는 떨리는 가슴을 진정시키고 완벽하게 변신했던 프로데우스가 등장하는 그리스 신화를 떠올렸다.

새끼마담은 계속 라인의 중요성을 강조했다. 아이 라인, 입술 라인, 눈썹 라인을 살리면 아가씨는 멀리서도 눈에 띄는 미인이 될 수 있다면서 텐 프로는 모델이나 탤런트가 될 가능성도 있다고 했다. 호스티스는 새끼마담의 조정에 따라 퀄리티 있는 손님방에 들어갈 수도, 성업 중인 다른 업소로 이직할 수도 있었다. 그러니까 그녀는 호스티스의 기회를 쥐락펴락하는 업계의 프로였다.

강남 유흥가에 미모의 호스티스에 대한 소문이 번지고 유진을 찾는 지명 손님이 늘어갔다. 유진은 텐 프로 호스티스는 사치스럽다는 통념을 깨고 머리 손질도 스스로 하고, 옷은 동대문 도매상가에서 구입했다. 젊은 디자이너들이 사흘에 한 번씩 새 디자인을 출시하는 동대문에는 중국산 명품 복제품이 많았다. 새론은 밤에는 룸살롱 근무, 오전엔 수면, 오후에는 어머니와 아버지 뒷바라지와 몸매와 얼굴 가꾸기에 하루 24시간이 부족할 정도로 바빴다.

새론은 간호사협회를 찾았다. 협회 사무국장에게 가난한 집의 20대 여자 시한부 환자를 소개해 달라고 부탁하면서 어떻게든 돕고 싶다고 봉투를 건넸다. 눈에 파란 불꽃이 튀었다. 파란 불꽃을 뿜는 눈동자는 텅 비어 있었다.

14. 오류

율전에 준범이 귀국했다는 소문이 파다하게 퍼지고, 수화의 귀에
도 들어갔다. 하지만 그는 나타나지 않았다. 출국 당시 그는 핸드폰
과 이메일을 단절했는데, 그의 미국 주소를 수소문하는 친구는 아무
도 없었다. 해마다 여름이면 준범이 귀국하여 호텔에 머물다 돌아간
다는 밑도 끝도 없는 소문이 떠돌다 잦아드는 세월이 10년 흘렀다.
10년은 준범이 마리아나 해구에 잠수 타는 모양이라고 비아냥거리는
친구가 생길 정도로 긴 세월이었다.

탐정소설 마니아인 준범이 출국하기 전 부모 몰래 사설 정보회사
를 운영한다는 밑도 끝도 없는 소문이 떠돌았다. 정보부서 근무 경력
이 있는 선배가 막후에서 서포터하고 준범이 전면에 나서서 기업의
특급 정보를 빼내어 다른 회사에 팔아 이익을 챙긴다는 소문과 애국
심에 기반을 둔 소문이 함께 돌았다. 애국심은 한국의 첨단 기술을
훔치려는 중국의 산업스파이를 색출하여 사익과 국익을 동시에 챙긴
다는 식의 얘기였다. 그가 미국으로 떠났다는 사실이 확실해지자 소
문은 시나브로 가라앉았다.

신인 영화감독 김법이 흥행에 참패했다는 소문은 스쳐 지나는 뉴

스이고, 김법을 준범과 연결시키는 사람도 없었다. 흥행에 참패한 신인영화 감독에 관심을 두는 매스컴도 없었다. 매스컴에서 취급하지 않는 공인은 공인이 아니었다. 수화의 신경은 예민하게 작동했다. 인터넷에서 이런저런 영화를 검색하던 그녀는 김법의 사진을 발견하고 손이 딱 멈췄다.

자신에게 연락하지 않는 사람을 먼저 찾은 적이 없는 수화는 그의 촬영장을 수소문하는 아량을 보였으나, 두 시간이나 기다리게 해놓고 나타난 준범은 말이 없었다. 그녀는 빨리 가야 한다고 조바심치면서도 미적미적 앉아 있었다. 10년 만의 해후를 자신의 것으로 만들겠다는 조바심이 가라앉지 않았다.

그는 수화를 유리그릇처럼 조심스럽게 다루지도, 너스레를 떨지도, 호탕하게 웃지도, 달래지도 않았다. 벤치에 앉아있는 준범을 두고 물러서며 수화는 오소소 몸을 떨었다. 대체 이 무슨 꼴이야? 운전석에 앉은 눈에 불똥이 탁탁 튀었다. 미친 듯 차를 몰아가던 수화는 가로수를 들이 받고 가까스로 멈췄다. 범퍼가 부서지고 본 네트가 구겨졌다. 손목이 부러졌다는 사실은 조금 후에 알았다. 생전 처음 사고를 친 수화는 준범의 얼굴이 떠오르면 눈을 감았다. 그동안 자신에게 많은 변화가 있었다는 말도 하지 못한 게 분해서 거의 미칠 것 같았다.

파티에서 만난 진수와 만나고 헤어지기를 반복하던 끝에 수화는 대학을 마치자마자 결혼했다. 댄스파티에서 밍밍한 춤을 춘 사내라는 인상을 남기고 사라진 진수가 춤의 달인이 되어 나타났을 때, 수화는 쾌재를 불렀다. 밍밍한 춤에 강약을 주고 감칠맛을 더한 진수

170

의 센스와 집념을 높이 평가하며 그녀는 진수의 이름과 자신의 이름을 합성하는 재치를 부렸다. "진수화로 묶여서 춤을 추니 주위가 환하네요."

"그렇군요! 진수화를 발견하다니 수화 씨는 유머 감각도 좋네요."

호탕하게 웃는 진수를 보고 그녀는 미소 지었다. 수화의 친구들은 구수한 농담으로 좌중을 휘어잡는 진수를 '왕자'라고 불렀다.

시중에서는 대통령을 섭정 왕, 대지재벌 총수를 황제라고 불렀다. 수화는 율전 사람들이 목을 길게 빼고 바라보는 성좌에 진수와 나란히 앉아 있는 자신을 상상하면 자꾸 웃음이 나왔다.

사람들은 진수가 대지재벌 총수를 닮긴 했지만 두 형은 형제처럼 닮고, 진수는 사촌처럼 보인다고 수근 거렸다. 진수는 호남 형이고 형들은 그리스 조각상처럼 반듯한 인상이라고 말들이 많았다.

대지재벌 총수에게도 재벌다운 소문이 따랐다. 진수는 가정부에게 태어난 혼외자인데 총수의 엄명에 따라 비밀에 부쳐지고 있다는 얘기, 본부인과 배다른 형들의 미움과 질시를 받으며 자란 진수는 성격이 삐뚤어졌다는 확인 불가능한 얘기였다. 지금은 아버지의 보호 아래 왕자 대접을 받고 있지만 아버지 사후까지 보장된 건 아니라는 소문도 있었다. 그룹 내에 인맥을 쌓으며 입지를 다지고 있는 두 형은 진수 몫의 주식 따위 무용지물로 만들 파워를 지니고 있다고 했지만 그녀는 신경 쓰지 않았다. 이성적인 남자일수록 자신에게 쉽게 무너졌다고 생각하면서 수화는 그리스 조각상 같은 형들을 마음대로 조종하는 자신의 모습을 상상하며 미소 지을 뿐이었다.

진수는 진부하지 않았고 재벌 특유의 오만방자함도 없었다. 그는 집안 파워에 따라 어깨에 힘을 주고 다니는 다른 청년들과 달리 주변 사람들과도 잘 어울렸다. 성장과정에서 금력을 내면화시킨 재벌의 자식들은 매너 좋고 의식수준 높다는 장점은 있지만 유리성의 성주처럼 고고하고 냉랭했다. 겉보기 친절하고 부드럽지만 상대의 수준을 재보기 전에는 마음을 열지 않았다. 집안 파워에 따라 정해지는 파티 멤버도 당연하게 받아들이고 갑자기 종적을 감춘 새론의 안부를 묻는 사람도 없었다. 그런 사람들 속에서 털털하고 너글너글한 진수는 황금별에서 온 외계인처럼 낯설고 돋보이는 존재였다. 시니컬한 면은 개성처럼 보였다.

진수는 우리 집 남편이라는 말을 자주 입에 올렸다. 걸핏하면 우리 그이, 아저씨, 집사람, 마눌, 와이프, 아줌마라고 부르며 빙긋 웃었다.

"화장실 뒤에 숨어 있던 마눌이 목욕을 마치고 나오는 남편에게 '까꿍' 하고 나타나는 거야, 웃음바다야, 우리 집……. 웃는 남편이 우스워 아내가 웃고 아내가 웃는 모습을 보고 남편이 웃고…… 부부는 허리를 잡고 웃는 거야, 우리 집 아침 푸우웅경……."

진수의 몸짓과 입 모양을 보고 허리를 잡고 웃으며 친구들은 농담이 넘치는 집에서 자란 진수의 집안 얘기를 흥미진진하게 들었다.

수화는 그런 진수를 보며 무겁고 신중한 아버지와 남편 비위 맞추기 급급한 어머니를 떠올리며 얼굴을 찡그렸다. 자신의 집에서는 딸이라는 약방의 감초가 없으면 웃을 일이 없을 것 같았다. 딸이 아장아장 걸을 때부터 남편에게 수화를 보내 난관을 해결해 온 엄마의 습관은 딸이 크면 클수록 강화되었다. 그녀는 아기 때부터 애교에 이익이 따른다는 묘수를 체득한 셈이었다. 수화의 엄마는 딸과 모든 문제를 상의해서 결정하곤 했다.

수화는 외출하기 전 정교한 화장을 하며 오늘은 어떤 남자가 내 수하가 될지 꼽아보며 이 맛에 산다고 중얼거리곤 했다.

부모의 사랑을 듬뿍 받으며 자라는 과정에서 그녀는 부모 사이를 조정하며 반사 이익을 챙기는데 이골이 나고, 남자들의 선망을 받고 성장하는 과정에선 자부심의 화신이 되어갔다. 남자들은 그녀에게 립 서비스와 실리를 제공하고 미인과 어울리는 행운을 누렸다. 사내들 중에는 여자를 눈 먼 장님으로 만드는 허풍쟁이도, 미인 따위 눈에 띄지 않는다는 오만한 사람도 있었지만 지옥이라도 좋으니 그녀의 검은 눈동자 속으로 풍덩 빠지고 싶다는 남자들이 더 많았다.

사람들은 진수를 부드럽고 통 크고 매너 좋은 상 남자로 취급했다. 그는 율전 파티에 참석한 여자들의 동경과 남자들의 선망과 질시를 한 몸에 받으며 왕자다운 면모를 과시했다. 율전의 퀸카와 한남동 킹카는 점점 가까워졌다. 사랑은 언감생심, 외면만 하지 말아달라는 사내들을 거느리고 살아온 수화가 킹카의 호의를 감지덕지 받아들인 건 아니었다. 수화는 상대의 사랑을 받으면 그 뿐, 결코 돌아보지 않는 여자였다.

그녀의 부모는 딸의 결혼을 보름을 끌다가 마지못해 승낙한다는 포즈를 취했다. 학자풍인 수명에 대한 반작용인지, 부부는 너글너글 부드러운 대지 재벌 셋째 아들을 마음에 들어 하며 첫 테이프도 잘 끊고, 두 번째 테이프도 잘 끊게 되었다면서 싱글벙글 입을 다물지 못했다.

며느리 세진의 입사 당시 누리C&C는 건민의 채무에 치여 꼼짝달싹 못하는 처지였으나 세진은 팔을 걷어 붙이고 회사 살림을 다잡아가는 한편 부서의 재정누수를 감지하고 틀어막느라고 애썼다. 부서에 따라 예산을 감액하거나 증액하고, 인센티브를 제공했으며 부서의 불만은 재무제표를 제시하여 잠재우는 등 경영의 자질을 드러냈다.

"끼가 있단 말이야."

김경준은 아내에게 며느리를 칭찬했다.

"적재적소에 현금을 흘려보낼 줄도 알고…… 그러면 사원들은 신바람이 나서 일하는 눈치야."

세진은 채권자인 건민을 설득하여 채무상환을 연장 받고 외국의 싼 이자를 얻거나 재정을 남겨 건민의 채무를 갚아나갔다. 김경준 회장은 아내에게 천군만마를 거느린 것 같다고 며느리를 칭찬했다. 누리C&C는 잘 굴러갔다. 진수와 결혼한 수화는 세진이 눈에 보이지 않았다.

수화는 여자들의 궁극적인 소망과 인생이 짧다는 사실을 염두에 두고 삶을 즐기고 싶을 뿐, 성 의학의 진보에 미치지 못하는 사회 통념에 얽매어 살고 싶지 않았다. 어쩌다 바람난 여자 얘기가 화제로 떠오르면 한강에 배 지난 자리라거나 죽 떠먹은 자리라고 입을 실룩이며 웃던 할머니의 미소를 기억하고 빙긋 웃었다. 여인이 된 그녀는 청상과부인 할머니의 외로움을 조금 이해할 것 같았다. 수화는 심신에 새겨질 후유증과 의학발달의 수준을 감안하여 필이 통하는 남자가 손을 내밀면 뿌리치지 않았다. 집안 파워가 막강한 집 자식이나 유부남은 문제를 상식선에서 해결하는 부류였다. 그들이 성 테크닉으로 자신을 성 중독에 빠뜨릴 가능성을 걱정하면서도 성(性)은 가능한 한 풍요롭게 누려야하는 삶의 요소라는 생각은 변함이 없었다.

　수화는 대학 동기생이나 부유층 남자가 등장하면 마음이 복잡했다. 상류층에 소문이 퍼지면 치명타가 될 가능성을 생각하면 꺼림칙했다. 그녀에게는 한여름 밤 율전의 잣나무 숲에서 몸을 나눈 상대도, 호텔에서 밤을 보낸 사람도 있었지만 모두 쿨하게 손을 흔들며 헤어졌다. 집안 파워는 맞는데 자질이 부족한 상대는 카사노바라느니 섹스 중독자라는 소문에 끌렸지만 그는 섹스라는 남녀 공동의 꽃밭에서 혼자 몸을 떨고 뻗어버리는 섹스 중독자일 뿐, 카사노바에 어림도 없었다.

　남자들은 그녀를 동경하고 여자들은 추종했다. 그녀는 자신의 뜻대로 움직이는 남자들에게 희열을, 여자들에겐 자부심을 만끽했다. 그녀의 내면은 불리한 것은 모조리 되받아치며 빨간 유리알처럼 빛나는 형상으로 단단하게 굳어졌다. 모임에서 의견이 구구해질 때 수화가 내리는 결론을 친구들은 대부분 인정하고 수용했다. 얼핏 명쾌하거나 개성적인 결론은 아전인수나 편벽된 주장일 때가 많지만 누구도 이의를 달지 않았다. 좌중은 평정되고 그녀의 카리스마는 강화되었다. 하지만 그녀는 자신의 그림자가 점점 더 짙어진다는 사실, 두 눈에 악성 보호대를 두르고 있다는 사실을 알지 못했다. 주변에 그녀의 진면목을 파악할 두뇌의 소유자도 없었다. 또 인간관계의 문제점을 미봉해두고 현상유지에 급급한 한국인 기질이 그녀의 약점을 부추기는 면도 없지 않았다. 혹여 그녀의 결점을 간파한 사람이 있다 해도 부자 미인의 대척점에 설 용기를 내지 못했다. 언제 어디서 덕을 볼지 모르는 부자 미인의 적이 되는 건 손해이고, 친하게 지내는 게 유리하다는 세속의 냇물을 건너 갔다.

수화는 진수를 거부하지 못했다. 세칭 스카이 대학 기계공학과 출신인 그는 아버지 회사의 신제품 개발부 과장이고, 집안 파워라는 면에서 그의 가문은 수화의 집을 능가했다. 혼전 관계를 요구하지 않는 그가 신선해 보이기도 했다.

결혼식을 마친 두 사람은 신혼여행지인 남태평양 르 타하아 섬으로 날아갔다. 타이티에서 르 타하아까지 파일럿을 포함한 3인승 경비행기를 이용했다. 르 타하아는 전 세계 부유층 전용의 열 두 채의 리조트가 있는 프라이빗 섬이었다.

창공에서 내려다보니 섬 전체가 하나의 산호초로 되어 있는 르 타하아는 비취빛 바다에 떠 있는 녹색 꽃잎처럼 아름다웠다. 수화는 '핫'한 신혼여행을 꿈꾸며 '저 바다!'라고 환호했다. 진수는 빙긋 웃었다.

두 사람은 갈색 인어처럼 늘씬한 토속인 룸 메이드의 도움으로 코코넛 이엉을 얹고 현대식 집기를 갖춘 전통 방갈로에 짐을 풀었다. 방갈로는 바다로 내밀어진 나무다리 끝에 있었는데 나무 테크 아래 전용 풀장에 파란 바닷물이 찰랑거리고 있었다. 두 사람은 산호 정원에서 스노클링을 하고, 물굽이 사이의 스파로 몸을 풀었다. 피부가 탱글탱글 윤이 났다. 섬 어디를 가든 상큼한 바닐라 향이 코끝을 스쳤다. 두 사람은 야자수 그늘 밑 레스토랑 '디프리'에서 점심식사를 마치고 민속 공연을 감상했다. 다음엔 세계 각지에서 온 신혼여행 커플들과 춤을 추었다. 영어에 능통한 동양의 왕자는 서양 여자들의 인기를 독차지했다. 수화는 비로소 한국 최고 재벌의 며느리가 되었다는 사실을 실감했다.

　모래 위 바다는 투명한 흰색이다가 점점 더 푸르러져 비취빛이 되었다가 이윽고 검푸른 바다로 변했으며, 아득히 먼 곳에서 까만 수평선이 되어 시야를 가로질렀다. 흰 바다와 검은 바다는 파도가 쳐도 바람이 불어도 일정한 거리를 유지했다. 진수는 '아, 아, 바다! 끝없는 바다!' 라고 소리를 질렀다. 드넓은 망망대해는 외경을 넘어 생물도 무생물도 아닌 중성의 짙푸른 구멍처럼 거대해 보였다.

　진수의 손을 잡고 바닷가를 산책하고 돌아오던 그녀는 남자 배우가 여배우의 손가락 사이에 손가락을 하나하나 끼워 넣고 마지막에 힘껏 손을 움켜쥐는 프랑스 영화를 떠올렸다. 손짓 하나하나가 부드럽고 리드미컬해서 손을 잡는 게 아니라 음악을 연주하는 것처럼 보였다. 다음에 여배우의 입술에 입술을 포개고 바람처럼 살랑살랑 나부대다 격렬해지는 남배우의 입맞춤을 기억했다. 그녀는 남자의 입술이 물결처럼 여자의 전신을 넘나들던 장면을 연상하고 진수의 손에 살짝 힘을 가했으나, 진수는 반응하지 않았다. 그녀는 울상을 지었다. 이 세상에서 추구하는 게 그다지 많지 않고 사랑 비슷한 것은 많이 겪은 그녀는 남다른 사랑의 방식과 그에 따른 애정의 테크닉에 대한 막연한 갈망과 함께 수준 높은 연주자의 손끝에서 놀아나는 악기가 되었으면 좋겠다는 소망을 품고 있었다. 신혼여행의 초점을 거기에 맞춘 그녀에게 그 이상의 꿈이 있다면 결혼 전 사귀던 남자들의 좋은 점을 두루 갖춘 배우자를 만나는 것이었다.

　방갈로에는 노란 불이 들어와 있었다. 르 타하아의 밤은 꿈속처럼 아늑했다. 빌라의 창 너머 넘실거리던 푸른 바다는 어디론지 사라지고 태초의 암흑만 가득했다. 신부가 소리를 질렀다.

"무서! 무서워!"

신랑은 눈을 커다랗게 뜨고 뭐가 무서우냐고 신부를 끌어안았다. 수화는 어둠이 무섭다고 어리광을 피웠다.

"내가 있잖아? 내가 어둠 따위 부숴줄 거야."

그녀는 새 새끼처럼 진수의 품속으로 파고들었다.

진수는 신부에게 러브 샷을 권했다. 러브 샷은 부드러운 키스로 이어지고 진한 키스로 발전했다. 신혼의 밤은 서서히 달아오르고 수화는 진수의 입술에 몽롱이 취했다. 진수가 신부를 번쩍 들어 안고 대 여섯 발짝 걸어가 침대에 눕히자 그녀는 실눈을 뜨고 신랑을 훔쳐보았다. 곧 다가와 키스를 퍼붓겠지. 봄바람처럼 부드러운 스킨십이 이어질 거야. 진수는 옷을 훌렁훌렁 벗어던지고 팬티를 벗었다. 신부는 신랑의 알몸을 보고 얼굴을 붉혔다. 자신의 잠옷을 벗기는 그를 보고 그녀는 몸을 옹송그렸다. 신부는 이런 식의 첫날밤을 상상한 적이 없었다.

남자 앞에서 옷을 벗은 여자는 아기가 된다. 모든 것을, 생명까지 남자에게 맡겼으므로 따뜻한 물로 아기를 씻어주는 엄마의 손길을 원하는지 모른다. 남자의 마음 깊은 곳에도 아기를 씻어주는 엄마의 마음이 숨어 있을 것이다. 온몸을 넘나드는 따뜻한 물결 같은 키스, 몸 구석구석을 정성껏 씻어주는 부드러운 손길, 이조백자를 다루듯 조심스런 태도, 아기처럼 남자에게 나신을 맡긴 여자와 엄마처럼 여자를 다루는 남자의 몸짓이 조화를 이룬다면 천국에 닿을 것이라고 그녀는 상상했다.

신랑은 그녀의 알몸을 보고 감동하지도, 보석처럼 아끼고 쓰다듬어 주지도 않았다. 부드러운 키스도 없이 일방적인 운동에 열중했다. 몸과 마음이 뜨겁게 달아오르는 과정을 생략하고 숨을 헐떡이는 신랑이 신부는 낯설고 이상했다.

수화는 밖으로 뛰쳐나가고 싶은 마음을 겨우 견뎠다. 다음날, 그녀는 르 타하아의 옥빛 바다, 하얀 모래사장, 짙푸른 야자수, 맑은 바다를 헤엄치는 알록달록한 열대어를 무심코 바라볼 뿐 말이 없었다. 진수는 신부에게 자꾸 말을 걸고 주변을 맴돌면서 말끝마다 그녀의 동의를 구하거나 신부의 시선에 시선을 맞추며 호응해주기를 바랐다. 신부는 신랑의 시선을 피하지도 호응하지도 않았다.

두 사람은 일주일의 여정을 끝내고 한남동 진수의 본가로 들어갔다. 한 달 간의 시집살이는 한남동 며느리에게 부여된 한 씨 가문의 통과의례였다.

시댁의 거실은 미술관처럼 꾸며지고 온도는 알맞게 조정되어 있었으며, 시어머니와 맏동서의 태도에는 기품이 흘렀다. 수화는 여자의 애교가 저급한 것일지 모른다고 회의하는 자신을 발견하고 많이 놀랐다. 시어머니와 동서가 재력과 품위를 겸비한 집안의 여성답다는 신부의 말에 진수는 말이 없었다.

며칠 지나지 않아 새 며느리는 시댁식구들이 시아버지 앞에서 각본에 따라 말하고 행동한다는 걸 눈치 채고 긴장했다. 아침 식탁의 감독은 시어머니, 배우는 큰동서 내외와 조카들이었다. 수화는 정교한 꽃무늬 커튼 같은 아침 식탁 풍경에 틈이 벌어질 때마다 연극의 끝자락을 본 것 같아 등골이 서늘했다. 그녀는 전제 군주 국가의 왕자와 공주와 왕세자비와 세손들과 함께 살아야 하는 왕자비의 역할이 있다면 그것은 어떤 것일지 궁리하며 시간을 보냈다.

아침식탁은 자식들이 회장님에게 눈도장을 찍는 자리일 뿐, 유머와 실수로 떠들썩한 자리가 아닌, 회장님이 식탁에 원석을 올려놓으면 자식들이 언어라는 연장을 들고 보석을 캐는 자리였다. 식사는 시아버지를 따라 천천히 진행되고, 가족들은 시아버지가 제시한 화제로 대화를 나눴다. 모두들 개성적인 한 마디를 남기려고 열심히 머리를 굴리는 눈치였다. 스님의 화두 같은 언어의 핵심을 집어내는 능력, 화제 뒤에 숨은 진실을 발견하는 혜안, 미래의 전망을 제시하는 자식에게 시아버지의 시선은 오래 머물렀다. 어린 조카들은 눈을 반짝이며 할아버지를 쳐다보았다. 아침의 성찬에 초를 친 사람은 진수였다.

"케네디 가는 정치가 집안이잖아요? 사업가 집에서 이럴 필요가 있습니까?"

시아버지는 진수를 쏘아보며 사업과 정치는 한 나무에서 갈라진 두 가지라는 것도 모르느냐고 물었다. 다시 입을 여는 진수를 보고 수화는 마음이 오그라드는 것 같았다.

"밥이 목구멍에 걸려 넘어가지 않아요. 대화든 토론이든 이제 그만 좀 하자구요."

진수의 짜증에 가족들은 굳게 입을 다물었다. 남자들이 출근하고 가족들이 각자의 방에 들어가면 집안은 사막처럼 적막했다.

한남동 저택은 직계 가족의 주거 공간이 따로 분리되어 있었다. 시부모는 일층 서쪽, 수화 부부는 일층 동쪽, 큰동서 가족이 사용하는

2층은 현관이 따로 있었다. 큰동서는 수화를 2층으로 부르지 않았다. 이층 계단에 한 발 내디딘 그녀는 정체모를 삼엄한 기운에 가위눌려 한 발짝도 올라가지 못했다. 샹들리에가 환한 거실은 침엽수가 우거진 숲속처럼 어둠 컴컴했다.

15. 의지

준범은 아버지 이상학 회장의 집무실로 들어갔다. 차형모 비서가 일어나 정중히 허리를 굽히고, 여비서 정은설이 사뿐 일어나 머리를 숙였다. 비서실은 회장과 그 가족이 샅샅이 평가되는 장소라는 아버지의 말을 떠올리며 준범은 여비서에게 흘깃한 시선을 던졌다. 속눈썹 새새에 반짝이는 기쁨이 곧 우수로 변할 것 같은 야릇한 미소를 띠고 그녀는 가만히 서 있었다. 왠지 심상치 않게 느껴졌다. 심상치 않은 모습에는 어디서 많이 본 것 같은데 생각나지 않는, 안개 저편에서 아른거리는, 아무리 애써도 머릿속에서 야릇함이 떠돌뿐, 여비서의 모습은 끝내 기억되지 않았다. 여비서는 동양형 긴 눈에 잔잔한 미소를 띤 채 회장 아들이 지나가기를 기다린다는 자세로 서 있었다. 그래 새론이야. 많이 비슷해. 특히 우수로 변할 것 같은 미소를 띠고 눈을 치뜨는 모습이 그래. 새론은 느리게 눈을 열고 상대를 그윽이 바라보고는 했었다. 정은설이 단지 새론과 비슷할 뿐이라면 너무 놀라워 입이 다물어지지 않았다.

아침에 그는 새론, 새론, 신음처럼 뇌이며 눈을 뜨는 때가 있었다. 김새론이 그의 세포에 배어 있다가 돌발 영상처럼 튀어나오는 순간을 겪으며 그는 새론과 나의 접점에 섬광이 번쩍인 적이 있었나, 생각하며 머리를 가로젓고는 했다.

새론이 율전을 떠났다는 사실을 알았을 때, 그는 큰 충격을 받았다. 주식회사 새롬의 몰락, 새한의 비극적인 죽음이 떠오르면 가슴이 아팠다. 그는 그런 식의 참극은 겪은 적이 없었다. 율전 마을은 언제나 무사태평한데, 하필 새론의 집이 그렇게 되었는지 참담했다.

편의점에 근무하는 새론의 모습을 몰래 지켜보던 선글라스에서 작열하던 햇빛, 그를 뿌리치고 돌아서던 그녀의 스커트 자락에 휘돌던 바람, 지하철역에서 거침없이 돌아서던 기세와 달리 맥없이 걸어가던 새론의 뒷모습에 어린 우울한 그림자, 그는 모든 것을 어제 일처럼 기억했다. 그렇다 해도 아침에 그녀의 이름을 부르며 눈을 뜨는 자신을 그는 납득하지 못했다.

그녀와 헤어진 후, 새론이 주민등록을 고스란히 남겨두고 종적을 감췄다는 사실, 가족들의 손때가 묻은 살림살이는 이웃에 나눠주고 허접한 물건은 폐기처분 했다는 사실 등은 그녀의 마음을 더듬어보게 만들었다.

이삿짐센터와 트럭의 추적을 피하기 위해 캐리어만 끌고 사라진 사람을 찾을 방법은 없었다. 공항과 항만의 출입국 기록에도, 건강보험 수혜 기록에도 그녀는 없었다. 전직 경찰 출신 서포터는 심인 전문 사설탐정이지만 두 손 들고 머리를 흔들었다. 준범은 다만 새론이 새한의 참극에 절망한 나머지 행방을 감춘 것이라고 추측할 뿐인데, 추측은 편벽될 수 있고 사실이 아닐 수도 있었다.

새한의 장례를 마치고 초죽음이 된 그녀를 집 앞까지 따라간 것은 잘한 일이었다. 동생의 유골함을 안은 채 그만 돌아가 달라는 그녀의 말을 무시하고 몇 발짝 더 따라간 것까지도 잘한 일이었다. 그 자리에서 끝장을 봤더라면 더 잘 한 일이되었을 것이다. 막무가내 현관문을 밀고 들어가려는 그를 가로막아 서서 그녀는 속삭이듯 말했다. 그녀의 낮고 부드러운 어조는 강고한 뜻을 약한 것으로 바꾸어 놓기에 충분했다. 그의 생각이 우선 먹기는 곶감이 달다는 쪽으로 기운 것이다.

"새한이가 죽던 밤 난 몸을 판 년이야! 막장 인생이 따로 있는 게 아니지."

강한 뜻을 품은 속삭임은 반대급부의 힘을 발휘했지만 내용을 무시할 정도는 아니었다.

그때까지 그녀의 안간힘은 격전이 끝난 전쟁터에서 치명상을 입은 부상병이 목숨이 진할 때까지 적을 한 명이라도 더 죽이려고 방아쇠를 놀리는 초능력과 같은 것이었다. 준범은 붉게 충혈 된 그녀의 눈을 정면으로 바라보지 못하고 눈꺼풀을 내렸다. 생선가게 좌판의 물고기처럼 희멀건 눈을 번뜩이며 그녀는 중얼거렸다.

"동영상에서 내가 주연으로 등장할 거야. 제발 돌아가 줘! 나한테 내일은 없어!"

새론은 떨리는 목소리로 중얼거렸다. 심신 미약자의 말을 액면 그대로 받아들여선 안 된다고 그는 생각했다. 예단(豫斷)이 맞지 않는다는 사실도 모른 채 덧붙였다.

"우린 친구야."

"자기 자신을 추하다 말하고 싶은 사람은 없을 거야."

그녀는 거침없이 자신을 비하했다. 준범은 뭐가 추하냐고 물어놓고 아차 싶었다. 새론은 도장을 찍 듯 또박또박 말했다.

"너, 구제불능이구나! 오죽하면 내가 이러겠니? 네가 진저리나게 싫어! 네가 빌라를 얻어줘서 잘 해보려고 노력했지만 안 되더라. 이젠 네 냄새도 싫어!"

'냄새'라는 원초적인 말이 세포에 생채기를 내는 자장을 불러일으켰다. 그는 진저리치며 툭 내 쏘았다.

"너, 참 독하구나. 그래 오늘은 일단 돌아가 주지."

그는 절벽 위에서 아래를 내려다보는 사람처럼 주절거렸다. 그게 마지막이 될 줄 알았더라면 달라졌을까. 차비서의 낮은 기침소리를 듣고 준범은 비로소 이상학 회장의 비서실이라는 사실을 인식했다. 그가 잠깐 생각하는 동안에도 현실은 어김없이 착착 돌아갔다. 차형모 비서가 회장실에 들어갔다 나오더니 머리를 약간 숙였다. 여비서 정은설이 자신의 의자로 돌아가는 몇 초를 숫자를 세듯이 감지하며 준범은 회장실로 들어갔다. 아버지는 검은 가죽 소파에 앉아 있었다.

자기 앞에 앉는 아들을 지켜보는 아버지의 얼굴에 정체불명의 감회가 떠오르는가 싶은 순간이 지나갔다. 이상학 회장은 대뜸 이제 회사에 들어와 일할 때가 되지 않았느냐고 물었다. 물음이라기보다 평소의 딱딱한 쇳소리가 많이 부드러워져 권유의 냄새가 짙게 배인 어투였다. 그는 생면처럼 졸깃한 얼굴로 아들을 쏘아보며 자식이 둘이라면 이런 말 하지도 않겠다고 이번엔 무거운 쇳소리로 말했다. 그에게 두 딸은 열외자식인 모양이었다. 지금은 전문 경영인 운운할 때가 아니라고 질러 말하고 이제 넌 건민생명공학원에 들어가는 게 좋겠다,

회사의 핵심 사업인 암 조기 진단 키트는 진단의학의 첨단 분야이고, 너는 BT와 IT를 융합할 수 있을 것이라고 그는 말했다.

"영화감독은 오케스트라의 지휘자가 아니냐? 감독은 스탭과 배우를 이끌어가지 않니? 대단한 권력자라는 거 안다. 감독은 리더십과 인간적 매력 없이는 할 수 없는 직업이라는 것 정도는 나도 안다. 영화 두 편을 찍은 감독이라면 충분해."

회장은 회사에 IT 전문가는 많고, 넌 연결 고리가 되면 그만이라고 언덕을 타고 넘는 바람처럼 부드러운 어조로 말했다. 준범은 팔색조 목소리의 사내가 자신의 아버지라는 사실에 몸이 경직되는 걸 느꼈다. 자신에게 이익이 되는 사람에겐 봄바람처럼 부드럽게, 반대인 사람에겐 모멸감을 퍼붓는 새된 목소리, 그때그때 여덟 가지 색깔을 구사하는 목소리의 주인공, 돈은 그런 식으로 버는 모양이었다. 준범은 자신의 의학 지식은 얕고, IT는 모르는 분야라고 또박또박 대답했다.

"내가 된다면 되는 줄 알아라, 토 달지 마라, 네 영화를 보고 백억 돈 그냥 날린 게 아니라는 걸 알았다."

아버지는 위로인지 유혹인지 알 수 없는 말을 구사했다. 준범은 붉게 달아오른 얼굴을 숙이고 노년기에 접어들어 설기가 줄어든 대신 노회의 급수가 높아진 아버지에게 말했다.

"제가 꿈을 꾼 건가요? 제가 집을 나간 사건은 있어서는 안 될 일이라고 생각합니다."

이상학 회장은 갑자기 정자세를 취하며 눈을 부릅뜨고 아들을 노려보았다. 부릅떠서 동그랗게 응축된 눈동자 속에 마음을 숨기고 분한 빛을 내쏘는, 검은 안개가 스멀거리는 정적이며 동적인 이중의 빛이 돌고 있는 야릇한 눈을 바라보며 준범은 벌떡 일어섰다. 벽이 흔들렸다. 텅 비었으면서도 똘똘 뭉쳐진 회장의 시선을 등지고 준범은 몇 발짝 걸어갔다.

비서실에 한 발 나서는 그를 보고 여비서가 일어섰다. 준범은 찰나적인 일별을 던지고 돌아섰다. 그녀와 새론의 인상은 왜 그리 비슷한 걸까. 내가 착각하는 것일까. 그녀의 인상이 본래 그런 것일까. 자꾸 꿈틀거리는 불안의 이상한 정체는 무엇일까. 그는 현실로 나타난 적이 있기에 전염성 강한 어머니의 예감을 기억했다.

어머니는 여비서의 인상이 신비하다는 아버지의 견해를 인정해주고, 여비서의 인상이 불길하다는 자신의 의견은 그대로 유지하는 선에서 시간이 흘러가기를 기다리겠다는 자세를 취했다. 어머니는 집안이 고비에 이를 때마다 자신의 예감이 적중했다는 점을 강조하는 대신 자신의 예감이 솟아오를 때를 꼽아보는 듯 가끔 가족들의 기억을 환기시키는 선을 유지했다. 눈부신 첨단 과학 시대를 통과중인 가족들은 어머니의 예감을 인정할 수밖에 없는 일을 여러 번 겪고도 어머니의 예지력을 인정하면 시대의 저능아라도 된다는 듯 어정쩡한 태도를 취했다.

어머니는 오만방자해지면 하늘이 준 예지력을 상실할지 몰라 불안하다는 듯 아슬아슬한 시간을 견디면서 그날이 오지 않기를 바라는 듯싶었다. 남편에 대한 아내의 독점권을 포기한 대가로 친정식구들을 보살펴 온 어머니는 재벌 사모님다운 기품을 유지하며 남편을 보필하고 아들과 두 딸을 양육시키는 데 심혈을 기울여왔다. 어머니가 아버지를 제왕처럼 받들고 아버지가 어머니를 중전처럼 대우해주는 패턴도 어머니에 의해 조율되고 유지되는 셈이었다. 남편이 호감을 품은 여자 얘기도 스스럼없이 주절거릴 정도로 단단한 부부간의 신뢰에 금이 갈지 모른다는 의구심이 남편의 얼굴에 먹구름처럼 떠오르는 것을 보고, 아내는 내가 이 마당에 새삼 여자의 눈으로 여비서를 보겠느냐고 남편의 마음을 다독여주었다. 자신이외 누구도 믿지 못하는 아버지는 그때도 비서실은 회장 일가족의 처신 하나하나가 사원들의 입줄에 오르내리는 위험한 장소라는 식의 말로 순간을 모면했다.

회장의 신경과 손발이 되어 회장을 보필 보호하는 비서실은 회사의 비밀이 이합 집산하는 곳이고, 호기심과 욕망이 교차하는 장소라고 이상학 회장은 강조했다. 재벌그룹이라는 거함의 선두에 서서 사원들을 지휘 감독하며 조직을 유기체처럼 돌리는 발전기인 회장의 지휘봉 끝에서 회사의 기강이 확립되고 행동 지침이 떨어졌다. 이상학 회장은 무서운 집중력과 부정을 긍정으로 전환시키는 특유의 능력으로 할아버지 사후 휘청거리던 건민그룹을 반석 위에 올려놓은 실력자였다.

뉴욕 NYU 예술대학에서 5년간 영화를 공부하고 돌아와 두 편의 영화를 찍은 5년을 합친 10년 동안 준범은 한국의 현실과 동 떨어져 산 셈이었다. 이상학은 뉴욕 생선도매 시장 유태 상인 밑에서 냉동 창고 인부로 돈을 벌어 영화를 배우고 돌아온 아들을 한 수 접어주고 대해주겠다는 태도를 취했다. 어린 시절 영어강사와 한 방에서 기거하게 해준 덕에 뉴욕에서 공부할 수 있었다는 공치사도 하지 않았다. 어린 준범이 물은 적이 있다.

"아버지, 만약 장애인 자식이 태어나면 어떡하실 겁니까?"

"무슨 수를 써서라도 고쳐준다."

"아버지는 사람의 능력만큼만 대우해주실 거잖아요? 만약 쓸모없는 자식이 태어난다면 어떡하실 건가요?"

"내게는 그런 자식이 태어나지 않았다."

"아버지 곁에는 유능한 사람뿐이잖아요? 유능하고 싶은데도 무능하다면요?"

"유능한 인간으로 훈련시키면 돼."

"잘 안 될 수도 있잖아요?"

"내 곁에 그런 사람 없다."

"저도 그렇게 되기를 원하시나요?"

"그게 나쁘다는 건 아니겠지?"

부자의 대화는 언제나 다람쥐 쳇바퀴처럼 원점으로 돌아와 있었다.

유교 집안의 장자로 태어난 그는 아들과 두 딸 뿐이라는 조건에 얽매어 아들에게 가혹할 수도, 반대일 수도 있었다. 어쨌든 그에게 재벌 2세의 여유와 무른 구석은 없었다. 그는 밤하늘의 별처럼 무수히 반짝이는 사물 중 하나를 인지(認知)하는 순간 그것을 신념화하고, 신념을 통해 판단하고 행동하는 인물이었다. 그는 무서운 집중력과 성취욕의 발화지점인 신념 이외 다른 것을 희생시키며 인생을 경영해온 사람이기도 했다.

이상학 회장은 자신의 아버지를 능가하는 사업수완에 어머니의 함경도 또순이 기질이 더해져 경제성장기 한국의 사업가로 알맞은 성격을 타고 난 셈이지만, 자신이 성공한 사람의 약점을 갖고 있으리라고는 꿈에도 생각하지 못했다. 자신의 업적을 긍정하면 즐겁고 충만하고 행복했다. 우울한 인생 저리가라, 였다.

그가 선발한 머리 좋은 부하들은 한번 믿은 사람은 끝까지 믿어주는 그의 성향을 간파하고 임원이 될 때까지 물불 가리지 않고 일했다. 부하들의 충성심을 이끌어내는 지모와 능력을 갖추고 건민제약과 병원을 선대보다 다섯 배 더 성장시켜 놓고도 그는 늘 배고프다는 말을 입에 달고 살았다. 그는 종종 굶주림 체험에 나서기도 했다.

차 비서는 회장이 집무실을 비우면 회장의 지갑을 훔치는 지난한 작업을 수행하고 회장이 거리에 나가도록 계략을 써서 유도했다. 번번이 다른 방식으로 회장을 속이느라고 협업에 참가한 비서진이 골머리를 썩였다. 이 기묘한 작업의 수행 능력에 따라 승승장구하는 사람도 탈락자도 있었다.

어쨌든 혼자 거리를 걷던 그는 지갑이 없다는 사실을 알아차리고 픽 웃었다. 이제 세상은 180도 변할 것이다. 점심 한 끼 굶었을 뿐인데 갑자기 밥 먹고 싶은 생심이 끓어오르고, 아침에 입맛이 없다고 짜증을 낸 음식이 간절히 먹고 싶었다. 그런데 지갑에 돈이 없다. 돈이 없다는 사실을 안 순간 전에는 거들떠보지도 않던 길거리 음식이 눈에 띄는 족족 먹고 싶었다. 그는 쪼르륵 소리가 나는 배를 안고 길거리 음식을 파는 가판대 앞에서 침을 삼켰다. 그리고 상점 유리문에 비친 자신을 멍하니 쳐다보았다. 뼛속까지 초라한 사내가 자신을 물끄러미 바라보고 있었다. 그래, 들어가지 말자. 아이 쇼핑은 누구나 할 수 있는 거니까, 중얼거리며 그는 휘적휘적 걷기 시작했다. 행인들이 웃고 떠들며 지나갔다.

여기가 바로 천국이야, 천국! 방황을 끝내고 자신의 집 현관에 들어서며 그는 속으로 비명을 질렀다. 집에는 활기차고 충만한 삶이 가득했다. 무늬뿐인 가난한 시간이 지나면 그는 당분간 활기차게 살 수 있었다.

아버지가 가난 체험을 하고 있을 때, 아들은 언제든 집으로 돌아갈 수 있다는 점에서 비실제적인 극도의 가난에 빠져 있었다.

뉴욕에서 준범은 외로운 자유를 만끽하면서 거의 매일 영화를 봤지만 싫증나지 않았다. 돈이 얼마 남지 않았다는 사실을 알았을 때 그는 현지인이 기피하는 새벽의 생선 도매 시장을 찾아갔다. 어린 날 중국집 경험이 3D업종의 두려움을 조금 희석시켜 주었을 것이다. 죽기 아니면 살기로 덤비면 난관을 돌파할 수 있을 것 같았다. 뉴욕의 뜨거운 여름, 냉동 창고에 들어가 생선 궤짝을 쟁이거나 꺼낼 때 쇠붙이에 피부가 쩍쩍 달라붙는 찰나에 생과 사는 엇갈리고, 등골이 서늘했다. 살은 생명, 쇠붙이에 붙은 피부는 쓰레기, 살에는 피가 돌고 박리된 피부에는 피가 돌지 않았다. 피가 돌지 않는 것은 무생물, 무생물과 생물의 차이는 엄청났다. 무생물에서 불거져 나온 생, 무생물로 빨려 들어가는 생을 경험하면서 그는 삶도 죽음도 별 게 아니라고 생각하는 자신을 발견하고 고통도 자연의 일종이라는 생각을 반추하곤 했다.

그는 길거리 음식으로 허기를 때우고, 워싱턴스퀘어 파크 노숙자 무리에 끼어 등산용 오리털 이불 속에 들어가 고치속의 누에처럼 잠을 청했다. 히말라야용 첨단 등산용품은 노숙자에게 따뜻한 잠자리를 제공했다. 여름은 노숙자에게 자유 천지, 겨울은 추위라는 감옥에 갇히는 수인의 계절, 그는 얼어붙은 혹성으로 쫓겨난 지구 미아처럼 와들와들 몸을 떨며 뉴욕의 혹독한 추위를 견뎠다. 차라리 얼어 죽었으면 좋겠다고 생각하는 순간 새론의 얼굴이 떠올랐다. 너는 도대체 어디 있니? 살아 있기나 한 거니?

낮에는 NYU 티시 예술대학에서 영화 연출을 공부했다. NYU 예술대학은 전 세계 어느 대학에서도 갖추지 못한 최신 촬영 장비를 갖추고 영화인을 양성했다. 그는 세상엔 영화와 영화 같은 인생뿐이라고 중얼거리는 자신을 발견하고 놀랐다. 만화는 애초에 각 컷마다 분절되는 방식이라 장면 전환이 쉬운 장르였으나, 시간의 흐름에 구속받는 영화는 광학기법을 이용해 관객을 완벽하게 속여 현실을 증강시키는 매력적인 분야였다. 그는 영화의 속임수에 이끌려 매 컷마다 더 완벽해지는 방법을 강구했다.

미장센은 제한된 화면에 많은 의미를 담았다.

맥거핀은 복선인 척 관객을 헷갈리게 만든다.

로우 앵글은 밑에서 올려 찍어 대상의 강렬함을 과장하여 위압감을 준다.

부감 샷은 위에서 내려씩어 대상을 깔보게 하고 연민을 자아낸다.

감독은 카메라의 위치로 관객을 마음껏 조종해야 하는데, 그는 감독의 권한을 제대로 행사하지 못해 실패했다는 생각이 들었다.

김경재 회장이 싱크 탱크의 조언과 정보를 크로스체크 하지 않아 패착을 두었다는 걸 알면서도, 그는 포스트 프로덕션 후반제작에 중점을 두지 않았고 실패했다. 포스트 프로덕션은 완성된 영화를 재점검하고 미진한 부분을 재촬영하는 영화의 후반 작업인데 편집은 기본이고 시사회를 통해 부족한 부분을 개선하는, 영화의 생명을 좌우하는 중요한 작업이었다. 조감독과 스태프들도 많이 사용된 카메라 앵글과 시점, 촬영 기법을 분석하여 보충 촬영에 들어가는 감독을 도왔다. 명화도 이 작업을 잘못하면 망치고, 범작이나 졸작도 이 과정을 통해 기사회생했다. 절제와 균형, 종합적 사고가 절대 필요했다. 그도 남의 흠집은 보고 자신의 약점을 보지 못하는 딜레마를 극복하지 못해 실패했는지 모른다.

어머니는 흥행에 참패한 그에게 거액의 수업료를 지불한 셈 치라고 했지만 그는 자신을 용납하지 못했다. 아버지가 재벌이 아니라면 그는 영화 낭인이 되어 충무로 거리를 기웃거리며 차 한 잔에 비굴해지고, 밥 한 술에 자존심을 팔며 목숨을 이어갈 것이었다. 그는 자기 입장에 안도하기보다 나락에 빠질 자유조차 없는, 배부른 거지가 싫다고 진짜 거지도 될 수도 없는 처지가 맹랑할 뿐이었다. 그는 아버지가 짜준 레드 카펫 위에서 감독 놀이를 하다 실패했을 뿐, 무슨 짓을 해도 심연에 닿을 수 없는 부유층(浮游層)이었다.

그는 매처럼 매섭고 광범위하게, 사자처럼 주의 깊게 보지 못해 실패한 것이라고 생각했다. 세상을 통째로 보려고 욕심을 부렸는지도, 자긍심에 눈이 멀어 관객을 소외시켰는지도 모른다.

10년 전, 새론이 행방을 감췄을 때, 그는 매일 엉망진창이 될 때까지 술을 마셨다. 아버지도 아버지가 아니고 집도 집이 아닌, 혼란 속에서 어찌할 바를 몰랐다. 집은 생지옥으로 변하고 모든 것이 뒤집혔다. 대포 폰과 렌트카를 이용해 달라고 애원하던 새론의 목소리가 귀에 쟁쟁 울렸다. 가난한 여자의 노파심이라고 가볍게 흘려버린 실수는 돌이킬 수 없었다. 아버지도 싫고 아버지 뒤를 캐는 자신도 싫었다. 수시로 전화번호가 바뀌는 컨설팅 업체와 손을 잡고 정보 수집에 나섰다. 아버지의 하수인을 찾는 일은 산중에서 산삼을 캐는 일보다 힘겨운 일이었다. 차라리 새론을 출발점으로 삼는 게 나을 것 같았다.

출장 서포터는 내시경으로 세상의 창자 속을 들여다본 사람 특유의 야릇한 미소를 띠고 지하세계의 언어가 스멀거리는 얼굴을 숙이고 있었지만 재벌의 비밀을 알고 있다는 자만심까지 완벽히 숨기지는 못했다.

준범은 통신사 직원을 만났다. 사생활 보호법은 금품제공과 뒤탈 방지를 약속하는 재벌 3세에게 맥없이 무너졌다. 세상 문리에 빠삭한 통신사 직원은 새론의 통화 기록을 뽑아 주었다.

그녀와 접촉하고 단절된 전화번호는 둘, 첫 번은 새론의 아버지가 퇴원할 무렵이고, 두 번째는 새론이 종적을 감추기 직전이었다. 추적 과정에서 그녀가 모델학원과 룸살롱에 다녔다는 사실도 드러났다.

대포 폰 명의자 두 사람은 모두 노숙자였다. 돈을 받고 명의를 빌려줬을 뿐이라는 그들은 극빈의 단순 경제와 상류층의 복잡 경제가 뒤섞인 모호한 표정으로 아무것도 알지 못한다며 머리를 가로 저었다. 다시 아버지를 출발점으로 삼았지만 아버지의 대포 폰 명의자를 찾을 방법은 없었다. 다시 새론을 출발점으로 삼는 수밖에 없었다.

그는 경찰의 협조로 새론이 근무했던 편의점과 룸살롱 부근의 CCTV를 모조리 뒤지고 다녔다. 새한이 죽은 그날 밤, 룸살롱

CCTV에 이상학 회장이 등장했다.

이상학 회장 일행이 호스티스 세 명을 데리고 룸살롱을 벗어나 노래방에 가는 장면은 있고, 나오는 장면은 없었다. 이층 노래방 후문에는 CCTV가 없었다. 다시 안개상황. 이상학 회장이 어떤 방식으로든 새론의 행방불명에 관여했다는 사실은 이제 부정할 수가 없었다. 아버지와 새론이라는 조합은 불길했다. 꺼멓게 탄 나무 등걸이 재 점화될 때의 매운 연기에 줄줄이 눈물을 흘리며 그는 아버지를 의심하고 부정하는 일을 반복했다. 그는 무중력과 중력이 충돌하는 4차원의 세계에 진입한 것 같았다.

그는 차마 아침 식탁에 아버지와 마주 앉을 용기가 나지 않았다. 아버지의 모든 것이 징그럽고 무서웠다. 무엇이든 먹어야 한다고 성화를 부리던 어머니가 의사를 불러 링거 주사를 놓아주는 야릇한 나날이 흘러갔다. 그는 억지로 한 알 한 알 밥알을 삼켜 식사라는 것을 이행했다. 보다 못한 어머니가 미국유학을 권했다. 그는 머리를 가로저었다.

또 다른 의심이 머리를 반짝 치켜들고 그를 빤히 지켜보고 있었다. 아버지가 한 짓이 아닐지도 모른다는 의심. 그는 아버지가 룸살롱에서 나오는 장면을 뚫어지게 응시하고 있었다.

어느 날, 무성산 꼭대기에 올라가 고래고래 고함을 지르고 돌아와 보니 서랍 속의 필름이 사라지고 없었다. 그는 도청 탐지기로 형광등 나사못에 설치된 몰래 카메라를 발견했다.

이상학 회장은 매일 아침식사를 거르지 않고 출근했다. 그는 아들의 의심을 인정할 사람이 결코 아니었다. 부자 사이엔 파국, 파탄,

파멸이 있을 뿐이었다. 그동안 새론이 주변을 차근차근 정리한 뒤 행방을 감췄다는 사실도 속속 드러났다. 아버지는 동기를 제공했을 뿐, 직접 손을 쓴 건 아니라는 결론이 섰다.

아버지가 노래방 입구의 CCTV를 룸살롱 고객과 호스티스 사이에 늘 벌어지는 일이라고 주장하면 반박할 말이 없었다. 진실을 쥐고 있는 두 사람 중 한 사람은 아버지이고 다른 한 사람은 행방불명이었다.

어머니가 눈에 밟혔지만 준범은 가출하지 않고는 견딜 수가 없었다. 노숙자에게 대포 폰 명의를 빌렸으나 곧 부질없는 짓이라는 사실을 깨달았다. 한국 땅엔 통화하고 싶은 사람이 없었다.

오피스텔 전세를 노숙자 이름으로 계약하고 이면 계약서를 작성하던 그는 아연실색했다. 아버지를 피해 잠수 탈 방법을 찾는답시고 아버지 뺨치는 술수를 부린 것이다. 이면 계약서에는 돈 한 푼 손해 보지 않으려는 자신과 아버지의 얼굴이 겹쳐져 있었다. 이만한 술수라면 그녀를 찾았어야 마땅한데 단서도 잡지 못했다는 자괴감에 시달리면서 그는 새론이 룸살롱에 다니거나 부유층 여인이 되어 숨어 살 가능성을 점쳐보았다.

그는 서울을 뒤지고 다니고, 서포터는 신인 호스티스를 찾아 지방을 훑고 다녔다. 룸살롱은 수많은 방과 비밀의 문과 통로, 화장실과 대기실과 주방이 들어박힌 완전한 미로였다. 미로에 심인광고를 낸다면 상대는 더 깊이 숨어 버릴 터, 준범은 신인 호스티스라는 여자를 몰래 훔쳐보거나 대면하는 일에 찌들어갔다. 술 동네에서 술을 마시는 건 당연했다. 룸살롱 영업상무나 새끼마담에게 새론의 사진을 쥐어 주고 현상금 1억을 걸었지만 소식은 없었다. 돈이라면 귀신도 부린다는 유흥가에서 반응이 없다면 희망도 없었다. 그는 간수치가 높다는 의사의 진단을 받았다.

그는 자신에게 재량권이 주어진 주식을 팔아 뉴욕으로 날아갔다. 뉴욕에서 5년간 영화를 배우고 돌아온 그는 인간의 보편적 욕망과 약점이 난무하는 드라마에 초점을 맞춰 영화를 찍었지만 흥행에 실패했다. 전문가의 호평은커녕 관객의 평도 좋지 않았다.

회사 지분이 '0'이 될 때까지 영화를 찍으면 단념할 수 있을지, 망연자실했다. 그는 '무엇을 하지 않느냐' 하는 게 유일한 화두인 부유층이고 마음만 먹으면 무엇이든 할 수 있는 재벌의 자식이었다. 현대판 7공자는 많고 놀이판도 다양했다. 부유층 주변에는 예술을 즐기는 사람도, 표피적인 욕망에 빠져 허우적거리는 사람도 있었다. 2016년도 판 7공자는 회사의 이미지 뒤에 숨어서 하고 싶은 짓은 무엇이든 다 하고 살았다. 연예인과의 스캔들이 터지면 비서실에서 깨끗이 해결해 주었다. 과거의 호화 놀이판도 현재 돌아보면 초라할 지경이었다.

그는 김법이라는 이름으로 투자금을 모아 영화를 찍는 동안 추가 비용이 발생하는 족족 이준범의 사인을 하고 돈을 빌려 마음에 드는 화면이 나올 때까지 카메라를 돌렸다. 돈에도 눈이 있는지, 영화감독 김법에게 돈을 빌려주지 않는 투자자들은 이준범에겐 돈을 빌려주지 못해 안달을 했다.

그는 최신 촬영 장비와 촬영 기법, 배우의 연기를 총동원하고도 할아버지가 물려준 주식 100억을 날렸다. 영화감독 김법의 채무는 재벌 아들 이준범이 모두 갚았지만 그가 뉴욕 생선 도매시장과 센트

럴 팍 주변을 어슬렁거리며 얻은 건 빈 손뿐이었다.

준범은 독감이 폐렴으로 발전했다는 사실도 모른 채 오피스텔에 누워 죽자 사자 앓았다. 기침을 하면 가슴이 찢어지게 아프고 목구멍이 쓰라려 숨도 쉴 수 없었다. 오피스텔에 들이닥친 어머니의 비명을 들으며 그는 정신을 잃었다. 눈을 떠보니 병원 침대에 누워 있었다. 침대 곁에 서 있던 어머니가 아들에게 몸을 부리고 흐느껴 울었다.

"엄마, 엄마……."

모자는 이상학 회장이 병실에 들어서서 우두커니 지켜보고 있다는 사실도, 흠칫 뒤로 물러섰다는 사실도, 복도에 나가서 더럽다 더러워 못 살겠다고 중얼거렸다는 사실도 알지 못했다. 이 회장은 두 번 다시 병실에 나타나지 않았다.

아들의 병이 차도를 보이자 어머니는 환자를 자동차에 싣고 율전으로 달려갔다. 그렇게 아버지와 아들이 한 집에서 산다는 것은 기정사실화되었다. 그의 집은 금간 유리병처럼 아슬아슬한 평온을 유지하고 있었지만 그가 집에 발을 디딜 때부터 힘을 받기 시작한 관성은 점점 굳어지고 강해졌다.

몸이 어느 정도 회복되자 그는 상황이 자신이 집에 들어오기 전과 전혀 다른 것으로 변질되었다는 사실을 알았지만 다시 가출하지는 못했다. 가출한다 해도 쇼처럼 보일 테고, 아버지 그늘을 완전히 벗어나는 것은 불가능해 보였다.

그는 율전의 산책로를 휘적휘적 걷고 있었다. 전과 달리 마을이 헐겁게 풀려 있었다. 너붓한 잔디 언덕에 올라서자 정체 모를 오한이 일고 몸이 후르르 떨렸다. 주위를 둘러보니 그가 서 있는 곳이 바로 새론의 집이 있던 자리였다. 그녀의 집은 어디로 사라졌는지 흔적조차 보이지 않았다. 갑자기 숨이 가빠오고 가슴이 부들부들 떨렸다. 넌 어디 있는 거니?

어린 시절 동네 아이들은 엄마가 부재하는 새론의 집에서 살림살이를 뒤집어놓고 놀았다. 정갈하고 엄숙한 다른 집에선 감히 할 수 없는 짓을 새론의 집에선 할 수 있었다. 그런데 불과 10년 만에 모두에게 자유스러웠던 집이 자취 없이 사라진 것이다. 어느 여름날의 기억이 선히 떠올랐다.

그날 여름 폭염을 피해 새론의 집에서 도둑놈 잡기 놀이를 하다 지친 아이들은 가로세로 늘어져 누워 잠이 들었다. 준범은 누군가 흐느껴 우는 소리에 잠이 깨었다.

"무 무 물이 끄 끄 끊 끄으어엇……."

새론이 누운 쪽에서 숨이 컥컥 막히게 흐느껴 우는 소리가 들려왔다. 준범은 급히 다가가 애, 새론아, 왜 그래? 왜? 흔들어 깨웠다. 부스스 깨어난 새론의 머리칼은 땀에 젖어 있었고 눈가에는 물기가 배어 있었다. 새론은 하염없이 중얼거렸다.

"끊어 졌어, 끊어져."

"……."

"무, 물이 달려와 손을 끊었어!"

서러운 꿈의 여파에 밀린 새론은 계속 흐느껴 울었다. 흐느낌이 잠잠해지자 준범은 물었다.

"물이 달려오다니? 무슨 소리야?"

"물이 날을 세우고 달려들었어."

새론은 겨우 말했다. 말해놓고 눈을 크게 벌려 뜨고 멍하니 그를 쳐다보았다.

"물이 날을 세우고 달려들다니 무슨 뜻이야?"

새론은 입을 꾹 다물고 말이 없었다. 끊어지는 걸 무서워하고 조롱조롱 매달리는 걸 좋아하던 새론은 지금 어디 있는 것일까. 살아 있기나 한 것일까. 그녀의 집은 어디로 간 것일까. 하얀 수국이 둥그런 이글루처럼 무더기져 피어 있던 자리에 내가 혼자 서 있다니, 믿을 수가 없어. 모든 게 변했어. 감추기 장난을 하던 나와 그 애는 수국 그늘 속으로 들어가 납죽 엎드린 채 서로의 얼굴을 들여다보고 있었지. 그녀의 눈동자에 내 얼굴이 들어가 있었어. 순간 나는 그 눈동자에 수국처럼 탐스러운 하얀 꽃이 피어있는 걸 보았지. 실은 나는 늘 네 눈동자 속에 핀 꽃이 되고 싶었어. 어린 게 그런 생각을 했기 때문에 지금 벌을 받고 있는지도 몰라.

꽃이 만발해 있던 정원을 또래애들은 마구 휘젓고 다니며 놀았다. 그랬었는데 지금은 평범한 잔디 언덕으로 변해있었다. 안 돼, 안 돼. 준범은 으, 으 낮은 비명을 지르며 중얼거렸다. 넌 어디 있니? 도대체 넌 어디 있는 거야? 그는 취한처럼 비틀거리며 잔디 언덕을 내려갔다. 집으로 돌아간 그는 어머니에게 물었다.

"마을 집들이 눈에 띄게 줄어든 것 같던데, 이제 율전도 인기가 없는 모양이죠?"

"이사 간 집을 관리소에서 매입하고 사람을 들이지 않아서 그래. 녹지가 더 많아야 한다고 아버지가 그러더라."

"그런 일까지 아버지가 관심을 두다니…… 그렇게 한가해요?"

그는 놀라 물었다. 그동안 마을 집이 반 쯤 준 것 같은데 녹지가 더 많아야 한다는 아버지의 흉중이 무엇인지, 아버지는 마이너스의 손을 가진 게 아닌지, 갑자기 마음이 흉흉해졌다. 아버지가 만약 마이너스의 손을 가졌다면 앞으로 무슨 일이 벌어질지 알 수 없었다.

16. 착오

 신혼집에서 수화는 눈을 뜨면 아침이 열리고, 어두워지면 하루가 닫히는 나날이 답답해서 몸이 배배 꼬일 지경이었다. 신혼의 단꿈은 남들의 입에서 들끓는 얘기일 뿐, 그녀는 밤늦게 돌아와 잠들기 바쁜 진수의 아내로 사는 나날이 심심해서 견딜 수가 없었다. 여자에게 결혼이란 무엇인가. 처녀 시절의 인기는 다 어디로 갔나? 자신에게 호감을 보이던 남자들의 얼굴이 줄줄이 떠오르는 순간이 즐겁긴 하지만 수화의 가슴 밑바닥에는 결혼 후 잃어버린 수많은 얼굴들이 시든 꽃잎처럼 깔려있었다. 친구들과 함께 먹는 브런치도 모래알처럼 깔깔했다. 결혼은 그녀에게 신세계를 열어 보이지 않았다. 거울 앞에 선 그녀는 나야, 네가 이런 신혼을 보낼 순 없잖아? 혼자 중얼거리곤 했다. 수화라는 여자의 인생에 커다란 구멍이 뚫리고 서늘한 바람이 불고 있었다.

 진수의 입맛은 도우미가 알아서 척척 맞추고, 남편의 취향에 따라 스타일링 된 집안에 자신의 취미를 덧들일 공간도 없었다.

 그녀는 진수의 컬렉션인 마그리트의 '가짜 거울'을 좋아하지 않았다. 쌍까풀진 커다란 눈으로 상대를 응시하는 그림을 좋아하는 진수의 취향이 의심스럽기까지 했다. 검은 눈동자는 종이를 오려 붙인 듯 납작하고, 흰자위에는 푸른 하늘에 흰 구름이 둥실 떠있는 그림을 걸며 그는 말했다.

"하늘을 보는 순간만 하늘과 내가 일치되고, 점점 다른 것으로 변질 돼. 그러니 나도 나를 믿을 수가 없는 거지."

진수의 취미이겠지만 그녀는 자신의 눈도 믿지 못하는 진수가 왜 하필 그 그림을 좋아하는지 이해할 수 없었다. 난 진실 해, 누가 감히 감 놔라, 배 놔라, 내 시력을 간섭한단 말이야? 그녀는 가짜 거울을 흘겨보며 중얼거렸다.

진수의 눈에 비친 자신이 어떤 모습일지, 자신이 본 하늘과 구름도 믿지 못하는 진수가 무슨 생각을 하는지 수화는 무섭기만 했다. 그는 아침에 눈을 뜨면 마그리트의 가짜 거울을 한동안 들여다보고 하루 일과를 시작했다. 그녀는 가짜 거울을 교체하고 싶었으나 진수는 마그리트는 인간의 딜레마를 극적으로 표현한 화가라며 마그리트의 '자연의 은총'이라는 그림을 그 옆에 한 점 더 걸었다. 자연의 은총은 파초의 커다란 잎인가 하면 새들의 날개이기도 한 이중적인 그림이었다.

"난 저런 도착이 싫어! 사는 것도 골치 아픈데……. 자기야, 다른 것으로 걸자, 응? 난 샤갈이 좋아."

수화는 살랑살랑 애교를 떨었지만 남편은 호응하지 않았다.

"난 마그리트의 혜안이 좋아. 우리는 모두 같은 골로 가는 거니까."

그녀는 나와 같아질 생각은 왜 안 하는 거야? 라는 외침을 안으로 밀어 넣고 미간을 찌푸리며 말했다.

"여동생이 없어 유감이야! 〈혜안〉이라고 부르면 좋을 텐데……. 은총은 무슨……."

진수는 아내의 재치를 부드럽게 받아넘겼다.

"자연은 은총이잖아? 내가 나무도 새도 될 수 있다면 좋지 뭐."

"내 농담은 그냥 삼키면서 무슨 새타령이야?"

자연의 은총을 벽에 걸며 새가 날아든다, 온갖 잡새가 날아든다, 라고 흥얼거리는 남편을 흘겨보며 그녀는 바람 부는 자갈밭에 혼자 서 있는 느낌을 삭였다.

그는 수화가 애교를 떨면 농담으로 받아 넘기거나 개다리 춤으로 웃길 때도 있었는데 요즈음은 늘 바쁘다는 말만 했다. 정신없이 바쁘다면서 집에 돌아와서도 서재에 틀어박혀 서류를 뒤적거리다 잠이 들면 그만이었다.

"자기야? 우리 처음처럼 잼 있게 살자, 응?"

"그래 난 여전히 진수이고 너를 사랑해. 바쁜 일 지나면 우리 잼 있게 놀며 살자."

진수는 서류뭉치에 시선을 박은 채 말했다.

"서류 지겨워! 갖고 오지 마!"

"게으름 부리다 형들에게 다 빼앗기면 어쩌니? 그러면 안 되잖아?"

수화는 뾰로통한 얼굴로 더 이상 말이 없었다.

"다 우리 꼬마를 위해 하는 일이야."

그는 수화를 꼬마라고 부르면서 볼을 살짝 비틀며 웃었다. 신혼 초 그녀는 그런 진수를 끌어안아 주고는 했었다. 그런 어느 날, 시집에서 붙여준 중년 가정부가 머뭇머뭇 말했다.

"사모님, 과장님 많이 사랑해 주세요. 외로운 분이니까요."

가정부는 리모컨 비슷한 전자기기를 손에 들고 '도청 탐지기'라고 말했다.

"이사 오기 전 과장님이 이 집을 샅샅이 검색했어요. 앞으로도 수시로 검색할 겁니다."

"과장님이 외롭다는 건 그런 뜻인가요? 부모가 자식에게 이럴 수 있어요? 며느리를 감시하는 것이겠지요?"

"글쎄요."

얼버무리며 도우미는 부엌으로 향했다. 부엌까지 따라간 수화는 아일랜드 싱크대 앞에 앉아 벽면 싱크대에서 일하는 가정부에게 사분사분 말했다.

"아주머니, 궁금해 죽겠어요. 우리 진수 씨가 왜 외로운가요? 도청이라니요? 나도 가슴이 뛰네요. 난 누가 믿고 해준 말은 목숨을 걸고 지키는 사람이거든요."

도우미가 일손을 멈추고 돌아섰다.

"제가 회장님 댁에서 산 지 37년……."

"진수 씨를 애기 때부터 보셨군요?"

수화는 37년 된 도우미라면 한씨 집안 내막을 꿰뚫어 알고 있을 테고, 기득권을 인정해주는 편이 낫다고 계산했다. 율전 사람들은 오래 된 도우미의 행세는 일단 접어두고 서비스의 질을 저울질해보고 추가 기우는 쪽을 선택했다.

"새 사모님은 눈치도 빠르다니까."

"진수 씨의 어린 시절을 알고 싶어요."

그녀는 흥얼거리는 투로 말했다. 진수에 대한 애정을 과시해 보이면서 그녀는 옛날 궁중 여인들의 방식대로 어머니가 준 금반지를 가 정부의 손에 쥐어주며 자신이 진수의 인생을 아전인수로 해석했는지 모른다는 생각을 했다. 희망사항은 진실을 가리는 무지개일 뿐, 사실 이 아닌 것 같았다. 도우미는 한남동 식구들은 진수가 나타나면 침묵 모드에 돌입하고 회장님이 없으면 왕따에 들어가며, 왕따는 진수 가 살아있는 한 계속될 것이라고 말했다.

"도련님이 회장님 품에 안겨 나타난 이후 한남동은 북극으로 변했 어요. 진수 도련님은 이날 이때 말 한마디 못하고 살아온 셈이고요."

수화의 얼굴이 하얗게 질렸다. 남편에게 확인하고 싶기도, 확인하 고 싶지 않기도 했던 소문이 흉한 몰골을 드러냈다. 단지 소문일 뿐 이라는 추측 아래 은신해 있던 진실이 형해(形骸)를 드러낸 것이다. 그녀는 자신을 속이면 남도 속고, 남이 속으면 거짓이 사실보다 더한 사실이 되는 속임의 방정식이나, 모르는 게 약이라는 말 뒤에 아는 게 병이라는 말이 있다는 것을 심각하게 생각한 적은 없었다. 거짓말 로 자신의 인생을 어긋 낸 남편의 얼굴이 먹구름처럼 피어올랐다.

한남동의 살얼음판 속에서도 진수가 혼외 자식일 것이라는 생각은 꿈에도 하지 않았다. 백기 투항하면 물러설 곳이 없었다. 진수와 자 신에게 냉혹한 시댁 분위기를 재벌가의 가풍이라고 얼버무리고 사는 편이 더 나았다.

진수의 법적 어머니는 그 방면의 일인자인 동성그룹회장 마나님처 럼 남편의 파워와 가부장 사회의 여파에 밀려 혼외 자식을 제 자식 처럼 받아줄 생각은 꿈에도 하지 못하는 여인이었다. 그녀는 남편 앞 에선 진수를 받아들이는 척 시늉하고 뒤에선 복수의 칼을 갈았다.

206

복수는 증거를 잡을 수 없을 만큼 교묘하게 진행되었다.

어린 진수는 아예 재벌 아들이기를 포기했다. 재벌의 찌꺼기로 사는 게 가난한 집 자식보다 낫다고 자위하며 이조의 서자처럼 어머니와 형들의 질시와 미움을 감수하며 살기로 마음을 돌렸다. 그러자 가족들을 드라마의 주인공처럼 바라볼 여유까지 생겼다. 가족들을 관찰하고 관망하는 것을 자양분삼아 그는 마음속에 냉정한 기질을 쌓으며 서서히 변모했을 가능성이 있다.

도우미는 생활력 강하고 똑똑한 진수 도련님은 꼭 성공할 것이라고 장담했다. 수화는 밤늦게 현관에 들어서는 진수에게 다짜고짜 근본을 속인 이유가 뭐냐고 추궁했다. 처음 진수는 어리벙벙한 표정을 지었고, 곧 얼굴을 무섭게 일그러뜨렸다. 수화는 남편이 한남동 어머니가 곧잘 쓰던 '근본'이라는 말을 다른 사람도 아닌 아내에게 듣고 멍해졌다는 것도, 아내에 대한 연민에 균열이 생겨 눈사태처럼 무너져 내리고 있다는 사실도 알지 못했다.

그는 자신의 발을 내려다보았다. 발밑에 난 뿌리로 땅속을 헤집어 겨우 흙을 거머쥐었는데 싹둑 잘린 느낌이었다. 잘린 뿌리에서 피가 흘러 땅을 붉게 물들이는 환영에 그는 눈을 감았다. 대신 귀가 열렸다. 근본이 그래서……. 근본이 없으니, 어머니가 근본을 들먹일 때마다 그는 숨통이 조여지는 느낌이었다. 얼굴이 하얗게 질린 진수는 당당한 태도로 아내의 말을 인정했다. 순순히 인정하는 그를 보고 수화는 자신의 가슴속을 가득 채운 바람이 빠져나가는 것 같았다. 그는 차분히 말했다.

"나 혼외 자식 맞아. 사생아. 하지만 난 머리에 뿔 난 괴물이 아니잖아? 네 앞에 있는 사람이 너와 결혼한 진수라는 인간이잖아? 아버지에겐 여벌 자식이지만 나도 너처럼 정자와 난자가 만나 태어난 피가 도는 인간이란 말이야. 그동안 내가 괴물이 아니라는 것 정도는 알았을 텐데? 나는 네가 율전에서 만난 진수인데 무슨 문제가 있다는 거지?"

그는 아내를 쏘아보며 물었다. 수화는 남편이라는 사람이 아내를 속여먹었는데 어떻게 믿고 살겠느냐는 추궁의 말을 한동안 늘어놓았다.

진수는 온 세상이 알고 있는 내 비밀을 너만 몰랐다는 게 오히려 이상하지 않느냐고 묻고, 그동안 왜 묻지 않았느냐고 다시 물었다. 남편이 자신의 통점을 건드리자 수화는 화가 나서 속이 부글부글 끓었다.

"나는 네가 재벌 아들과 결혼하지 않았다고 믿었어. 너도 부자이니까. 내가 사생아라는 게 그렇게 중요하니?"

"그럼 중요하지."

두 사람의 다툼이 분기점에 이르렀다는 걸 진수는 감지하고 느끼고 수용했다.

그는 줄줄이 눈물을 흘리며 내가 사생아라는 사실을 알았다면 너는 나를 따뜻하게 감싸줘야 하겠다는 생각부터 해야 하는 것 아니냐, 거짓말쟁이라고 추궁하기 바쁜 너를 내가 어떻게 생각하면 좋겠느냐고 물었다. 아내가 아닌 친구일지라도 그 정도 배려는 당연하지 않느냐고 그는 거푸 물었다.

"나를 속이면서까지 결혼한 이유를 난 알아야 해. 말해줘."

다툼의 과정에서 이상한 자신감으로 충전된 수화는 자신이 진수의 머리 위에 '결혼'이라는 단어를 회색 구름처럼 떠올려 놓았다는 사실을 모르고 거세게 다그쳤다. 그녀는 남을 몰아세우는 재미에 빠져 처지와 상황을 따져보지 못했다. 진수가 말했다.

"넌 결혼을 원천 부정하기 시작했어. 원천 부정은 파탄을 부를 뿐이지."

이어서 그는 이 땅에 재벌 아들은 많고, 한진수라는 인간은 단 한 명뿐인데 넌 왜 하필 나와 결혼했느냐고 묻고 스스로 대답했다.

"난 아버지의 후계자가 되고 싶지 않아. 후계자가 될 가능성도 없고……."

수화는 재빨리 물었다.

"셋째 아들 몫의 계열사는 받을 거 아니야?"

진수의 얼굴에 미소가 사라지고 눈물이 핑 돌았다. 그녀는 진수를 혼자 남겨두고 찬바람을 일으키며 밖으로 나갔다.

르 타하아의 꿈이 종말을 향해 치달리고 있었다. 수화는 진수를 사랑했던 적이 있었던가, 남의 일처럼 생각하며 열등감을 자극하는 시집의 환경을 참고 견딜 자신이 있을지, 자문해 봤다. 그녀는 본처의 자식이 아닌 혼외자의 아내로 타인의 눈치를 보며 살아갈 자신이 조금도 없다는 것을 알고 인정했다. 그녀는 자신이 나비가 되어 날아가면 꽃밭의 꽃들이 꽃잎을 활짝 열고 환호하는 세상을 꿈꿀 뿐이었다.

도우미에 의하면 한 회장은 집을 나가 살겠다는 진수의 말을 사춘기 소년의 반항으로 봐 넘기는 실수를 저지르고도 자신이 무슨 짓을 하는지 알지 못했다. 그는 혼외 자식과 본처의 사이에 깊은 시선을 주지 못했고, 아들에 대한 부정(父情)을 드러내지도 않았다.

진수는 날이 갈수록 심해지는 어머니의 박해를 피해 학업에 관심을 돌리고 선생님의 칭찬과 친구들의 선망을 받는 학교생활에 재미를 붙이기 시작했다. 그게 발화점이 되어 자신을 볶아 댈 앞날을 대비하기에 그는 너무 어리고 순진했다. 아무것도 모르는 아버지는 억지로 얽어놓은 가족의 마음을 살피는 대신 그를 칭찬하는 실수를 저질렀다. 아버지의 기대가 집중되면 될수록 가족들의 미움과 질시는 가중되고, 진수는 미국유학을 떠날 수밖에 없었다.

뉴욕에서 진수는 자주 자동차 사고를 당했다. 경미한 부상을 입는 정도였지만 FBI는 단서도 잡지 못했다. 하늘의 도움으로 죽거나 중상을 입지 않은 것 같았다. 그는 자가용 대신 대중교통을 이용했다. 이번엔 지하철에서 마피아의 피습을 받았다. 이번에도 FBI는 실마리도 찾지 못했다. 아버지가 한국인 보디가드를 보내 주었지만 진수는 공황상태에서 헤어나지 못했다.

그는 구중궁궐 깊은 침소에서 암살 미수에 시달리던 정조의 불안과 공포를 매일 견뎌야 했다. 살인 전문가가 사고사나 자살을 가장한 살해를 기도하고 있는 것 같았다. 언제 어디서나 그는 머리칼이 쭈뼛 일어서는 공포 속에서 왕비와 대군과 공주가 득실거리는 궁중에 홀로 남겨진 후궁의 아들처럼 밥 한 술에 독약을 상상하고, 빈 공간이 무서워 벌벌 떨며 목숨을 이어갔다. 공황장애에 시달리던 그는 결국 귀국 길에 오를 수밖에 없었다.

수화는 밖에 나가면 구수한 입담으로 좌중을 휘어잡고 존재감을 과시하는 진수에게 집이 잠자는 장소일 뿐이라고 생각하면 자존심이 상했다. 그에게 아무런 영향도 미치지 못하는 자신, 집 안의 중심이 되지 못하는 자신을 견딜 수가 없었다. 남편의 이중성도 싫었다. 햇빛을 탐하는 나무처럼, 물기를 쫓는 뿌리처럼 사람들은 있는 척, 아는 척, 강한 척 자신을 위장한다. 그것을 잘 알지만 진수도 그런 사람 중 하나라고 생각하면 허탈하고 쓸쓸했다. 고르고 골라 썩은 동아줄을 잡았다는 생각이 들면 기가 막혔다. 그녀는 진수가 앞날이 보장된 왕자가 아니라 언제 어디서 무슨 일을 당할지 모르는 혼외 자식이라는 사실이 진저리나게 싫었다.

남편의 경영수업은 빛 좋은 개살구, 헛된 무지개일 뿐이었다. 그에겐 아버지 사후 배다른 형제들이 막장 드라마를 연출한다 해도 보호막이 돼줄 후견인도 없었고, 그녀에겐 궁중 드라마 수준의 권모술수를 구사하여 승리를 쟁취할 자신이 없었다. 시댁 식구들에게 효도와 우애를 가장할 수는 있지만 부정을 긍정으로 전환시킬 기획력과 강인함이 없었다. 수화는 종종 곧 무너져 내릴 거대한 산 밑에서 진수와 함께 사는 꿈에 시달리다 깨어나 밤을 하얗게 밝히고는 했다.

시아버지라도 만날 수 있다면 인간적인 교감도 나누고 신뢰감을 쌓을 수 있을 텐데 비서진의 협조 없이는 꿈도 꿀 수 없는 지난한 일이었다. 그녀는 용기를 내어 시아버지의 핸드폰 번호를 눌렀다. 며느리가 손을 떨고 있다는 것을 아는지 모르는지, 황제는 바쁜 기색을 숨기지 않았다. 그녀는 떨리는 목소리로 중언부언 지껄였다.

"네 남편에게 말하면 되지 않겠니?"

황제는 언짢은 기색을 숨기지 않았다. 몇 바퀴 머리를 굴려도 황제와의 알현이 이루어질 가능성은 없었다. 그녀는 재벌이라는 권력 집단의 생리를 꿰뚫어볼 혜안이나 이사회나 전문경영인의 마음을 사로잡을 능력도 친화력도 없었다.

남편은 본가에 대한 말은 전혀 하지 않았다. 부정적인 감정에 사로잡혀 자기 비하를 일삼는 진수를 믿고 의지해도 될지, 앞날이 온통 부유스름했다. 대지그룹 며느리로 살아남으려면 진수가 마키아벨리의 화신이 되거나, 자신이 측천무후가 되어야 하는데, 그녀는 눈앞의 이익에 급급한 꾀 많은 여우일 뿐, 거대 악을 저지를 용량이 부족했다. 그녀는 골치가 지근지근 아팠다. 미모와 애교에 대한 칭송을 먹고 자란 수화는 자신을 전폭적으로 받아주지 않는 진수가 외계인처럼 낯설었다. 그녀의 마음에 자리 잡은 이혼은 알렉산더대왕의 영토처럼 급속 팽창했다. 그녀는 이혼할 경우 자신의 입장과 정서와 손해를 계산하며 하루하루를 보냈다. 진수는 그나마 농담으로 수화의 마음을 풀어보려고 애썼으나 그녀는 입을 열지 않았다.

이혼은 전격적으로 이뤄졌다. 율전 마을에 수화가 위자료를 두둑이 챙겼다는 밑도 끝도 없는 소문이 나돌고, 사람들은 시집을 가려면 무조건 대 재벌에게 가야 한다고 수근 거렸다. 그녀는 진수가 이혼을 부드럽게 해결해준 대가로 도우미에게 아파트 한 채를 선물했다는 사실도, 진수가 도우미에게 지킬 박사와 하이드 같은 아내에게 정나미가 떨어졌다고 하소연 했다는 사실도 알지 못했다. 그는 차라리 경망스러운 토끼나 미련한 곰에게 진심을 구하는 게 나을 것 같다는 말을 도우미에게 털어놓기도 했다.

진수는 수화라는 여자의 진면목과 희망사항 속의 수화를 구분하지 못한 자신의 시력까지 의심했다. 어느 듯 자신감은 시들고 사내다운 기백도 사라졌다. 괜히 머뭇거리는 자신을 보고 아버지가 끌끌 혀를 차는 장면이 꺼림칙하기만 했다. 그는 자기 합리화의 달인인 그녀를 선택한 자신에게 경영인의 자질이 있을지, 경영인의 치명적인 약점을 지닌 게 아닌지, 속으로 끙끙 앓았다. 그는 미모의 여자가 화려한 언술로 자신의 약점을 은폐하고 상대의 응전의지를 무산시키며 환상을 조성하는 과정을 낱낱이 겪은 뒤 비로소 상대를 알아 본 자신이 싫지만, 마리 앙트와네트가 되기 전 상대를 알아본 자신을 긍정하고 위무하기로 마음을 다잡았다.

수화는 위자료로 누리C&C의 아버지 몫 주식을 매입하고, R&D센터 과장으로 입사했다. 김경준 회장은 자신의 지분 매도대금으로 부채를 상환했다. 오빠 수명이 소유하지 못한 회사 지분을 갖게 된 그녀는 하늘을 날아가는 기분이었다. 이혼의 충격도 서서히 사라져갔다.

그녀는 준범이 귀국했다는 소식을 듣고 적잖은 충격을 받았지만 새론이 행방불명이라는 사실을 기억하고 깊이 안도했다. 새론의 소식은 풍문으로도 들리지 않았다. 갑자기 가난뱅이가 된 새론이 이 땅에 살아있을 가능성은 희박했다.

수화가 이혼한 뒤 다섯 달이 지났다. 대지그룹은 계열사는 큰 아들과 둘째 아들에게 맡기고, 그룹은 셋째 아들 진수에게 맡기기로 했다는 이사회의 결정을 발표했다. 말과 말, 문맥과 문맥 사이에 합리적인 선택이라는 점이 강조되어 있었다.

매스컴은 흥미 본위의 추측성 화제로 벌떼처럼 와글거렸다. 재벌은 관행대로 진실은 비밀의 항아리에 밀봉해 두고, 양념 범벅의 고깃 덩어리를 특종에 굶주린 기자들에게 던져주고 겨울 곰처럼 몸을 웅크렸다. 수화는 상처에 고춧가루를 뿌린 듯 얼얼하여 말까지 더듬었다. 말을 더듬는 그녀의 목소리는 공허하게 울릴 뿐이었다.

17. 추정

　정은설의 서류상 이력은 흠잡을 데 없이 깨끗했다. 경기도 안성이 고향인 정은설은 건민제약 입사 1년 후 회장 비서로 차출되어 현재에 이르렀다. 준범은 김새론과 정은설의 이사 패턴이 같다는 사실을 알고도 단지 그 이유로 두 사람을 동일인물이라고 보는 것은 무리수가 아닐까, 생각했다.

　정은설의 가족은 서울로 이사한 뒤, 주소지를 여섯 번 옮긴 끝에 성수동의 45평 아파트에서 살고 있었다. 정은설의 부모는 신장 암에 걸린 외동딸의 치료비를 감당하기 위해 고향의 논밭을 팔기 시작했고, 조상 대대로 물려받은 집까지 팔고 고향을 등진 뒤 다시는 나타나지 않았다. 금의환향은 고향을 등진 사람들의 로망이고, 지방에는 조상이 물려준 땅을 팔고 떠난 사람은 고향 찾기를 부끄러워하는 풍조가 아직 명맥을 이어가고 있었다.

　건민병원의 건강 검진 기록에 은설은 새론보다 세 살 아래이고, 왼쪽 신장을 절제한 것으로 되어 있었다. 현재의 정은설을 보고 암은 상상 불가능했다. 그는 다른 병으로 신장을 절제했을 가능성을 염두에 두고 이상학 회장과 정은설의 사생활을 마지노선으로 남겨두고 정은설을 타킷 삼아 움직이기 시작했다. 그도 팔이 안으로 굽는 패턴을 도외시하지 못했다.

정은설은 이상학 회장을 충실히 보필한다는 인상을 풍기며 안전부장이 모는 로블랑을 타고 호텔 레스토랑을 돌며 저녁 식사를 마친 뒤 연주회나 오페라를 관람했다. 로블랑은 특이하면서 특이하지 않은, 검자주색 덮개가 눈에 띄기도 띄지 않기도 하는 중후한 자동차였다.

오페라 관람이 끝나면 회장과 여비서는 몇 시간이고 대화를 나누다 밤이 깊어지면 각자의 집으로 돌아가는 일정을 반복했다. 밤의 일정에는 음악에 조예가 깊은 회장이 여비서에게 문화적 소양을 길러주는 것이라고 봐 넘길 수 없는 조짐들이 너울거렸다. 두 사람이 시간을 잊고 대화를 나눈다는 점, 순간순간 드러나는 들뜬 표정, 두 사람이 남녀의 길을 걷고 있다는 사실은 시간이 갈수록 부정할 수 없는 징조로 나타났다. 그와 그녀의 물리적 거리가 문제였다. 너와 내가 인접해있지 않으면 화학 작용은 일어나지 않았다. 새론의 실종도 물리적인 거리 확보가 목적인지 모른다.

준범은 회장의 사생활 보호에 전력투구하는 차형모 비서를 뛰어넘지 못하면 아무것도 할 수 없었다. 여비서 정은설도 마찬가지였다. 그녀가 왼쪽 신장을 절제한 이유는 그녀에게 묻거나 재검진을 받게 하면 알 수 있지만 그에겐 그럴 권한이 없었다.

정은설의 고향을 찾은 그는 정은설의 가족이 이삿짐을 노조리 팔고 캐리어만 끌고 고향을 등졌다는 좀 더 세밀한 정보를 입수했다. 캐리어만 끌고 고향을 등졌다는 사실이 그의 귀를 오래 울렸다. 새론과 정은설은 똑같은 방법으로 행방불명이 된 것이다. 준범은 두 사람의 공통점 하나를 컴퓨터에 입력했다. 거기에 함수관계가 있을지, 행방을 감추는 사람들의 일반적인 방식인지 알 수 없지만 어쨌든 그렇게 했다.

그 다음, 그는 정은설의 암을 최초로 발견한 병원에서 의미 있는 정보를 입수했다. 정은설의 암은 양쪽 신장에 퍼져 있었고 수술 불가능한 상태로 퇴원했다는 것이다. 준범은 정은설이 다른 병원에서 암을 수술했을 가능성을 염두에 두고 의료보험 수혜 기록을 찾았으나 없었다. 정은설이 한 쪽 신장은 절제하고 한 쪽은 완치된 것인지 애매모호했다. 그는 그녀의 과거와 현재를 동시에 추적하기 시작했다.

준범은 렌터카에 앉아 있었다. 호텔 지하 주차장에서 이상학 회장과 헤어지고 자신의 소나타를 성수동으로 몰아가던 정은설은 왕십리에서 갑자기 남쪽으로 방향을 틀었다. 준범도 우회전했다. 그녀의 소나타는 성수대교 인터체인지에서 서쪽으로 방향을 잡고 강변북로를 질주하기 시작했다. 도로변의 나무들이 취한처럼 비틀거렸다. 깊어가는 가을 밤 11시, 그녀가 왠지 집과 정 반대쪽으로 달려가고 있는 것이다. 이상학 회장이 다시 부른 것일까. 그렇다면 무슨 일일까. 그는 뛰는 가슴을 안고 액셀을 밟았다. 그녀의 소나타는 자동차들이 쌩쌩 달리는 밤의 도로를 정신없이 달려갔다. 카 레이서 수준인 준범의 손에서도 진땀이 났다. 그녀의 무시무시한 질주는 난지공원 주차장에서 겨우 끝났다. 강변의 써늘한 야기에 몸을 떨며 그는 여우에 홀렸어, 홀린 거야, 중얼거리며 그녀의 뒤를 따라갔다. 그녀는 어둡고 을씨년스러운 밤의 강변공원을 정신없이 가로질러가고 있었다. 산책을 하거나 벤치에 앉아 있거나 잔디밭에 담요를 덮고 누워 있는 연인들에겐 눈길도 주지 않았다.

　밤의 공원에는 낮과 차원이 다를 세계가 펼쳐져 있었다. 어둠은 불가사의한 힘으로 지상의 모든 것을 덮어 누르고, 어둠의 무게에 짓눌린 가로등은 발발 떨며 가까스로 명맥을 이어가고 있었다. 그녀는 맹수에 쫓기는 사슴처럼 공원길을 가로질러가 강변길에 닿았다. 강둑 아래 강물은 끊임없이 출렁거렸다.

　어두운 강변 풍경은 음산한 꿈속처럼 추상적이었다. 형태와 색깔을 상실한 사물들은 검은 윤곽선만 남고, 강물은 쇳물처럼 출렁이며 흘러갔다. 강 언덕에서 물가까지 급경사 오솔길은 물막이 시멘트 옹벽에 머리를 대고 마감되어 있었다. 오솔길에는 망초와 달맞이꽃이 식물의 무덤처럼 둥글게 부풀어 있었다. 어두운 강심 여기저기 꽂혀 있는 돛단 요트들은 장난감 배처럼 작았다. 건너 편 강 언덕에 늘어서 있는 아파트 창문들은 사각의 대포 구멍처럼 뻥뻥 뚫려 있었다. 어둠은 우주라는 비현실적인 공간에 몸피를 늘려가는 거대 동물처럼 도시를 파먹고 있었다.

　그가 한 눈을 파는 사이 정은설이 어디로 갔는지 보이지 않았다. 준범은 바람에 수런거리는 풀숲을 노려보며 그녀가 마지막 앉아 있던 지점으로 조심조심 이동하여 마른 풀 속에 웅크리고 앉았다. 자동차 소리와 풀벌레 울음소리가 커다랗게 되살아났다. 눈앞을 스치는 흰 연기 같은 것을 따라 다시 조심조심 아래로 내려갔다. 정은설은 버드나무 덤불 아래 검은 실루엣으로 앉아 있었다.

　시간은 더듬더듬 기어가고 강물은 출렁이며 흘러갔다. 그녀는 왜 어두운 강가에 우두커니 앉아 있는 것일까. 이렇게 깊은 가을 밤, 그녀를 이곳으로 불러낸 것은 무엇일까. 그녀는 단지 밤의 난지 강변에 매혹된 것일까, 물결이 출렁이는 강변에서 무엇을 보고 있는 것일까. 혹여 날을 세우고 달려드는 물결을 보고 있는 건 아닐까.

만약 새론이 아닌 정은설이라면 그녀는 왜 강물에 넋을 팔고 있는 것일까. 강물을 무서워하던 새론이라면 이 깊은 가을 밤 강가에 혼자 앉아 있을 리 없었다. 물이 날을 세우고 달려들었다는 말은 새론의 엄마의 소문과 함께 사람들의 입술에 오르내리곤 했었다.

"도우미에게 애들을 맡기고 외국에 나갈 땐 알만한 일 아니겠어요? 어디까지나 소문은 소문이지만……."

"그 여자 딸 얼굴 보는 게 무섭다고 정신병원에 들락거리다 해외에 나가기 시작했다는군요. 왜 딸의 얼굴이 무서울까요?"

"딸은 걸핏하면 물의 날이 무섭다고 흐느껴 우는 꿈을 꾼답니다."

물의 날이라면 새론이 잠꼬대로 하던 말이고 꿈이니까 별 의미를 두지 않았는데 사람들은 새론의 어머니와 연계하여 말했다. 준범은 물이 날을 세우고 달려드는 꿈에서도 나뭇가지가 끊어지느냐고 새론에게 물은 적이 있었다.

"아니야, 손이 끊어져. 난 엄마의 손을 움켜쥐고 물살을 헤쳐가고 있었어. 강가에서 던져준 밧줄은 엄마의 손에 닿을 듯 말 듯 요동치고…… 나는 엄마의 손을 꽉 움켜잡았어. 엄마 손을 놓으면 끝장이었지. 짧은 팔로 밧줄은 잡을 수 없고, 강물은 밀려들고……. 물이 날을 세우고 달려들었어. 순간 엄마와 내 손이 끊어졌어. 물결에 실려 얼마나 흘러갔던지 내가 모래밭에 누워있는 거야. 낚시꾼이 떠내려가는 나를 보고 강물에 뛰어들었대. 그 뒤 꿈에 물의 날이 보이는 거야. 날카

롭게 빛나. 무서워……."

새론은 몸을 떨며 손바닥으로 얼굴을 가렸다. 새론은 수양벚꽃 나무나 버드나무를 좋아하지 않았다. 가느다란 나뭇가지가 언제 끊어질지 모른다고 했다. 그런데 새론인지 모를 여자가 버들가지 밑에 앉아 밤의 강물을 하염없이 바라보고 있는 것이다.

정은설이 미쳐가는 중일까. 그가 미쳐가는 중일까. 갑자기 정은설이 벌떡 일어섰다. 버들 덤불이 들까불며 출렁이고, 풀벌레 울음소리가 그악스럽게 되살아났다. 정은설은 비탈길을 씽씽 올라가더니 언덕 너머로 순식간에 사라졌다. 이것은 한낱 꿈일까, 그 자신도 강변도 그녀도 허무맹랑하기만 했다.

다음날 아침, 신문 경제란에 건민그룹이 에버테크를 인수했다는 기사가 떠올라 있었다. 소리 소문 없이 전격적으로 이루어진 인수합병이라며 이상학 회장의 능력이 다시 한 번 빛을 발한 것이라고 긍정 평가한 기사였다. 오래 전부터 의료기의 핵심 부품인 콘덴서를 한 단계 업그레이드하겠다는 일념으로 만반의 준비를 갖춰온 이상학 회장이 경쟁사보다 월등히 높은 가격을 지불하고 에버테크를 인수했다고 했다. 건민 의료기를 수직 계열화하려는 그의 집념이 표면화된 것이라고 생각하며 준범은 소리 소문 없이, 전격적으로, 오래 전부터, 일념, 월등히 높은 가격이라는 단어의 연쇄를 입안에 굴려보았다. 혀끝에 감도는 아린 맛을 삼키며 그는 신문기사를 몇 번이고 되풀이 읽었다.

그가 미국에 머물 당시 에버테크가 일본의 콘덴서 업체와 경쟁하며 승승장구하고 있다는 기사를 읽은 적은 있지만 새롬을 품은 에버테크를 이상학 회장이 인수하다니, 불시에 뺨을 맞은 듯 얼떨떨했다. 준범은 새롬-에버테크-건민으로 이어지는 먹이사슬의 종결자인 아버지의 얼굴을 응시하며 물었다.

"이번엔 에버테크를 안으셨군요. 큰 업적을 이루셨어요. 처음부터 새롬을 안았더라면 좋았을 텐데, 너무 오래 기다리신 거 아닙니까?"

아버지는 아들을 흘겨보며 대답했다.

"그래, 내가 힘 좀 썼다. 다른 회사보다 월등히 높은 가격을 지불하는 게 쉬운 일은 아니었다. 경제 논리에 입각한 것이지만……."

"설마 경제 논리를 넘어선 건 아니겠지요?"

아버지는 벼락처럼 쏘아붙였다.

"너, 아직 많이 아픈 거지? 오늘 당장 병원에 입원해라!"

코앞에서 할랑거리는 위험을 보고 준범은 몸을 떨었다. 그러면 충분히 그렇게 할 수 있었다.

준범이 건민의 내부를 파고드는 건 어리석은 일, 외부를 파고들 수밖에 없었다. 내부자들은 회장의 촉수일 테고, 외부자를 만난다면 사건의 언저리를 맴돌다 말 공산이 컸다.

전 에버테크 회장 양태영 씨는 새롬-에버테크-건민으로 이어지는 먹이사슬의 내막을 샅샅이 알고 있을 테고, 분노에 사로잡혀 있을 인물이었다. 분노는 강하고 약한 역설의 감정이었다. 에버테크 회장의 분노를 자극하는 게 시작일 수 있었다. 양태영 회장도 자신의 성공과 실패를 자기 미화하겠지만 오물은 겹겹의 비단으로 감싼다 해도 악취를 완전히 숨기지는 못했다. 준범은 악취의 근원을 향한 대장정에 나선 셈이지만 전 에버테크 회장에 대한 정보는 하나도 없었다.

양태영 회장은 자신의 휴대폰에 닿아 번쩍이는 전파를 차단하지도,

이상학이라면 꼴도 보기 싫다는 투를 숨기지도 못했다. 그는 전파가 빗발치는 공간 저편에서 마지못해 응한다는 태도를 취했다. 준범은 빙긋 웃었다.

에버테크 회장이 지정해준 상류층 전용의 프라이빗 레스토랑은 서양화가가 경영하는 곳으로 화가 본인의 그림과 컬렉션으로 스타일링된 중후한 건물이었다. 그냥 지나치기 쉬운 격자무늬 쇠창살문을 밀치자 문이 열렸다. 건축물의 내부는 화가가 생계와 작품 전시를 해결하는 도랑치고 가재 잡는 양수 겸장의 장소로 알맞은 구조였다. 정원에 심어진 희귀종 나무들, 작은 연못에 떠 있는 연꽃, 잔디밭을 가로지르는 화산암 징검돌, 모든 시설물의 선과 무늬가 아름다웠다. 준범과 양태영 회장은 화가가 명예를 걸고 프라이버시를 보장해준다는 레스토랑 2층 룸에 마주 앉았다.

양태영 씨가 재벌 3세라는 천둥벌거숭이를 거들떠보지도 않을 것이라는 예상은 빗나갔다. 그의 얼굴에 이빨 빠진 호랑이의 모습도 보이지 않았다. 오십 대 중반이라는 나이에 희망이 있는지 모른다. 양태영 회장은 신 중년이라는 말이 어울리는 사람이라고 생각하면서 준범은 흥행 참패 후 세 가지 신진대사 기능 중 먹고 잠자는 기능이 마비된 상태로 오피스텔에 누워 있던 자신의 모습을 떠올렸다. 그는 수프만 몇 번 떠먹고 고기와 샐러드는 건드리지도 않았다. 잔인해야 할 차례였다.

영화의 흥행 참패 후 그는 거리의 가로수가 거인나라의 병정처럼 무시무시해서 밖에 나갈 엄두를 내지 못했다. 새론의 아버지의 절망, 분노와 참담한 마음이 그의 가슴을 휘젓고 있었다. 사업에 실패한 A기업인은 1년의 감옥살이 끝에 백발이 성성한 노인이 되고, B 기업인은 자살했다. 실패한 기업인은 천국에서 지옥으로 굴러 떨어진 자의 낙담과 분노에 생명이 닳는 모양이었다. 양태영 회장도 거대한 방망이로 세상을 때려 부수고 싶은 충동에 사로잡혀 있을지 모른다. 그와 마주 앉은 룸은 아늑하지만 모래폭풍 휘몰아치는 사막으로 변할 가능성이 잠재된 공간이었다.

양태영 회장에게 음모꾼의 면모는 보이지 않았다. 이조의 선비처럼 갸름한 얼굴에 눈은 가늘고 코는 높지도 낮지도 않아 이승만 대통령을 연상케 하는 인물이었다. 그는 준범을 쏘아보며 만나자고 한 이유를 물었다. 수 천 명 부하를 거느리던 리더의 위세가 아직 살아 있었다.

"전 나쁜 아들입니다."

"아버지에게 반항하는 아들 얘기를 들어줄 시간이 없다는 건 아실 테고……."

준범의 말을 구차한 변명으로 돌려놓은 그는 자신은 가족 문제 상담원이 아니라고 잘라 말했다. 준범은 그의 심장을 뜨겁게 지져대고 있을 휴화산을 감지하고 눈을 감았다. 한동안의 침묵 후, 준범은 저는 다만 주변 현실에 눈 감고 싶지 않을 뿐이라고 건조한 목소리로 말했다.

"제 아버지와 회장님 사이에 불상사가 있었다면 원상 복구할 기회도 있을 거라고 봅니다."

"원상복구라고? 세상이 정석대로 된다고?"

순간 준범은 자신이 함정에 빠졌다는 사실, 자신의 위치가 위험하다는 사실을 알아차리고 의기소침해졌다. 자신의 생각에 매몰되어 상대의 마음을 감안하지 않은 것이다.

"제가 할 수 있는 최선을 다한다는 의미입니다."

"허허, 자기 과신이 지나치구면."

"……"

"피는 속이지 못해!"

그는 하필 준범의 몸에 돌고 있는 피를 겨냥했다. 그 피는 고갈되어 마땅할 것 같았다. 자신의 핏줄을 타고 탁하게 돌고 있는 피를 생각하며 준범은 인간의 탄생은 콩 심은데 콩만 나는 게 아니라 팥도 난다는 말은 감히 하지 못했다.

"전 영화감독입니다. 지금 절벽에 서 있는 셈이지요."

준범은 자신의 실패담을 구구절절 늘어놓았다. 회장님의 마음을 조금이라도 짐작한다는 투가 역력했다. 10년 전 아버지가 반대하는 여자 친구가 행방을 감춘 뒤 미국으로 떠나야 했던 얘기도 대충 털어놓았다. 건민이 에버테크를 인수한 사건은 충격이 아닐 수 없다면서 아버지가 낸 구멍을 아들이 메울 수도 있다고 말했다. 에버테크 회장의 눈이 번쩍 빛났다.

"그럼 나한테 어떤 보상을 해주겠다는 거요?"

준범은 우선 아버지가 낸 구멍에 대해 알아야 하지 않겠느냐고 말했다.

"구멍을 메우겠다고? 이보게 젊은이, 자네가 가업을 이어받긴 글렀다는 거 아시오? 돈은 그렇게 만만한 물건이 아니지. 이상학이도 만만한 인물이 절대 아니고……. 이제 그만 아버지에게 직접 물어보는 게 좋을 것 같구먼. 아름다운 얘기 많을 거요."

그는 섬뜩한 미소를 날린 뒤 무겁게 침묵하다가 내가 음모와 술수로 새롬을 물 말아먹었다는 소문을 듣고 여기 왔다면 그만 돌아가는 게 좋겠다고 말했다. 자신이 먼저 새롬을 거론했다는 사실은 까맣게 잊고 그렇게 말했다. 이어서 그는 신제품 정보와 핵심 기술자를 빼내는 것은 업계의 오랜 관행이고, 이 나라 굴지의 재벌도 새롬 회장도 그런 식으로 기업을 키운 사람들이라는 일반적인 얘기를 심중하게 털어놓았다. 준범은 새롬 회장에게 책임을 묻는 것이냐는 질문을 삼키고 말했다.

　"당시 시중에 떠도는 소문에 진실이 있다는 말이 있었지요."

　"에버테크가 트로이 목마를 새롬에 심어놓았다는 얘기 말인가?"

　준범은 속으로 쾌재를 불렀다.

　"트로이 목마가 새롬 회장의 귀에 거짓 정보를 주입했다는 소문이 있었어요."

　"누구라고 하던가? 새롬 회장에게 골드만삭스의 펀드 매니저를 소개한 사람이라고 하던가?"

　에버테크 회장이 골드만 삭스의 펀드매니저를 소개한 사람을 언급했다면 핵심 정보일 가능성이 컸다. 펀드매니저는 10년 전 그가 접했던 정보 중 제일 흥미로운 인물이었다.

　"골드만 삭스의 펀드매니저가 누구인가요?"

　에버테크 회장은 질문을 돌렸다.

　"도대체 자네가 새롬에 관심을 갖는 이유가 뭔가?"

　"오늘의 사태와 연관이 있지 않을까 싶습니다."

　"좀 더 솔직했으면 좋을 텐데……. 십년 전 헤어진 여자 친구가 새롬 회장 딸 아닌가?"

준범은 포크를 떨어뜨리지 않기 위해 안간힘을 다했다. 과연 회장은 아무나 하는 게 아니었다. 그는 상대가 무심코 흘린 말 속에서 진실을 건져 올린 사람이고, 이상학 회장은 그런 사람을 패망시킨 인물이었다. 두 사람 모두 포식자의 유전인자를 지니고 있다고 봐야 했다.

양태영 회장은 경영 현장에서는 경쟁사와 사활이 걸린 게임을 벌리게 마련이고, 이런저런 소문은 당연한 것 아니냐고 반문했다. 새롬 회장이 투자에 실패한 건 스스로 무덤을 판 경우이고, 에버테크는 빈사 상태에 빠진 새롬을 품었을 뿐이라고 말했다. 또 기업인이 소문에 따라 선물옵션에 투자했다면 패망은 당연하지 않겠느냐고도 했다.

"새롬 회장이 소문의 장본인이 말하는 대로 투자를 했고, 실패했다는 말씀인가요?"

"배후가 있을 수도 있지. 리더 주변에는 아첨배도, 적도 있게 마련이니까."

배후라는 말에 방점이 찍히고, 정체모를 검은 그림자가 바짝 다가와 있다는 느낌을 강하게 받았다. 에버테크 회장은 트로이 목마의 정체를 알고 있는 것 같았다. 하긴 새롬을 인수한 그가 아첨꾼의 정체를 모른다면 그게 더 이상한 일이었다.

선 에버테크 회상은 농종 업체 사이에 생사가 걸린 문제가 걸리면 피 말리는 싸움이 벌어지게 마련이고, 최전선에서 투쟁하는 사람은 눈에 불이 튈 수밖에 없으며, 상대 기업에 스파이라도 박아 놓고 싶은 마음 간절해진다는 말까지 털어놓았다.

또 그는 대부분의 기계는 다른 부품과 총체적인 성능을 나타내지만 콘덴서는 단독으로 품질을 드러내는 정직한 기계이고, 콘덴서는 전자 완성품의 품질을 좌우하는 중요한 부품이라고 했다. 콘덴서가 크면 완성품도 크고, 콘덴서 불량은 완성품의 불량으로 직결됐다. 전자 완성품 회사는 콘덴서를 시험해보고 납품을 결정하고, 콘덴서 제조 회사는 품질에 사활을 걸 뿐 광고에 신경 쓸 일 이유가 없었다.

"펀드매니저도 있고, 기인이라는 사람도 있소."

좀 전 그는 펀드매니저에 대해 말했고, 지금은 기인에 대해 언급했다. 두 사람에게 혐의를 걸어두어 상대를 헷갈리게 하려는 술책인지 모른다. 10년 전 시중에 떠돌던 골드만 삭스의 펀드매니저에 대한 소문은 진실을 숨기기 위한 연막전술일 가능성도 있었다. 양태영 회장이 기인에 초점을 맞춰 얘기했다면 의미 있는 정보인지도 모른다. 양태영 회장도 처음엔 '기인'이라는 사람을 낮도깨비 취급했지만 소문은 들불처럼 번져갔다. 들불은 꺼질 듯 말 듯 온 들판을 태운 뒤 비로소 꺼지는 무서운 불이었다. 김경재 회장의 활동이 왕성하던 시절, 기업주변에 꿈에 주가지수가 보인다는 기인에 대한 소문이 파다하게 퍼져 있었다는 것이다.

계열사를 통해 수표 돌려막기를 하던 A기업 회장은 그를 만나 파산을 모면하고, 무리하게 사업을 확장하다 위기에 몰린 P재벌 회장은 그의 도움으로 가까스로 위기를 넘겼다는 식의 밑도 끝도 없는 얘기였다. 기인을 만나고 싶지 않은 기업인이 있다면 그게 더 이상한 분위기가 팽배하고, 대재벌의 경제 연구소에서 그의 뇌파를 분석해보고 싶어 한다는 소문이 파다했다. 과학적 데이터와 싱크 탱크의 조언과 시대를 읽는 리더의 혜안이 경영의 성패를 좌우한다는 점에서 기인에 대한 소문은 기업인의 동물적 감각에 부응하며 점점 부풀어갔다. 그것은 기업인들에게 일종의 최음제와 같았다. 소문은 과학적 데이터로 뽑을 수 없는 변수에 기생하며 업계로 번져갔는데, 기업 환경이라는 면에서 미국도 중국도 일본도 한국도 변수가 많고 신비에 기대고 싶은 기업인의 심리를 부정하기 힘들었다.

준범은 에버테크 회장의 말에 바짝 귀 기울였지만 그는 기인에 대한 소문은 말 그대로 소문일 뿐, 더 이상 아는 게 없다고 잘라 말하고 자리에서 일어섰다. 레스토랑 매니저가 계산기를 두드리는 사이 화장실 쪽으로 사라진 그는 다시 나타나지 않았다. 식사비와 시간을 소비한 만큼 정보를 제공한 게 아닐까, 준범은 생각했다.

그는 새롬에 최후의 일격을 가한 인물이 펀드 매니저일 수도, 기인일 수도 있다는 선에서 정보를 수렴했다. 펀드 매니저를 기인이라고 했을 수도, 기인을 펀드매니저라고 했을 수도, 같은 사람을 각기 다르게 표현했을 수도 있었다. 세상은 두루뭉술 엉켜 있어 가닥이 잡히지 않았다. 소문이라는 것은 실상의 언저리를 맴돌며 관행에 기대어 사람의 뜻을 표현하는 애매모호한 소통 수단이고, 사람의 불완전한 정신에 뿌리를 내리고 생명을 이어가는 마물인지 모른다. 양태영 회장의 마지막 말이 그의 가슴에 쇳덩이처럼 매달려 있었다.

18. 절망

　준범은 머리를 식히겠다는 핑계로 집을 나와 오피스텔에 머물렀다. 독한 양주에 취하지 않고는 잠들지 못했다. 밥도 먹히지 않아 몸이 수척해갔다. 갈피를 잡을 수 없는 날들이 흘러갔다. 살기 위해 뭐든 해야 할 것 같았다. 일에 빠져 미친 듯 움직이면 숨을 쉴 수 있을는지, 〈기인을 찾아라〉 준범은 무협영화의 제목과 같은 구절을 중얼거리며 휘적휘적 걷고 있었다.

　전 에버테크 회장 양태영 씨의 핸드폰은 지금은 없는 번호라는 기계음이 난무했다. 그는 그의 집을 찾아갔으나 인터폰에서 그 사람 이사 갔다는 말이 흘러나왔을 뿐이다. 준범은 에버테크 회장의 가족이 처한 곤경을 새론의 가족의 경우에 빗대어 상상했다. 그는 지금 눈앞에 새론을 두고도 말을 걸지 못하고 있는지 모른다. 그러고 보니 새론은 이미 새론이 아닌 정은설이었다. 그동안 정은설을 너무 강렬하게 겪은 나머지, 정은설과 새론을 같은 인물로 생각할 수 없는지 모른다. 그는 에버테크 회장이 이사 갔다는 파주시 교하읍 하지석리로 자동차를 몰아갔다.

　자유로를 달려 도시가 잦아드는 도로에서 소나무 사이로 난 오솔길을 따라가니 고만고만한 야산에 둘러싸인 하지석리가 나타났다. 휴전선이 코앞인데도 6·25도 비켜간 길지라고 했다. 전 에버테크 회장의 가족은 판넬 창고에 방과 부엌을 들인 가건물에 살고 있었다. 집주인인 중년 여인은 월세 받는 재미가 쏠쏠하다는 듯 세입자가 부자라는 자랑을 한동안 늘어놓았다. 바깥양반은 외국에 출장가고 두 딸은 미국 유학 중이며, 부인은 심심풀이 땅콩 삼아 동네 비닐하우스에 나가 야채밭 김을 매고 있다고 했다. 하나의 의문이 떠올랐다.

"아들은 없나요?"

아들이라는 발음이 강조되어 있다는 걸 알 리 없는 여인이 말했다.

"아들이요? 아들 없다고 하던데요?"

에버테크 회장 아들이 새롬을 망쳐먹은 핵심 인물이라는 정보는 팩트가 아닌 모양이었다. 궁지에 몰린 부모일지라도 살아 있는 아들을 없다고 할 리가 없었다. 집안이 망해버린 지금은 거짓말 할 이유도 없었다.

에버테크 회장 부인은 반농반도 마을의 선망이 되어 있었지만 〈심심풀이 땅콩〉이라는 말에 농업 노동자로 전락한 회장 사모님의 고통이 어른거리는 듯싶었다. 집 주인의 말대로 양태영 씨가 집에 없다면 '기회'일 수도 있었다.

준범은 하지식리 부근 E마트로 달려가 쇠고기와 조기를 사서 자동차에 싣고 판넬 하우스가 내려다보이는 언덕에 자동차를 세워 놓고 눈을 감았다. 창문에 노란 불이 들어온 것을 보고 마을로 내려가 판넬 하우스의 현관문을 두드렸다. 집 주인의 전언이 있었던 듯 현관에 나타난 중년 여인은 그의 아래 위를 훑어보고 서둘러 문을 닫으려고 했다. 재빨리 그는 현관문 사이에 머리를 디밀고 영화감독이라는 신분부터 밝히고 기업의 흥망성쇠에 관한 영화를 찍기 위해 취재차 왔다고 주절거렸다. 기업 주변 얘기를 들려주신다면 사례는 당연하다고 덧붙이는데 손에 진땀이 났다. 그녀는 일단 들어와 보라며 한 발 뒤로 물러섰다. 가스레인지에 커피 물을 올리는 그녀의 등 뒤에서 그는 E마트 봉지에 든 와인 병을 꺼내 놓고 오프너로 마개를 열었다.

격변에 휘말린 그녀는 회장 사모님이 농업 노동자로 전락한 절망을 느끼지 못할 정도로 어리둥절한 상태인지 모른다. 체면에 살고 죽는 사람은 패장 자신일 뿐, 그의 처에게 남편이라는 사람은 누군가에게 하소연이라도 하고 싶은 대상인지도 모른다. 준범은 집이 비어 있다는 허허로움과 한 잔의 와인이 중년 여인으로 하여금 새롬−에버테크−건민으로 이어진 먹이사슬의 내막을 털어놓게 할지도 모른다는 기대를 품고 그녀와 마주 앉았다. 한 잔 두 잔 술이 돌았다. 여걸 타입의 그녀는 술이 불콰하게 오른 얼굴을 치켜들고 말했다.

"까짓 세상이 별 건가? 개뿔, 숨기고 자시고 할 게 뭐야. 이 마당에……. 한 잔 걸치고 봅세다, 우리."

그녀는 자신을 옭아맨 끈을 툭툭 끊고 북한 말 흉내로 어색한 분위기를 녹이며 준범을 〈우리〉 안으로 끌어들였다. 자신이 해야 할 말을 대신 척척 해치우는 그녀를 보고 그는 긴장이 풀리는 걸 느꼈다.

그녀는 좋은 영화를 만들겠다는 감독님에게 도움을 줄 수 있다면 좋고, 나중에 조연배우로 써준다면 더욱 좋겠다고 걸걸한 목소리로 말했다. 준범은 사모님은 조연배우 뺨치는 연기자가 될 수 있을 것이라고 설레발을 치고 들어갔다. 조선 양반 타입의 양태영 씨와 부인의 성격은 판이하게 달랐다. 그녀라면 에버테크 경영에 깊이 간여했을 가능성이 컸다. 그는 여걸의 손을 잡고 캄캄한 굴속 깊이 들어가 금맥에 닿을 가능성을 꼽아 보며, 조연은 그녀에게 탐스러운 미끼가 될지도 모른다고 생각했다.

"사모님이 다음 영화에 여회장님 역할을 맡으시면 어떨까 싶습니다. 출연료로 난관을 헤쳐 가는 데 도움이 될지도 모르지요. 기업 영화에 여회장이 등장하면 재미있을 겁니다. 사모님이 배우가 된다고 뭐라 할 사람 없잖습니까?"

그는 전 에버테크 회장 부인에게 명함을 건넸다. 갑자기 기업 주변 얘기를 영화로 만들어도 될 것 같은 예감이 들었다. 어쨌거나 여걸이 직면한 간난신고(艱難辛苦)는 새론이 간 길이고, 여걸의 남편이 닦아놓은 길이었다. 여걸과 그녀의 남편은 지금 막 그 길에 한 발 들여놓은 셈이었다.

"사내들 말이에요. 허접해요. 나 남편이 새롬을 인수하겠다고 미친 망아지처럼 날뛸 때 도시락 싸들고 다니며 말린 사람이우. 제 돈이라면 누가 말리나요? 빚이라니 잠이 오지 않습디다. 나 사업 초기 공장 사람들 밥해 주고 결근한 애들 땜빵질하며 회사를 키운 사람이우. 그런데 이리 쫄딱 망해 먹었으니……. 죽어도 눈을 감지 못해."

그는 얼굴을 숙이고 말했다.

"그러셨군요. 안방에서 호강한 사모님이 아니시군요."

"빚이 뭔가요? 누가 빚을 공짜로 준대요?"

그녀는 준범을 몰아세우듯 말했다.

준범은 영화를 찍으며 빚을 얻어 쓴 얘기로 맞장구를 쳐주고, 에버테크에 빚을 준 사람이 누구냐고 물었다.

"건민 회장이지요."

심장이 쿵 내려앉는 충격 속에서 그는 건민 회장이 생소하다는 표정도 짓지 못한 채 우두커니 앉아 있었다. 또 다시 충격과 함께 그의 앞에 등장한 이상학 회장, 그는 망연히 차라리 허수아비가 되었으면 좋겠다고 생각했다.

여걸은 계속 말했다. 사업 초기 에버테크 회장은 경영권 상실을 각오하고 회사 지분을 주식회사 건민에 맡기고 자금을 빌려 썼다고 했다. 안전장치로 10년간 연차적으로 자사 주식을 재 매입하겠다는 풋옵션을 걸었다. 건민 회장도 에버테크의 경영권을 건드리지 않겠다고 약속했다.

그 후 건민 회장과 에버테크 회장은 형제처럼 의지하며 기업 경영에 매진해왔다. 건민 회장이 에버테크에 창업자금을 빌려 준 인연이 이상학 회장이 경영의 노하우를 전수해주는 사이로 진전되고, 경영 자금을 빌려주는 사이로 발전했다. 에버테크의 사세가 확장되자 이번엔 정보교환 역할이 바뀌었다. 에버테크 회장이 동종업체 새롬의 정보를 건민에 전하고 건민 회장의 훈수를 받는 사이로 변한 것이다. 이상학 회장의 말대로 하면 일이 술술 잘 풀렸다. 문득 이상학 회장이 새롬을 망친 핵심인물일 수도 있다는 생각이 준범의 머리를 스쳐 지났다. 괴물의 그림자가 어릿거리는 검은 공간으로 이동한 느낌이었다. 방금 새롬을 정면으로 대할 기회가 사라진 건 아닐까. 가슴이 서늘해지는 걸 느끼며 그는 지구에서 내리고 싶은 충동에 사로잡혔다. 이렇게 자신을 죽고 싶게 만든 사람이 인생의 원인이라는 역설을 뒤엎어버리면 속이 시원할 것 같았다.

새롬과 에버테크의 경쟁이 격화되면 될수록 두 사람은 자주 만났다. 하지만 두 사람의 목적은 같고 최종 목적은 달랐다. 그 점을 알지 못하는 에버테크 회장은 새롬을 손에 넣기 위해 새롬의 내부를 야금야금 갉아먹고, 건민 회장은 먼 후일 에버테크를 인수하기 위한 포석을 광범위하게 깔아놓기 시작했다. 먹고 먹히는 바둑판 삼국지의 시작은 친밀한 사이에서 발생했다. 이상학 회장이 신생 기업을 키워서 잡아먹는 포식자다운 방식으로 사업을 확장해왔다는 사실을 알면서도 양태영 회장은 자신은 예외라고 아전인수 해석을 하는 우(愚)를 범한 모양이었다. 누구든 그렇게 하면 마음이 편하고 건강에 이롭기는 했다.

"건민 회장 말이요. 그런 식으로 새롬과 에버테크를 물 말아 잡수신 겁니다."

여걸은 그를 빤히 쳐다보며 한숨지었다.

"남편이 채무를 갚겠다고 연락하면 이상학 회장은 이런저런 이유로 주식 양도를 미뤘어요."

경영 현장에선 수시로 급전이 필요했다. 빚 갚을 돈으로 급한 구멍을 때우고 나면 한 발 늦게 건민에서 연락이 왔다. 에버테크는 채무기일을 연장해달라고 통사정했다. 처음 건민은 마지못해, 다음엔 말없이, 다음, 다음엔 시원스레 채무 상환을 연장해 줬다. 에버테크는 언제나 건민에 빚이 있었고, 에버테크 내부엔 건민의 빚은 빚으로 여기지 않는 풍토가 조성되어 있었다. 특별한 것이 일상화되면 당연시 하게 되고, 당연한 것은 중독성이 강해 주의를 기울이지 않기 마련이었다.

234

경영인이 빚을 지는 것은 독배(毒盃)를 마시는 것과 같았다. 에버테크는 건민에 담보로 잡힌 주식을 찔끔찔끔 재매입하고, 건민은 에버테크가 좀비기업이 될 때까지 에버테크 주식을 은밀히 줄기차게 매집했다. 건민이 에버테크 인수협상자로 등장했다는 소식을 듣고 에버테크 회장은 길게 탄식했다. 이미 건민은 누구도 넘볼 수 없을 만큼 많은 에버테크 주식을 확보하고 있었다. 여걸은 한숨을 푹 쉬었다.

"건민 회장이 우리 회사를 걍 후루룩 잡수신 겁니다."

준범은 뜨거운 얼굴을 숙였다.

"남편과 나는 회사를 살린답시고 어음에 회사채에 난리 부르스를 땡겼어요. 거덜 날 짓은 모두 한 거지요. 영화감독이라고 했을 때 알아봤어요. 건민의 아들이라고……. 하지만 그것만 알아챌 바보가 어디 있겠어요? 이만 하면 쇠고기, 조기 값은 했나요?"

준범은 부처님 손바닥에서 놀아난 땡중처럼 벌겋게 달아오른 얼굴을 숙이고 침묵했다. 새름을 먹은 에버테크 회장과 에버테크를 먹은 이상학 회장의 비행이 낱낱이 드러난 건 아니지만 어쨌든 그는 땡중을 놀려먹는 여인과 마주앉아 있었다.

"이만하면 건민 회장의 트릭이 대충 드러나지 않았나요?"

여걸은 준범의 얼굴을 빤히 쳐다보며 물었다. 그는 붉게 달아오른 얼굴을 숙이고 음모라는 말 대신 트릭이라는 말을 써서 자신을 배려해 준 여걸의 마음을 어림해 보았다. 준범은 금맥이 묻힌 동굴로 안내해 줄 여걸에게 무릎을 꿇고 상생(相生)의 길을 찾아보자고 중얼거렸다. 그에게도 무른 사람을 쉽게 대하는 경향이 있었다. 생전 처음 만난 여인에게 무릎을 꿇는 연극적인 모션으로 그는 이상학 회장의 아들답게 굴었다. 여걸에게 에버테크를 돌려주지 않는 이상 위로가 될 리 없다는 걸 알면서도 그는 밤을 지새우며 여걸과 얘기하고 싶었다.

지구촌은 경제 전쟁에 영일이 없었다. 경제 생태계는 눈만 뜨면 인플레, 디플레, 가난, 실업, 빈부차이라는 말들이 난무했다. 경제지도는 겹쳐지고 찢어지고 뒤엉켰다.

경영 현장에서도 음모와 술수가 판을 쳤다. 먼 옛날 고대의 왕은 지략가의 도움으로 나라를 다스리고, 현대판 경영인은 과학적 데이터와 싱크탱크의 조언을 참고하여 기업경영에 매진했다. 경영의 리더는 작두를 타는 무당처럼 한 발 삐끗하면 결단이 나는 칼 날 위에서 춤을 추는 꼴이었다. 작두 밑의 수렁은 돌멩이처럼 떨어지는 사람을 집어삼키려고 소용돌이치고 있었다. 소리 없는 전쟁에 경제 지도는 수시로 변했다. 경영의 리더가 패착을 두면 많은 사람이 후유증에 시달리거나 거덜이 났다. 여걸은 궁중에서 일을 도모하는 부류는 내시와 궁녀라고 했다. 준범은 궁녀라는 말에 주목하며 새론의 집 궁녀가 모종의 음모에 가담했을 가능성을 꼽아 보았다. 그러니까 내시와 궁녀는 왕의 일정과 곳간 열쇠와 음식물을 주관하는 문고리 3인방이었다. 여걸은 궁중이라는 은유 뒤에서 남편의 험담을 해야 하는 자신과 솔직한 성격을 얼버무릴 요량이고, 그는 '궁녀' 라는 말을 뒤적여 볼 속셈이었다. 그는 충격과 당혹감 속에서도 여걸의 〈적당히〉라는 너글너글한 판에 발을 디딜 수 있을 것 같았다.

여걸도 자신의 입장을 도외시할 만큼 객관적일 순 없겠지만 과거는 돌이킬 수 없다는 사실, 자신에게 남은 게 아무것도 없다는 사실이 그녀를 자유롭게 할 가능성도 있었다. 어머니 연배의 여성이라 해도 낮선 남자가 더 이상 머물 수 없는 밤 2시, 준범은 〈궁중〉이라고 중얼거리며 여걸과 핸드폰 번호를 교환하고 물러나왔다.

소나무 숲에서 술렁이는 늦가을 밤의 야기가 골짜기를 압도했다. 감기가 오려는지 뼈가 시리고 욱신거렸다. 그는 소나무 숲 깊숙이 헤드라이트를 비추며 하지석리를 빠져나왔다.

다음날, 준범은 기업의 흥망성쇠에 관한 시나리오를 쓰기 시작했다. 여걸에게서 받은 느낌이 아직 생생할 때 컴퓨터에 저장해 두기로 했다. 어두운 가슴 속에서 작품성과 흥행성을 아우르는 영화에 대한 미련이 무럭무럭 성장했다. 작은 나라들끼리 먹고 먹히는 전쟁에 영일이 없던 춘추전국 시대의 국경선이 눈앞에 어른거렸다.

준범은 율전의 다른 집에 취업한 새론의 집 가사 도우미였던 여인을 만나 이런저런 얘기 끝에 새론이 망할 무렵, 김 회장이 상식한 음식물은 물 한잔도 빠짐없이 알려주면 고맙겠다고 말했다. 김 회장이 밤잠을 이루지 못해 제대로 판단할 수 없었다는 새론 임원의 말과 궁녀라는 여걸의 말의 접점에 불꽃이 튀고 있었다.

김 회장이 매일 마신 루이보스티가 문제꺼리로 등장했다. 수화의 어머니가 김 회장에게 준 선물이라고 했다. 루이보스티는 커피와 비슷한 유일한 음료였다. 새론의 말대로 커피 알레르기가 있는 김 회장이 만약 커피가 섞인 루이보스티를 마셨다면 치명적이었다. 수화의 부모가 김경재 회장에게 커피가 섞인 루이보스티를 마시게 했을 가능성이 농후했다. 남아공 원주민의 기호식품인 루이보스티 때문에 새론이 망했다면 허망함의 극치라고 할 수 있었다. 인간은 독극물 한 방울에 목숨을 잃고 마약에 중독되며, 커피를 루이보스티로 마시고 인생을 망치는 존재였다. 새롬 패망 사건은 새로운 국면을 드러낸 셈. 김경준 부부가 김경재 회장에게 악의를 품게 된 이유를 알 필요가 있었다. 원인을 알아야 결과를 규명할 수 있을 테니까.

수화의 부모를 정탐 대상으로 올려놓은 여걸은 핸드폰을 받지 않았다. 준범은 자신의 험로가 언제 어디서 끝날지 암담했다. 이번엔 서포터가 수화의 집 가정부였던 여인을 만나 수화의 어머니가 커피 중독자인 남편에게 루이보스티가 섞인 커피를 마시게 했다는 정보를 입수했다. 반대로 김경재 회장에겐 커피를 마시게 했을 가능성이 있었다.

준범은 당시 에버테크가 M&A대상이 되었다는 가짜 뉴스를 쓴 신문기자를 만났다. 10년 전과 달리 기자는 내막을 술술 털어놓았다. 에베테크 홍보담당의 회유가 있었고, 건민은 광고를 들먹이며 신문사에 압박을 가했다. 에버테크와 건민이 합세하여 새롬을 패망시킨 것이다. 제 3자의 입에서 건민이라는 말이 나올 때마다 그의 가슴은 덜컥덜컥 내려앉았다. 이미 각오한 일인데도 건민의 죄상이 들어날 때마다 그는 파김치가 되곤 했다. 내가 제 명에 못 살 거야. 그는 중얼중얼 뇌이곤 했다.

준범은 여걸에게 건민이 페이퍼 컴퍼니를 앞세워 누리C&C에 빚을 주었다는 말을 듣고 서포터를 카리브해 버뮤다로 보냈다. 서포터는 누리C&C가 페이퍼컴퍼니 유니버시아보부터 주식을 담보로 350억원을 차입한 적이 있다고 전했다. 누리C&C는 채무 조건이 불리하다는 걸 알면서도 투자회사의 요구대로 2~3년 안에 채무를 상환하겠다는 풋 옵션이 포함된 이면계약서를 작성하고 빚을 얻어 썼다. 유니버시아는 누리C&C에 대한 투자금을 모두 회수한 뒤 폐업했다. 전형적인 유령

회사의 수법이었다. 서포터가 우여곡절 끝에 입수한 버뮤다 당국의 비밀문서에 유니버시아가 건민의 자회사인 건민캐피탈의 버뮤다 지사라는 사실이 드러났다. 건민은 일찌감치 누리C&C에 파괴의 촉수를 뻗치고 있었던 셈이다. 그러니까 건민은 새롬, 에버테크, 누리C&C를 차례차례 먹어치운 포식자였다.

야생 동물을 순치하고 키워서 잡아먹는 생태계의 정점인 이상학 회장은 아무도 몰래 펼쳐놓은 그물망에 걸려든 먹이가 살아남기 위해 몸부림치면 꿀꺽 집어 삼키는 야수이기도 했다. 준범은 새롬에 마지막 결정타를 먹인 트로이 목마를 찾기 위해 골머리를 썼였다. 말은 사람과 상황에 따라 얼마든지 변하는 마물이었다. 그는 정확히 판단하기 위해서 정확한 정보를 입수할 필요를 절감했다. 그는 머리칼을 흩날리며 사라진 요정을 따라 들어간 숲속에서 아버지를 만난 셈이지만 모든 걸 건민 회장의 책임으로 돌리기에는 아직 이르고 변수도 많았다. 새롬 패망은 용인술(傭人術)의 문제로 귀결되고, 트로이 목마도 결국 인재(人災)일 가능성이 컸다.

준범은 김경준 회장의 정체를 밝혀내야 했다. 오래 전 새론의 아버지가 새롬의 영업부장인 김경준에게 사업 아이디어와 창업자금을 대주었다는 새론의 말이 귀에 쟁쟁 울렸다. 그의 부인이 김 회장에게 독약 비슷한 차를 마시게 했다는 것도 도우미의 말일 뿐, 팩트라고 보는 건 무리가 아닐까 싶었다. 김경준은 새롬 패망의 핵심 인물은 아니고 한 다리 걸친 인물일 가능성이 있었다. 새롬 임원의 증언이 필요한 시점이었다.

그가 만난 전 새롬 연구원의 말에 의하면 김경준은 새롬 발전의 공로자이자 아이디어맨으로 유명했지만 김경재 회장은 왠지 사촌 동생을 유난히 엄격하게 대했다. 세월이 흐르자 김경준의 내면에는 김경재가 망하기를 바라는 마음이 무럭무럭 성장했을 것이라고 연구원은 말했다. 자극은 되풀이 되고, 형의 모멸과 멸시에 부서진 마음에 원망이라는 접착제가 스며들어 똘똘 뭉쳐지기 시작했다. 뭉쳐진 마음이 폭발하지 않으면 자신이 부서질 것 같은 공포에 시달리면서 형과의 불화를 잊기 위해 더욱 일에 매진하는 시간이 흐르자 성난 마음은 가라앉고 형과 함께 상생의 길을 걸어보자는 쪽으로 마음이 기울었다. 전 새롬 연구원은 처음부터 끝까지 김경재 회장의 책임에 무게를 두고 말했다.

아마도 김경재 회장이 승승장구했다면 김경준의 마음도 강물처럼 유유히 흘러갔을 것을 테지만 초라하게 비틀거리는 김경재를 보고 김경준의 마음은 돌변했다. 마음 깊이 숨어있던 원망이 꿈틀꿈틀 준동하기 시작하더니 배반의 시간이 다가왔다. 그렇게 모질게 기업을 경영했으면 끝까지 승승장구해야 하는데 왜 비틀거리는 거지? 김경준은 치밀어 오르는 욕지기를 누르며 저렇게 못난 인간이 나를 무시하고 멸시했구나, 저렇게 못난 인간에게 내가 마구잡이로 당했구나, 라고 중얼거렸다. 그는 자신과 김경재를 싸잡아 비웃으며 김경재가 망하는 꼴을 보면 속이 시원하겠다고 중얼거리는 자신을 발견하고 소스라치게 놀라곤 했다. 사촌 형이 망하거나 죽는 꼴을 보면 죽어도 원이 없을 것 같았다.

김경재 회장은 사촌 동생을 따라 이직하고 싶어 하는 직원이 많다는 사실을 전혀 알지 못하고, 김경준은 잘 알고 있었다. 두 사람도 자신에게 불리한 것에 눈을 감고, 유리한 것만 받아들이는 속성에 따라 행동했지만 앎과 무지의 차이에 승패가 결정됐다.

그 무렵 김경재 회장은 알면 세계의 문이 열리고, 모르면 세상의 문이 닫히는 자신만의 세계, 자신은 모르고 남은 알고 있으며, 시간이 가도 알지 못하는 삼중의 무지에 갇혀 있었다. '고인 물은 썩는다느니, 혁신은 어제 내린 눈이라느니' 하는 말은 부하들을 몰아대는 채찍일 뿐, 혁신의 대상은 바로 김 회장 자신이라는 사실을 알지 못했다. 남은 알고 나는 모르는 일은 해결 가능성이 없었다. 그러니까 그는 무지(無知)의 감옥에 갇힌 수인이었다.

김경준 부부가 김경재에게 위해를 가했다 해도, 주위의 음모를 감안한다 해도 새롬 패망 책임은 결국 자신의 아버지에게 있다는 사실을 안다면 새론은 아마 기절할 것이다. 하지만 새론이 만약 동생의 사망이 이상학 회장의 짓이라는 확증이라도 잡은 것이라면, 그렇다면 지금은 무슨 일이 발생할지 모르는 위험한 시기였다. 그리고 새론이 만약 새롬을 망친 사람이 다수라는 것을 알았다면 그들 각자의 비중을 정확히 계량해낼 수 있을지, 이상학 회장과 새론을 위해 한 시 바삐 새롬 패망의 진실을 밝혀낼 필요가 있었다.

추적은 10년 전에 비해 헐겁고 느슨하게 진행되고, 그 과정에서 그는 시간의 힘이 강하다는 걸 온몸으로 체험했다. 법도 공소시효를 정해 시간의 힘을 인정했다. 충신도 죽은 왕에게 충성하게 하지 않았다. 시간이 지나면 사람의 의지와 의리는 녹슬고, 신경은 좀이 슬었으며, 마음의 긴장도 느슨하게 풀렸다. 비밀에 대한 경계심은 흐려지고, 절실 절박했던 사건도 헤프게 입을 벌렸다. 강산이 변한다는 10년은 적

대적인 사람도 가슴을 열게 하는 저력을 지니고 있었다. 그는 녹음기가 장착된 시계를 차고 관련자들을 만났다. 전 새롬의 이사였던 차병렬 씨는 단호하게 말했다.

"트로이 목마의 정체는 누구도 알지 못해요."

그는 엄지와 중지로 볼펜을 돌리면서 말을 이어갔다. 트로이 목마의 뱃속에 수많은 병정들이 숨어 있었다는 그리스 신화를 들먹이며 그는 김경재 회장에게 유독 영향을 끼친 단 한 사람은 없다고 단언했다. 새롬의 임원들이 한 동아리가 되어 회사를 물 말아 먹었다고 그는 말했다.

막다른 골목에 다다른 김경재 회장은 아첨 섞인 말은 달콤하게, 약이 될 말은 쓰게 받아들이는 중병환자 CEO였다. 그는 부하들이 자신의 말을 앞에서는 듣고, 돌아서는 즉시 제 살 궁리에 급급해 한다는 사실을 인지하지 못했다. 이런 회사가 망하지 않으면 그게 더 이상한 상황이었다. 새론이 이런 사실까지 알아냈는지, 알 수 없었다.

새롬의 전 임원이었던 이성모 씨는 차병렬 씨의 말을 전면 부인했다. 차병렬 씨야말로 기인이라는 사기꾼을 새롬 회장에게 소개한 장본인인지 모른다면서 실체가 불분명한 다수를 파는 점이 수상하지 않느냐고 반문했다. 음모꾼인 차병렬 씨가 기인에 대한 소문을 수다스럽기로 유명한 임원의 귀에 흘려주었을 가능성이 크다고 했다. 차병렬 씨의 계략대로 새롬의 임원들은 삼삼오오 모이기만 하면 기인이 신의 은총을 받은 것 같다고 수근 거리게 되었다는 것이다. 차병렬 씨는 여러 사람이 반복해서 들려주는 말은 중독성이 강하다는 걸 잘 아는 인물이라고 했다.

어쨌든 기인을 만난 김경재 회장은 그의 조언에 따라 선물옵션 투자에 올인했다. 선물옵션 투자는 사기의 패턴대로 진행되는데 김 회장의 눈과 귀에는 셔터가 내려져 있었다. 기인이 주도면밀했거나 김 회장이 둔감했거나 둘 중 하나였다. 처음 김 회장은 흥미삼아 소액을 투자했다. 기인은 세 배의 수익을 올려주었다. 다음엔 두 배, 네 배의 수익을 올렸다. 투자금은 점점 불어났다.

김경재 회장이 새롬을 일구어낸 능력이 빛이라면 악전고투는 어둠이었다. 어둠은 새롬 패망에 악영향을 끼쳤다. 기인에 의해 쉽게 돈 버는 맛을 본 김 회장은 달콤한 신세계가 있다는 걸 알고 감탄했다. 김 회장은 에버테크의 음모에 정정당당하게 대처해온 자신에게 하늘이 보상하는 것이라는 식의 아전인수 해석을 했다. 에버테크가 인수협상 대상으로 떠오르자, 기인은 인수자금 쯤 쉽게 벌 수 있다고 호언장담했다. 열이 오른 김 회장은 회사 돈을 긁어모아 기인의 손에 쥐어 주었다. 에버테크 인수 사흘 전 기인은 자취를 감췄다. 책상 서랍엔 빈 통장만 남아 있었다.

에버테크 인수에 실패하고 빚더미에 앉은 새롬에 유동성 위기가 닥쳐왔다. 김 회장은 곧 자금 사정이 풀릴 것이라는 일말의 기대를 품었지만 기대는 기대일 뿐 현실일 수 없었다. 항상, 늘, 그러리라는 사람이 타성에서 헤어날 길도 없었다.

김 회장은 젊은 자신과 늙은 자신을 구분하지 못하고, 시대의 변화도 읽지 못했다. 인구폭발에 의한 경제 성장은 중국시장이 대신해줄 테고, 과거의 구제금융은 은행이 맡아 해 줄 것이라고 기대했으나 기대는 기대일 뿐 현실이 아니었다. 단 한 번 리더의 패착은 회사에 치명타를 안겼다. 채무자에게 은행은 전당포이고 경매는 지옥의 사자였다. 은행 이자를 갚지 못한 기업인은 집을 경매당하고 노숙자로 전락했다.

은행은 돈을 떼이기보다 기업을 살려놓고 채무회수를 도모하기도 하지만 소액 채권자들은 달랐다. 남 먼저 빚을 받으려고 물불 가리지 않고 덤비는가 하면, 회사 앞에서 농성하기를 주저하지 않았다. 인터넷은 즉각 반응했다. 이쯤 된 기업은 제2금융권에서도 상대해주지 않았다. 제2금융권에서 상대하지 않는 기업은 끝장이 있을 뿐이었다.

10년 전 누리C&C가 새롬의 핵심 정보를 빼내 건민 회장에게 바치고 채무상환을 연장 받았다는 사실을 준범은 알지 못했다. 건민 회장이 아무도 몰래 도모한 일이었으므로 회사의 핵심 간부들도 몰랐다. 누리의 채무회수에 골머리를 썩이고 있다는 건민의 재정담당 CFO의 말을 들은 준범은 말이 없었다. 그에겐 새롬의 일만 화급했다.

10년 전, 누리와 에버테크가 양쪽에서 새롬의 명줄을 조이자, 새롬은 패망했다. 새롬 인수에 성공한 에버태크 회장은 스마트폰 콘덴서를 개발하지 못하면 살아남지 못한다는 걸 잘 알고 있었다.

콘덴서는 모래알처럼 작은 알갱이로 스마트폰에 300개 이상 박아 넣어 전류를 조율하는 전자기기의 핵심 부품이었다. 에버테크는 전자 산업의 발전과 함께 성장했지만 본래 빚이 많았고, 새롬을 인수하느라고 빚은 더 늘었다. 거액의 연구개발비를 투자하느라고 빚은 산더미처럼 쌓였다.

에버테크가 스마트폰 콘덴서를 개발했다는 뉴스가 전해지자, 주식회사 건민은 주거래 은행에 거액의 예금을 인출하겠다는 으름장을 놓았다. 금고가 바닥날 위기에 처한 동양은행은 에버테크의 숨통을 조이기 시작했다.

부도를 맞은 에버테크는 내심 회생에 유리한 법정관리가 떨어지기를 기대했지만 법원은 허락하지 않았다. 주 채권자인 동양은행의 반대를 막아내지 못한 탓이다. 부도를 맞은 에버테크 회장은 회사를 건민에 바치고 기업계에서 패퇴했다. 에버테크 회장이 건민의 속셈을 알아차리고 비자금을 빼돌렸다는 소문이 파다했다. 에버테크의 패망 원인을 알아보는 과정에서 준범이 만난 에버테크 임원은 기인에 대한 소문을 김경재 회장에게 전한 사람이 누구인지 알 수 없는 일이라고 말했다. 차병렬 씨의 하수인인지도 모른다.

김경재 회장의 증언을 듣지 못하는 마당에 임원들의 말은 더욱 믿기 힘들었다. 김 회장이 건강하다해도 아전인수로 해석할 가능성이 있는데, 김 회장의 기억이나 판단의 오류를 족집게처럼 집어낼 사람도 없었다.

준범은 머리칼을 흩날리며 숲 속으로 사라진 요정을 따라갔다가 아버지를 만난 셈이지만 돌아갈 길도 잃어버린 셈이었다.

19. 질투

수화는 누리C&C 연구센터 입사 2년 후 차장으로 승진했다. 낙하산 인사에 초특급 승진이라고 회사가 부글부글 끓었다. 그것은 아무것도 아니었다. 누리C&C의 재정담당 최고 책임자인 CFO 상무 세진을 바라보며 수화는 세상이 깜짝 놀랄 신제품을 개발해내면 끝날 일이라고 생각했다. 그녀는 디스플레이 필름의 변화무쌍한 매력에 흠뻑 빠졌다. 디스플레이 필름과 무지개의 원리는 비슷했다.

무지개는 햇빛이 공기 중에 떠도는 물방울에 닿아 분산될 때 빛이 꺾이는 각도에 따라 나타나는 자연현상이고, 한 개의 물방울에서 한 개의 빛만 인식하는 사람의 눈이 색조의 스펙트럼으로 보는 것뿐이었다. 무지개는 자연과 인간의 조건이 맞으면 나타나고, 그렇지 못할 때 사라졌다.

디스플레이 필름은 희토류이 빛 투과율, 적외선의 직진성에 따라 장애물에 부딪치면 차단되는 속성이 색과 행태를 결정했다. 여기서도 인체의 자장과 전기 조응에 따라 색과 형태가 나타나기도 사라지기도 했다. 디스플레이 필름이 발전할 분야는 무궁무진했다.

사람은 마음을 숨기고 싶으면 눈을 감았다.

디스플레이 필름은 시야각을 조정하면 필름이 꺼멓게 변해 정보를 숨겼다.

사람은 눈을 크게 뜨면 시야가 확장되고, 눈을 깜빡이면 시야가 뒤섞였다.

디스플레이 필름은 시야 각도에 따라 현실이 증강되고 뒤섞였다.

디스플레이 필름은 눈의 기능을 확장했다.

무엇보다 디스플레이 필름은 인간의 환상을 실현하는 경이로운 기계였다.

이 모든 과정에 인간적인 변수와 자연의 조응에 의해 형상이 결정되는 그것은 진짜 같은 가짜를 생산하여 사람의 눈을 속였다.

R&D센터의 리더도 석 박사들도 다른 사람의 연구 내용과 개발과정의 난이도를 알지 못했다. 신제품 정보 유출을 방지하기 위한 연구실 구조는 러시아 KGB와 비슷하다고 연구원들은 수근거렸다. 김경준이 수화를 연구실에 박아 놓은 목적은 따로 있다고 모두들 추측했다.

수화는 연구원 각자의 스펙과 경력, 성과를 참작하여 과업을 맡기고 지켜볼 수밖에 없었지만 연구센터 리더의 책임은 막중했다. 연구실의 정보를 살피는 사람은 전체를 총괄하는 안목을 가진 전문가가 아니면 곤란했다.

디스플레이 필름 개발은 전인미답의 길, 상황이 특이하기 때문에 연구원들에겐 연구자 별, 또는 프로젝트 별로 연구노트를 작성하라고 했다. 연구노트는 연구결과에 대한 지분책정, 연구의 진실성 확보, 연구실적을 증명하는 중요한 자료였다.

연구원들은 항상 대화하고 토론하여 연구실 전체의 개발 과정에 자신의 진도와 난이도를 맞춰갔다. 연구센터는 리더가 조명을 어디에 비추느냐에 따라 연구의 성패가 좌우되는 구조였다. 리더는 연구내용을 파악하고 연구원 각자의 독립성을 보장해주는 한편 리스크 발생을 방지하고 보안을 유지하는 일에 철저해야 했다.

수화는 연구원들에게 알기 쉽게 연구노트를 작성하라고 요구했고, 연구원들은 전문분야를 쉽게 풀어쓰느라고 진땀을 흘렸다. 연구노트 쓰기가 연구보다 힘들다는 불평이 R&D센터에 만연했다. 수화가 입사했을 당시 회사는 그녀를 환영하는 분위기로 붕 떠올랐다.

"회사가 꽃밭처럼 환해졌단 말이야."

사원들은 언제나 미소 짓는 그녀를 꽃송이처럼 아끼고 존중했다. 꽃밭에 서서 그들은 인터넷에 떠도는 오만방자한 오너 가족과 전혀 다른 수화를 칭송했다. 꽃밭에 만개한 만병초는 얼핏 초롱꽃 부케처럼 보였다. 만병초 그늘 아래 핀 백일홍은 씨를 품을 수 없을 만큼 가늘었다. 만병초는 백일홍을 가린 꽃송이만 유난히 컸다.

수화는 이혼의 아픔을 까맣게 잊고 일했다. 세진이 성과를 올렸다는 소식만 전해지지 않으면 더 이상 바랄 게 없는 나날이 흘러갔다. 세진의 파워가 강해지면 강해질수록 수화는 연구원들에게 속도를 내라고 성화를 부렸다. 그런 어느 날 집에 돌아간 수화는 자신의 방에 틀어박혀 몸부림치며 울면서 책을 북북 찢어 불태웠지만 마음은 개운해지지 않았다. 날이 밝으면 새 책을 구입하거나 인터넷 중고서점에서 구입했다. 아무도 몰래 북 치고 장구 치고 난리를 쳐도 답답한 가슴은 풀리지 않았다. 수화와 마주치기 싫어하는 연구원들이 점점 늘어갔다.

머리 좋은 연구원들은 누구에게나 웃는 사람은 누구에게도 웃지 않는 사람이라는 것, 항상 웃는 사람은 냉소적이라는 사실을 감지하고 긴장했다. 그녀의 미소는 저 비용 고 효율의 처세일 뿐, 인간애가 깃들어 있지 않았다. 그녀의 눈 밖에 난 사람은 알게 모르게 작살이 났다. 자신에게 이익이 되는 사람을 알아보는 탁월한 시력의 소유자인 그녀는 빨리 성과를 내야 한다고 연구원들을 몰아대었고, 연구센터의 활기는 시들었다.

수화를 대하는 사원들은 대충 두 부류로 나뉘었다. 오너의 딸이니 조심스럽게 지켜보자는 축과 비위맞추기 급급한 축이었다. 하지만 넘을 수 없는 성은 부수면 된다고 생각하는 수화의 마음을 아는 사람은 없었다. 그녀는 며느리를 상무님이라고 부르는 아버지의 얼굴이 보기 싫었다. 수화는 어머니에게 세진이 일 귀신일 뿐이라고 콧방귀를 탕탕 뀌었지만 허방에 발길질을 하는 느낌이었다.

수화는 움직이는 꽃송이처럼 사내를 활보하고 다녔다. 오너의 딸에게 눈도장이라도 찍어 두고 싶어 안달하는 사원들이 활짝 웃어 보이면 그녀도 마주 웃어 보였다. 연구원들은 차장의 눈꼬리가 살짝 휘어지는 순간을 피할 방법을 연구했다. 수화가 사원들의 아첨을 받아들이는 태도는 기분에 따라 손바닥처럼 뒤집혔다. 농담으로 맞장구를 칠 때도, 되받아치거나 조롱할 때도 있었다. 조롱을 당한 사원은 기가 죽고 연구실 분위기는 착 가라앉았다.

내시경 필름 연구원들이 하나 둘 회사를 떠났다. 그들의 뒷모습을 바라보는 수화는 숨이 넘어갈 것 같았다. 연구원을 픽업해 달라는 그녀의 오더를 받은 헤드 헌터는 거액의 급여를 요구했다. 어렵사리 픽업해온 연구원은 실력이 부족했다. 수혈이 다급한 상황인데 유능한 인재는 구해지지 않았다. 또 높은 연봉을 주고 영입한 연구원이 기존 연구원과 손발을 맞추는데 시간이 걸렸다. 갈팡질팡 하는 사이 경쟁업체에서 신제품 특허를 신청했다는 소식이 날아들었다. 입사 3년간 수화가 주무르던 프로젝트는 물거품이 되고, 누리C&C는 시장을 빼앗길 위기에 봉착했다. 연이은 참사에 회사 분위기까지 뒤숭숭했다. 책임을 묻는 아버지에게 수화는 낮은 연구개발비 운운하기 급급한 나머지 호랑이 코털을 건드렸다는 사실을 감지하지 못했다.

"네가, 내 딸이, 재무팀을 걸고 쓰러질 생각을 하는구나."

김 회장은 맥 풀린 어조로 그만 나가 달라고 조용히 손을 내저었다. 이정도로 세진을 믿는 아버지 앞에서 수화는 서리 맞은 병아리 꼴을 하고 물러나왔다. 회장의 부름을 받고 나타난 세진은 경쟁 업체의 급여를 제시한 뒤 조근 조근 설명했다.

"누리는 직원들의 보수가 후한 기업으로 유명합니다. 회장님의 자부심이 걸린 문제라서 제가 신경을 쓰고 있다는 거 잘 알고 계시잖아요?"

김 회장은 얼굴을 붉힐 뿐 말이 없었다.

"연구원들의 잦은 교체와 이직이 없었는지 살펴야 할 때가 아닐까요? 회장님."

세진은 김 회장의 안색을 살피며 조심조심 말했다. 김 회상은 말이 없었다.

김 회장은 손수 R&D센터 감사에 나섰다. 감사를 마친 그는 수화에게 상사와 연구원들에 대한 존중과 배려도, 소통 노력도, 분위기 조성도 하지 않았다고 질책했다. 그의 말에는 심이 박혀 있었고, 목소리는 노기에 떨고 있었다. 회사를 떠난 연구원 세 명이 그동안의 연구내용을 퍼즐처럼 맞춰보고 제품 개발이 반 쯤 이뤄진 성과물을 들고 경쟁 회사에 입사했다는 소식을 듣고 수화는 숨이 막힐 지경이었다.

"넌 대학에서 뭘 배웠니? 전문가라면 세 사람이 따로 방을 쓰게 했어야지? 옆 방 사람이 누군지 모르게 말이야. 회사에 사무실 많지 않니? 그들에게 물리적 거리를 두게 했어야 해. 같은 방에 집어넣었으면 마음을 사든지……. 그런 거 하라고 널 거기 박아 놓았는데……. 이 무슨 망신이냐? 그래놓고 넌 채찍질만 하면 된다고 생각했니? 내가 너를 그렇게 가르쳤어? 네가 어찌 이런 구멍을 낸단 말이냐? 어찌?"

수화는 벌겋게 달아오른 얼굴을 치켜들고 조용히 아빠, 라고 불렀다. 딸의 말이 떨어지기도 전에 김 회장은 여기가 아빠라고 부를 장소냐고 물었다. 수화는 계속 애교를 떨며 말했다.

"리더는 미국 대통령 레이건과 카터 유형으로 나뉘잖아요? 저는 레이건 형인데 현장에 투입되었어요."

한동안 말없이 딸을 쳐다보던 아버지는 맥 빠진 어조로 중얼거렸다.

"그래, 넌 현장에 어울리지 않아. 연수부장 자리가 좋겠구나."

이번엔 딸이 손을 떨며 아버지를 쏘아보았다. 다른 사람도 아닌 아버지에게 당했다고 생각하니 눈앞이 캄캄했다. 자식을 위해 만신창이가 되기도, 누명을 뒤집어쓰기도 하는 다른 회사 오너 얘기를 하려던 수화는 입을 다물고 회장실을 물러나왔다. 연수부장 자리는 한직이고 전망이 없었다. 다음날, 그녀는 어머니가 차려놓은 식탁을 외면하고 아침 일찍 출근했다.

수명은 오래 전 자신의 가족을 이끌고 판교로 이사하고, 율전에는 부모와 딸 세 식구만 살고 있었다. 부녀 사이가 틀어지자 집안이 살얼음이 낀 듯 어석버석해졌다. 아버지에게 애교가 통하지 않는 날이 오리라고 상상해 본 적이 없는 그녀의 마음은 극지의 크레바스처럼 깊고 캄캄했다. 수화는 중얼거렸다.

"딸보다 사업이 중하단 말인가, 완전 동물의 세계야. 기업계라는 곳은……."

회사에서 세진의 활기찬 모습을 보고 그녀는 치밀어 오르는 욕지기를 눌러 참았다. 수화는 R&D센터는 연구원에게, 재무는 재무팀에, 영업은 영업팀에 맡기면 그 뿐, 세진이라는 일 귀신과 비교되고 싶지 않은데, 앉으나 서나 세진과 비교되는 구조를 벗어나지 않고는 살 수 없을 것 같았다.

그녀는 율전에 낚싯대를 드리우고 있는 컨설팅 업체를 찾아갔다. 컨설팅 업체의 뒷조사 담당 서포터를 만나고 한 달이 지났다. 서포터가 내민 봉투를 열어본 그녀는 아니야, 아니야, 비명을 삼키며 흘깃 사내를 쳐다보았다. 사내의 얼굴에 부모와 오빠의 미래가 일그러져 있는 것 같았다. 미증유의 폭풍을 몰고 올 어둠의 근원을 알고 있는 사내는 무심한 표정을 과장해 보였다. 수화는 세진이 적당한 선에 주저앉기를 바랄 뿐, 산산이 부서지는 것은 원치 않았다. 세진이 자신을 올려다보는 위치에서 아버지의 협조자이며 오빠의 아내로 살아주면 더 바랄 게 없었다. 그런데 봉투 속의 물건은 적당히 부서지고 알맞게 남는 일이 조절되어 있지 않았다.

아버지를 쓰러뜨릴 수도, 세진을 그대로 두고 볼 수도 없는 딜레마라는 것을 알면서도 그녀는 오래 고민하지 않았다. 오래 고민하는 건 그녀의 성미에 맞지 않았다. 올케는 새로 맞으면 되지만 자신이 세진에게 쳐지는 모욕은 견딜 수가 없었다.

그녀는 세진을 찻집으로 불러내어 봉투 속의 물건을 그녀에게 내밀었다. 얼굴이 하얗게 질린 올케의 어깨 너머에 시선을 보내며 수화의 표정은 굳어졌다. 세진의 얼굴에 슬픔이 어리는가 싶더니 점점 어두워져 이윽고 캄캄해졌다. 수화는 혼란스러운 과거, 곤혹스러운 현재, 불투명한 미래가 영역 다툼을 벌리고 있는 얼굴을 방치하고 벌떡 일어서서 이 자리를 떠나고 싶은 열망에 사로잡혔다. 먹고 먹히는 표정을 수습했는지, 올케가 탁자에 얼굴을 박고 흐느껴 울기 시작했다. 홍수와 같은 그녀의 울음소리, 수화는 검게 빛나는 세진의 머리칼을 내려다보며 꿀꺽 침을 삼켰다.

"우리 집을 막장 드라마 수준으로 보다니 이 무슨 해괴한 짓이죠? 상류층 집안 얼굴에 먹칠을 하고…… 도대체 이게 뭐예요?"

"……"

"부장으로 내려앉는 방법이 있어요. 덮는 것으로 마무리 지으면 될 것 같아요. 조카들을 생각해 물러선다는 거 알아줬으면 좋겠어요."

한동안 흐느껴 울던 세진이 갑자기 머리를 치켜들고 수화를 노려보며 말했다.

"날 짓누르면서 계속 부려 먹고 싶은 모양인데…… 그건 안 되지. 고마워! 그런데 나 독하다는 거 아직 모르나봐. 난 적어도 그 쪽에 시달리며 살고 싶진 않아."

이번엔 수화의 얼굴이 하얗게 질렸다. 집안에 어떤 분란이 일어날지, 더럭 겁이 났다. 너무 세게 밀어붙였나? 반말로 지껄이는 세진의 기세는 당당함을 넘어 독기에 차 있었고, 물불 가리지 않고 덤빌 태세였다. 그녀는 추수 뒤 논바닥에 남은 벼 그루터기에 돋은 새싹이 겨울바람에 부대끼며 명맥을 이어가 듯 세진이 살기를 원했다. 그러나 그녀는 수화에게 난관을 쏟아 붓기로 작정한 듯 주절거렸다.

세진은 그녀를 〈그쪽〉이라고 지칭했다. 그쪽은 동쪽도 서쪽도 아닌 방향의 범위에 들지 않는 쪽이고, 세진이 자리를 옮기면 사라지는 쪽이었다. 세진이 자신을 무생물에도 미치지 못하는 허공으로 지칭하다니, 어안이 벙벙하고 숨이 컥 막힐 지경이었다. 그녀의 마음을 아는지 모르는지 세진은 차분히 말했다.

"곧 후회하게 되겠지. 자신을 뛰어넘지 못하면 아무것도 못한다는 걸 아직 모르는 모양이니까. 난 적어도 회사를 위해 나를 뛰어 넘었던 거야. 난 비즈니스맨이고 눈을 떠도 감아도 비즈니스뿐이니까. 우선 돌아가시게 생긴 회사를 살려 놓고 봐야 하는 거 아니겠어? 사는 것도 별 거 아닌 마당에 남자와 자는 게 무슨 대수야? 그 따위가 대체 뭐 어쨌다는 거지? 회사를 살리는 게 우선이지. 이 의미 곧 알게 될 거야."

덜컹 내려앉는 가슴을 안고 그녀는 급히 말했다.

"자기 합리화도 여러 가지네, 언니."

"언니라고 했어? 지금? 나 그쪽 언니 아니야. 합리화의 달인이시니 그렇게 부르겠지만……."

세진은 대뜸 가족과 함께 미국으로 떠나겠다고 말했다. 극약처방이 지나쳤던 게 아닌지, 수화는 가슴이 시원하다기보다 겨울 벌판에 내몰린 듯 쓸쓸하고 추웠다. 수화는 스멀스멀 피어오르는 검은 안개와 같은 불안에 에워싸여 아무 말도 하지 못했다. 한국을 떠나겠다는 세진을 보고 수화는 가슴이 꽉 막히는 느낌이었다.

20. 반성

　수요일 점심시간, 준범은 정은설을 찻집으로 불러내어 갑자기 만나자고 한 무례를 사과하고 잘못이 있다면 김새론이라는 여자와 닮은 '정 비서님'에게 있다고 엉너리를 치고 들어갔다. 그는 내가 그렇게 생각할 수밖에 없는 이유를 찾아봤지만 없었으니 정은설 씨가 그 이유를 설명해야 한다고 생떼를 부리기도 했다. 정은설은 생떼를 부리는 남자에게 담담하게 말했다.

　"전 이준범 씨의 심리를 설명할 의무도, 능력도 없는 사람입니다."

　정은설은 여비서의 입장에서는 파격적인 이준범 씨라는 호칭을 주춧돌 삼아 동등한 위치를 구축해 놓고 당돌한 언어를 구사하기 시작했다. 준범은 새론과 전혀 다른 여자의 몽롱한 목소리를 의아해하며 헛 다리를 짚었는지 모른다고 생각하면서도 공세적으로 나갔다.

　"너무 낭돌하지 않나요?"

　"너무 무례하지 않나요?"

　점점 더 맹랑함의 게이지가 높아지고 있다는 생각이 들어 준범은 다시 물었다.

　"준비된 말인가요?"

256

"나는 예지력도 독심술도 없는 인간입니다."

정은설은 냉랭하게 쏘아붙였다. 그는 부드럽게 말했다.

"내가 정은설 씨의 사생활에 관해 묻더라도 관심이 있는 모양이라고 이해해 주시면 고맙겠습니다."

"계속 공격할 작정이군요. 좋아요, 공격하세요."

"혹시 신장암 수술을 받은 적 있나요?"

정은설의 얼굴에 떠오른 긴장이 맨숭한 표정으로 변했다. 그녀는 명랑한 어투로 말했다.

"건강 정보는 개인이 지켜야 할 사생활 아닌가요?"

"정은설 씨는 아주 영리한 분이군요."

"그런가요? 정은설은 자신의 건강정보도 지키지 못한 얼간이 아닌가요?"

그녀는 제 그물에 걸린 물고기처럼 겁먹은 눈을 벌려 뜨고 반문했다. 회장 아들이 아버지의 여비서를 불러내어 무작정 신장암 수술을 받은 적이 있느냐고 물었다면 무례하고 불온한 일인데 그녀는 오히려 '얼간이'라는 자기비하의 말로 자신의 입장을 강화했다. 상대가 떠미는 대로 낮은 곳으로 굴러 떨어지는 자기비하의 결과인 약해짐으로써 강해지는 마술적 언어의 효과를 그녀는 알고 있었다. 그녀의 '얼간이'라는 말은 길바닥에 돋아난 유리조각처럼 도발적이고 불길했다. 그녀는 한 발 더 나아가 환자의 건강정보를 누설한 의사는 의사가 아니라고 그의 약점을 정 조준해 말했다. 도발의 게이지는 한층 더 높아졌다. 단언, 당돌, 도발이라는 단계를 밟아 자신의 뜻을 공고히 해놓고 태연히 앉아있는 정은설을 보고 그는 한숨지었다.

"고발하지 그래요?"

"고발해 주시지 그래요?"

그녀는 한 마디도 지지 않고 되받아쳤다. 자신의 말을 고스란히 복제하는 정은설에게 그는 효과적으로 대응하지 못했다. 체면은 구겨지고 기분은 엉망진창이 된 그는 고작 오늘 내가 무례했다면 언젠가 보상해줄 날이 올 것이라고 어물거리며 자리에서 일어섰다. 은설은 야무지게 쏘아붙였다.

"그런 날은 오지 않을 겁니다."

이 무슨 날벼락인가. 그런 날은 오지 않는다니, 지구의 종말이라도 온다는 것인가, 두 사람이 사라진다는 의미인가, 두 사람 중 한 사람이 사라진다는 뜻인가. 맹랑함이 한계를 넘어, 도발이 극에 달했다. 그녀는 상대의 약점을 물고 늘어지는 북한 당국의 수법을 복제한 것 같았다. 감히 신을 넘보는 위치에서 미래가 없다고 단언하다니, 등골에 소름이 끼치는 걸 느끼며 그는 그녀를 쳐다보았다. 상황을 갈무리하지 못하는 그에게 그녀는 미소 지어 보였다. 그녀의 무서운 말과 온화한 표정이 대비되어 검은 천으로 얼굴을 가린 신부와 마주친 신랑처럼 그는 당황했다.

"그런 날은 오지 않을 것이라니 무슨 뜻이지요?"

그는 정은설의 얼굴을 응시하며 물었다.

"미래에 대한 언급은 본래 허망하지 않나요? 그리고 말을 그렇게 몰아온 사람이 누구지요?"

그녀는 눈부시게 빛나는 식도를 휘두르는 셰프처럼 상황을 극한까지 몰아가 놓고 일반화의 구멍 통해 빠져나갔다. 그에게 책임을 돌려놓고도 오히려 빈껍데기만 남은 사람처럼 허망한 표정을 짓고 있다니, 가슴에 허구렁을 지닌 사람만이 지을 수 있는 표정이었다. 그는 울고 싶었다. 어쩌다 우리가……. 어쩌다 네가 이렇게 변한 것이냐? 그는 벌겋게 달아오른 얼굴을 숙이고 새론은 이렇게 냉혹한 인물이 아니라는 생각을 더듬고 있었다. 그동안 새론의 성격이 변한 것인지, 정은설이라는 여자의 본래 성격이 이 모양인지 혼란스러웠으나 그는 어디까지나 진지하게 대했다. 그녀의 마음에 반향을 일으키는 방법은 그 뿐이라는 생각이 들었다.

"누구의 미래가 없다는 겁니까? 나? 아니면 유(you)?"

"우리에게 미래가 없다는 건 진리 아닌가요?"

이번에 그녀는 진리를 내세워 예봉을 피해갔다.

"정은설 씨는 지금 철학 강의를 하는 겁니까? 아니면 말장난 하는 겁니까?"

"미래를 아는 사람은 없다는 의미였어요. 본래 사람의 미래는 허망하지 않나요?"

그녀의 얼굴에는 당돌, 맹랑, 냉혹이라는 말들이 비밀의 결정체처럼 반짝이고 있었다. 준범은 아득한 절망감 속에서 '그런 날은 오지 않을 것'이라는 그녀의 말을 되새기면서 당했다. 된통 당했어, 중얼거리며 찻집을 물러나올 수밖에 없었다. 그는 자신이 정은설의 뒤를 쫓는 게 아니라, 정은설에게 쫓기는 것 같았다.

준범은 정은설의 부모 사진을 찍어오라고 서포터에게 부탁해 놓고, 건민병원에 들려 정은설의 진료기록을 재점검했으나 기존정보와 다른 것은 없었다. 뒤이어 건강보험 수혜 기록에 따라 그녀가 최초로 암 진단을 받은 병원을 찾았다.

그녀의 암은 양쪽 신장에 퍼져 있었고, 치료가 불가능한 상태로 퇴원했다는 기존의 정보를 재확인했을 뿐, 정은설이 자가 치료나 민간요법으로 암을 완치한 것인지 알 수 없는 상황이었다.

서포터는 가스 안전검사원을 가장하고 정은설의 집에 잠입했지만 시골 노파가 관절염 환자의 굽은 다리를 하고 어정거릴 뿐, 다른 사람의 기척은 없었다. 실어증이 완치되었다 해도 새론의 엄마와 시골 노파는 어울리지 않았다. 핸드폰에 찍힌 사진도 새론의 엄마가 아닌 다른 사람의 얼굴이었다. 서포터는 집안을 샅샅이 살피기 위해서라면 밤에 잠입하는 마지막 도박이 남아 있을 뿐이라고 말했다. 그에겐 특별수당을 청구하기 전 마지막 도박 운운하는 버릇이 있었다.

도대체 정은설은 누구일까. 새론인가, 아닌가. 인간은 무엇으로 구별되는 것인가. 겉모습, 냄새, 성격, 태도, 버릇, 사고방식에 따라 구분되는 것 아닐까. 하지만 그것은 이쪽의 심리상태에 따라 얼마든지 다르게 보이는 문제 아닐까. 의문에 의문이 꼬리를 물고 이어졌다. 어쩌면 사람은 개인의 사고방식에 따라 구분되는지도 모른다. 개인을 양파 껍질처럼 한 꺼풀씩 벗기면 최후엔 남는 건 무엇일까. 아무것도 남지 않는 것일까. 결국 인간은 암흑이고 수수께끼인지 모른다. 정은설을 보고 새론을 연상하는 자신이 실은 미로이고 암흑인지도 모른다. 사람과 사람 사이는 이렇게 복잡했다.

세월이 가면 사람은 변한다. 더구나 현대는 페이스오프도 가능한 시대이고 새론은 얼마든지 정은설로 변할 수 있었다. 그에겐 새론을 깊고 넓게 안다고 할 자신도 없었다. 그녀는 한국 여성의 전형적인 타입으로 두드러지지 않았다. 그래서 정은설과 혼동하는지도 모른다. 혹여 내가 정은설이라는 함정에 빠진 건 아닐까. 정은설은 비서형 인간일 수도 있었다. 그렇기에 '얼간이'라는 그녀의 말은 너무 튀고, 그런 날은 오지 않을 것이라는 말은 불길하기만 했다. 불길함이 그의 내면에서 파동치고 있는데, 아직 불길함의 정체를 파악하지도 못했는데, 그녀는 다음 수순을 모색하고 있을지 모른다. 도대체 그녀는 무슨 일을 도모하고 있는 것일까?

준범은 빨리 정은설의 아버지 사진을 찍어오라고 서포터를 다그쳤다. 그녀의 아버지 사진은 정은설과 새론이 동일 인물이거나 아니라는 사실을 판가름해줄 거의 유일한 자료였다. 서포터가 복사해온 정은설 부모의 주민증 사진은 새론의 부모의 것이 아니었다. 전진도 후퇴도 불가능한 국면, 그렇다면 어쩔 수 없이 이상학 회장을 살필 수밖에 없었다.

근래 이상학 회장은 토요 골프를 치고 밤늦게 귀가하는 일정을 한 번도 거르지 않았다. 기업인들, 당국자들, 바이어와 18홀을 돌고 저녁을 먹는 접대 골프라고 하면서 12홀의 율전 골프장에 대한 불만을 토로했다. 그의 말이 채 끝나기도 전에 경고음이 댕댕댕 울렸다. 이상학 회장은 자신 없이 주저주저 말하거나 알리바이를 대는 사람이 결코 아니었다. 화를 내면 냈지, 변명하거나 투덜거리지 않았다. 어머니가 마음을 숨기는 것도 부하를 거느린 회장님의 덕목 중 하나일 것이라고 조언할 정도로 그는 거침없이 말하고 행동하는 인물이었다.

토요일, 준범은 선글라스에 선 캡을 눌러쓰고 마스크로 얼굴을 거의 다 가리고 렌트카를 몰고 아버지의 뒤를 따랐다. 아버지의 로블랑은 신중하게 질주했다. 겉보기 날씬하지만 공간이 넓은 자동차인 로블랑이 갑자기 팔당대교 남쪽 인터체인지에서 하남시 쪽으로 방향을 틀었다. 렌트카도 그 뒤를 따랐으나 로블랑은 다시 차선을 바꾸었다. 그가 차선을 바꾸는 사이 로블랑은 어디로 갔는지 보이지 않았다. 팔당대교를 건널 때까지 그는 로블랑을 발견하지 못했다. 그는 다리 근처 한정식 집 주차장에 차를 세워놓고 이상학 회장이 이곳을 통과할 시간을 계산했다. 밤이 오기를 기다리며 그는 푸른 강물을 향해 '만약에'라고 중얼거렸다.

그날 밤 8시, 그는 아버지의 로블랑 뒤에 자동차 다섯 대를 보내고 끼어들기를 시도했고, 대박이 터졌다. 그의 바로 앞에 정은설의 소나타가 굴러가고 있었다. 그는 구리시 쪽으로 달리는 소나타를 향해 액셀러레이터를 밟아댔다. 소나타는 성수동을 지나 강변도로를 미친 듯 달려가고 있었다. 그는 소나타를 앞질러가 한 발 먼저 난지공원에 도착했다. 조금 후 나타난 정은설은 예의 버드나무 덤불 아래 웅크리고 앉아 훌쩍훌쩍 울기 시작했다. 그녀의 울음소리는 점점 더 격렬해지고 숨 막히게 컥컥 울고 있었다. 준범은 풀숲에 웅크리고 앉아 으스스 몸을 떨었다.

그녀에게 다가가고 싶지만 그럴 수가 없었다. 새론이라는 확신이 들지 않았다. 어쩌면 핑계인지 모른다. 만약 그녀가 새론이라 해도 자신이 없었다. 그렇다면?

준범은 난지강의 밤하늘을 올려다보았다. 캄캄한 하늘에 미국 모하비 사막의 밤하늘이 펼쳐졌다. 사막의 밤하늘에는 셀 수 없이 많은, 믿어지지 않을 만큼 많은 별들이 흩뿌려져 있었다. 하늘은 별빛의 반사에 희뿌옇게 열려 있었다.

별들이 흩뿌려진 밤 하늘 아래 준범은 조수아 트리에 깃들고, 정은설은 버드나무 덤불에 깃들어 있었다. 준범은 왠지 조수아 트리 밑의 자신은 엄연하고 버드나무 덤불 밑의 정은설은 비현실처럼 여겨졌다. 그런데 새론을 찾고 싶은 소망은 왜 이리 절박한지, 그녀에게 다가가고 싶은 마음은 왜 이리 간절한지, 몸은 왜 이리 작은지, 여자는 흐느껴 울고 남자는 밤하늘의 성좌를 쳐다볼 뿐 꼼짝달싹 못했다.

그녀에게 다가가서 너는 이 시간 왜 여기서 울고 있느냐고, 혹시 김새론이라면 마음을 터놓고 얘기해보자고 호소하고 싶지만 부정적인 마음이 긍정적 마음을 압도했다. 혹시 내가 긍정적인 면을 전체로 본 건 아닐까? 그가 반신반의하는 하는 동안 부정의 싹이 돋아 성장하고 우거져 긍정을 뒤덮어버렸다. 그가 정은설이 부정할 수 없는 증거를 내놓지 못한다면, 그녀가 똑 잡아떼는 경우 할 말이 없을 테고, 그녀는 더 깊이 숨어버릴 공산이 컸다. 깊숙이 숨어서 심상치 않은 뭔가를 도모할 것이다. 빌미를 줘선 안 된다. 그의 마음은 정은설의 정체가 드러날 때까지 좀 더 기다려봐야 한다는 쪽으로 기울었다.

다음 토요일, 준범은 정은설의 아파트 정문 근처에 렌트카를 세워 놓고 운전석 옆에 앉아 있었다. 곱슬머리 가발을 쓰고 연 갈색 선글라스를 쓴 그는 연예인 뺨치는 연예인처럼 보였다.

컨설팅 전문가는 데이트하는 남녀를 미행자로 보는 사람은 없다며 현장실습을 권했고, 그는 여자 서포터와 함께 정은설의 아파트 주변 골목에서 경우의 수에 따른 미행연습을 했다. 오늘 날이 밝자 현장으로 달려왔다. 때 마침 어머니의 전화가 걸려왔다. 그는 오늘이 마지막

이기를 소원하고 마지막이 아니기를 갈망했다.

　정은설은 검정 소나타 대신 청바지에 블루 마린 티셔츠를 걸치고 나타났다. 그는 여자 서포터의 손은 잡고 그녀의 뒤를 따랐다. 정은설은 골목을 요리조리 돌고, 빌딩 정문으로 들어가 후문으로 빠져나오는가 하면, 대문이 열린 집으로 들어갔다 되돌아 나오는 등 자신의 동선을 교란하고 흔적을 지웠다. 새론의 미행 방식을 고스란히 복제하는 정은설을 보고 비명이 터질 것 같았다. 정은설이 김새론이다. 아니다. 새론이다. 아니다. 가슴이 긍정과 부정의 격투장으로 변했다. 충격 속에 우두커니 서 있으려니 온몸의 맥이 풀리고 눈앞이 캄캄했다. 정은설, 네가 김새론이란 말이냐? 김새론, 네가 이상학 회장 주변에서 넘실거리는 이유가 대체 뭐지? 도대체 뭐란 말이야? 그게 무엇이든 지금 멈추어라, 멈춰야 해.

　정은설은 새론의 미행 방식을 그대로 복제했지만 그를 따돌리지 못하고 자신의 소나타에 올랐다. 그런데도 그는 정은설을 새론이라고 단정할 수 없었다. 어떻게 정은설을 새론이라고 생각할 수 있단 말인가. 정은설이라는 여자는 너무 강하고 냉혹해서 상대하기 거북할 정도였다. 그러니까 아버지의 여비서는 정은설일 뿐이었다. 생각을 바꾸려고 애써도 정은설과 새론은 겹쳐지지 않았다. 혼란과 당혹감 속에서 떨고 있는 그를 외면하고 상황은 빠르게 전개된다. 그는 서포터와 함께 택시를 불러 타고 외쳐댔다.

　"따따블! 따따블! 저 소나타를 따라가요! 빨리!"

　젊은 기사가 액셀러레이터를 밟아댔다.

　정은설의 소나타는 워커힐을 지나 북한강변을 과속으로 달려가 운

악산 기슭을 돌고 돌며 질주를 거듭했다. 모퉁이를 돌때마다 블루 스카이 골프클럽이라는 도로표시판과 KPGA 대회 로고가 찍힌 깃발과 선수들의 사진이 연이어 나타났다. 그는 자신의 허벅지를 꼬집어보았다. 아팠다.

블루 스카이 골프클럽은 골프장 이외 테니스 코트와 수영장과 파티 클럽, 리조트를 갖춘 회원제 복합 레저 타운으로 주로 상류층이 이용하는 곳이었다. 산줄기에 둘러싸인 해발 700m 고원에 자리한 골프장은 북한강이 내려다보이는 골프코스가 아름답기로 유명했다. 고원 입구 주차장에 소나타를 주차한 정은설은 경비 앞을 지나 클럽 하우스 안으로 사라졌다. 그는 블루 스카이 골프클럽에서 제일 높은 곳에 세워진 리조트를 떠올리며 갤러리 티켓을 구입했다. 가슴이 옥조이고 두근거렸다.

이상학 회장과 만나고 헤어진 밤에는 꼭 난지 강변으로 달려가 흐느껴 우는 정은설, 새론의 미행 따돌리기 방법을 고스란히 복제한 정은설, 불길함의 농도는 점점 더 진해져갔다. 은설과 새론이 동일인물이라고 생각하면 불 송곳으로 가슴을 쑤시는 것 같았다. 어떻게 하나? 아버지는 어떡하고 나는 어찌하란 말인가? 새론이 너에게 모종의 계획이 있다면 지금 멈추어라, 멈추어야 해! 새론은 빛, 은설은 어둠, 준범의 가슴에서 빛과 어둠이 교차하고 뒤엉켰다.

갤러웨이에 핀 코스모스는 고원을 쓸어가는 소슬한 가을바람에 요사스럽게 한들거리고, 짙푸른 나무들은 원한에 찬 혼령처럼 바람에 휩쓸렸다. 준범은 눈을 감았다. 서포터와 함께 맥없이 갤러웨이를 돌아다니던 그는 전철역행 버스에 오르는 안전부장을 발견하고 멈춰 섰다. 이제 골프장에는 아버지와 정은설만 남아 있었다. 가슴이 고춧가루를 뿌린 듯 아리고 얼얼했다.

광막한 하늘 가장자리 먼 산 너머에서 천둥이 으르렁거리고, 하늘이 진동했다. 해발 700m 고원 건너편 산맥들은 남쪽으로 파도치며 치달려갔다. 산맥들이 숨 가빠, 가열 차게, 맹렬히 치달려가는 곳은 어디인가. 저렇게 휘몰려가는 산맥들은 결국 남쪽 바다에 머리를 처박고 종말을 고했다. 그는 갤러리 무리에 섞여 천천히 이동했다.

준범은 문득 이팝나무 그늘 아래 모여선 갤러리 무리 속에 밤색 바지에 밤색 줄무늬 골프 웨어를 입은 초로의 사내를 발견하고 가슴이 쿵 내려앉았다. 아들 앞에 나타날 때마다 충격을 주는 사내는 핸드폰을 손에 쥔 채 나무 그늘을 벗어나 천천히 이동하며 가끔 뒤돌아보고는 했다. 그때마다 그도 잽싸게 머리를 돌렸다. 겔러웨이를 가득 메운 사람들의 머리통이 검고 흰 파도처럼 바글거렸다. 수많은 인파 속에서 핸드폰을 손에 쥔 채 연신 두리번거리며 걸어오는 여자는 다른 사람 아닌 정은설이었다. 그녀는 흰 점퍼에 선글라스를 쓰고 있었다.

준범은 겔러웨이를 가득 메운 인파에 휩쓸리는 척 은설의 뒤로 밀리면서 이 회장에게 시선을 주었다. 팔을 하늘 향해 치켜들고 허공을 휘젓고 있는 그의 모습, 얼굴 전체로 웃는 초로의 사내, 그는 평소에 살 웃지 않았다. 웃어도 억지로 빙긋 웃고 입을 꾹 다물고 수위를 긴장 시켰다. 그가 지금 은설을 향해 거침없이 활짝 웃고 있는 것이다. 그의 활짝 웃음에 젊은 여자의 마력이 집약되어 있었다. 은설도 팔로 허공을 휘저으며 그를 향해 걸어가고 있었다.

이 회장과 은설은 실내 수영장에서 헤엄을 쳤다. 플라스틱 등의자에

상체를 기대고 다리를 뻗은 자세로 비스듬히 누워 있는 이 회장이 그녀를 향해 미소를 날리면, 은설은 수줍은 미소로 호응했다. 그녀가 살며시 뒤돌아볼 때, 어깨를 오므리고 아랫배를 긴장시키며 걸어갈 때, 수영복 차림의 날씬한 몸매에 수줍음과 아양이 넘실거렸다. 두 사람이 은밀히 주고받는 희롱에는 어항 속을 유영하는 두 마리 금붕어의 등에 어릴 속삭임이 흐르고, 주고받는 미소에는 타인의 눈을 속여 본 사람 특유의 망설임과 수줍음이 아른거렸다.

클럽 하우스 레스토랑에서 식사를 마친 은설은 이 회장에게 머리를 숙여 보이고 화장실 쪽으로 사라졌다. 서포터가 재빨리 뒤따라갔다. 잠시 후, 이 회장이 일어섰다. 화장실 쪽으로 사라진 세 사람은 10분이 지나도 돌아오지 않았다. 서포터와 준범은 화장실 뒤쪽에 외부로 통하는 문과 2층으로 올라가는 계단이 있다는 사실을 알고 탄식했다. 먹구름이 동쪽으로 휘몰려가고 있었다.

이 회장의 로블랑은 주차장에 그대로 엎드려 있었다. 렌트카에 앉아 기다리는 준범의 입술에 피딱지가 앉고, 눈은 우물 속처럼 깊이 패었다. 이런 날이 올 줄 그는 상상한 적이 없었다. 그는 여자 서포터를 서울로 돌려보냈다.

정은설의 시간은 반복되지만 내용은 달랐다. 깊어가는 가을 밤, 정은설은 버드나무 덩굴 아래 앉아 흐느껴 울고 있었다. 여자의 통곡 소리가 밤하늘 멀리 메아리쳐갔다.

"엄마! 아빠!"

그녀는 엄마 아빠를 외쳐 부른 뒤 가만히 앉아 있다가 다시 흐느껴 울면서 누군가의 이름을 불렀다. 잡힐 듯 말 듯 잡히지 않는 이름이었다. 누군가의 영혼을 부르는 듯 그 이름을 부르는 목소리는 어두운 허공에 사무치게 울려 퍼졌다. 주민등록에 사망한 가족이 없는 정은설이 흐느껴 울며 누군가의 이름을 부르고 있는 것이다. 누구를 부르는 것일까. 새론의 주민등록에는 새한이 망자로 되어 있다. 은설과 새론의 교집합은 맞지 않았다. 하지만 새한이라는 이름이 화살처럼 날아와 가슴에 박혔다. 흉통이 사방으로 번졌다.

안개 낀 강변에서 검은 상복을 입은 여자가 조각배에 앉아 흰 가루를 날리며 눈물을 흩뿌리는 미장센은 영화나 드라마의 단골 메뉴였다. 탄생도 죽음도 다 비슷하고 남 달리 표현할 방법이 없어서 그런지 모르지만 그는 지금부터 다른 장면으로 바꾸어야 한다고 생각했다. 어쨌든 새론인지 모를 여자에게도 그런 과거가 있는 모양이었다. 새한의 잔해를 이 강변에 뿌렸다면 현재의 장면은 당연하고, 그녀는 김새론이 분명했다.

정은설이 새론의 미행 따돌리기 방법을 그대로 복제했다는 사실이 그의 마음을 짓눌렀다. 사실과 복제는 찰싹 달라붙어 있었고 우연의 일치라고 볼 틈조차 없었다. 정은설의 방법은 복제가 아닌 무의식의 소산이라고 보는 게 합당했다. 그렇다면, 그렇다면…… 정은설은 누구인가. 추적이 여기에 이르렀는데도 그는 새론과 맞대면하고 싶지 않았나. 한 마디로 판도라의 상자를 열고 싶지 않았다. 그는 수영장의 광경을 지우고 싶다고 생각하며 새론이 난지강변에서 우는 이유를 따져봤다.

새한의 잔해를 난지 강변에 뿌렸을 수도, 어머니와 그녀의 손을 끊어놓은 물의 날을 보고 있을 수도 있었다. 하지만 정확한 이유는 알

268

수가 없다. 일이 여기에 이르렀는데도 준범은 속으로 새론아, 새론아, 외쳐 부를 뿐 그녀에게 다가갈 엄두를 내지 못했다. 평소의 결기는 어디로 갔는지 알 수 없었다.

강물은 추상성을 더해가며 밤의 밑바닥에 머리를 디밀고 사라져갔다. 불현듯 강 언덕에 키 큰 사내가 나타나 여자의 흥건한 울음소리에 귀 기울이는 모습은 보는 사람이 아슬아슬했다. 자칫 살얼음처럼 엉겨있는 강변의 균형이 깨질 듯싶었지만 사내의 촉은 예민하고 태도는 정제되어 있었다. 그는 그녀의 울음에 날이 서 있다는 것을 알아차리고 소리 없이 물러갔다. 준범은 그를 따라가고 싶은 충동을 느꼈다. 다시 그녀의 울음소리가 크게 되살아났다. 낮이 찬란하면 할수록 밤이 더욱 비통해지는 함수에 무서운 의미가 숨어 있을 것 같았다. 갑자기 새론이 벌떡 일어서더니 언덕을 넘어 어둠 속으로 사라졌다. 그는 수풀 속에 넋을 잃고 앉아 있었다.

그는 판도라의 상자를 열고 싶었다. 열고 싶지 않았다. 열어야 했다. 열지 말아야 했다. 이유는 각각 백 가지가 넘었다. 머리가 뜨겁고 혼란스러웠다. 그는 무작정 자동차를 몰고 도로를 질주했다. 도로표시판도 보이지 않았다. 서울을 벗어났다는 것을 알면서도 내쳐 달렸다. 어디를 어떻게 얼마나 달렸는지, 검은 바다에 배들이 출렁이는 항구에 닿아 있었다. 등불을 켠 배도 캄캄한 배도 먼 바다로 떠나는 배도 있었다. 그는 푸른 새벽을 향해 고함을 질렀다.

"가라! 가라! 가란 말이야!"

21. 집착

율전 시가에 나타난 세진은 시아버지와 서재에서 책상을 사이에 두고 앉아 대뜸 미국 회사의 CFO로 픽업되었다고 말하고, 미국식 재정을 배울 찬스를 놓치고 싶지 않다면서 회사를 위해 꼭 그렇게 해야 한다고 일사천리로 말했다.

"뭐라고? 대체 이, 이, 무슨 얘길 하는 거냐?"

"제가 회사를 위해 미국에 가게 되었다고 말씀드렸습니다. 회장님."

"취소해라! 갑자기 무슨 말이야? 안 될 일이야."

영문을 모르는 김경준 회장은 가볍게 말했다. 세진은 차분한 목소리로 재차 폭탄을 터뜨렸다. 며느리의 뜻이 강고하다는 것을 알아차린 김 회장은 하얗게 질린 얼굴을 치켜들고 이유를 물었다.

"누리의 장래를 위해 미국식 재정을 배우는 게 이 시점에 제일 중요합니다. 회장님, 제 후임으로 대학동기를 추천해 드리겠습니다. 저와 똑같이 믿고 맡기셔도 될 사람입니다."

"벌써 후속대책까지 마련해 놨단 말이냐?"

김 회장은 기가 막힌다는 듯 세진의 얼굴을 응시했다. 한 발 늦게 나타난 수명이 한 술 더 뜨는 것을 보고 김 회장은 완전히 질렸다는 표정을 지었다.

"저도 미국에 갈 계획입니다. 기회에 철학공부를 더 하고 싶습니다."

아들과 며느리는 이미 결정된 일을 통고 한다는 투로 말했다. 수명은 동생이 아버지를 잘 보필할 것이라고 덧붙여 말했다.

"너희들은 회사나 애비 생각은 조금도 않는 거냐? 기회가 뭐 어쩌고 어째?"

김 회장이 고함을 질렀으나 아들과 며느리는 말이 없었다. 김 회장은 한 달 말미를 줄 테니 깊이 생각해보라고 말하고 두 사람을 돌려보냈다. 세진은 침통한 모습으로 시아버지 앞에서 물러나왔다.

김 회장은 딸이 이미 핵폭탄을 터뜨렸고 앞으로 또 터뜨릴지 모른다는 생각은 꿈에도 하지 못했다. 딸과 며느리의 암투를 상상도 못하는 그는 딸을 사랑하고 며느리를 신뢰할 뿐이었다. 그는 더 이상 생각하면 괴로울 것 같아 사유를 포기했다. 고통을 회피하려는 방어심리가 현실과 그의 눈을 가렸다. 회사 창립 이후 성공가도를 달리면서 그는 일찍이 경험하지 못한 자유와 자신감과 풍요를 맛볼 수 있었다. 달콤하고 따뜻한 물에 몸을 담근 듯 편안한데 생각을 하면 괴로웠다. 일평생 처음 맞본 달콤한 안일과 평화를 깨트리고 싶지 않았다.

그는 딸이 상상 이상의 음모를 꾸미고 있다는 생각은 꿈에도 하지 못하는 딸 바보였다. 며느리를 신뢰하는 그는 세진이 처음부터 끝까지 완벽하리라고 믿었다. 목적을 위해 물불 가리지 않는 며느리가 추측을 뛰어넘는 짓을 저질렀다는 것을 그는 상상도 못하는 사람이었다. 세진의 차분함에 무모한 성격이 은폐되어 있다는 것을 포착해낼 통찰력도 없었다. 김 회장은 회사가 잘 굴러갈 것이라는 며느리의 말을 믿을 뿐이었다. 재정분야에 약한 그는 며느리가 추천하는 사람을 믿고, 며느리와 수시로 연락하면 못 할 일도 없다고 자신했다. 회사를 위한다는 며느리의 소망은 소망대로 들어주고 일은 일대로 풀어 가면 될 것 같았다.

그래, 가야 한다면 가렴, 네가 우리 집에 오기 전에도 회사는 잘 굴러왔지. 믿지 못한다면 모든 것을 뒤집어 놓고 점검해야 하는데 그는 사안의 위험인자를 찾을 의지가 없었다. 지금처럼 하면 된다고 생각했다.

지금까지 그는 며느리와 함께 회사를 잘 이끌어온 편이지만 맹수가 들끓는 정글에서 기업은 항상 잘 굴러가지 않았다. 기업은 체력이 약해지면 보강하고 상처가 나면 치료하여 언제 어디서든지 외부 공격에 대한 방어력을 갖추고 있어야 했다.

세진이 가족과 함께 미국으로 떠나기를 기다렸다는 듯 건민의 채무상환 독촉이 심해졌다. 뜻밖의 사태에 놀란 김 회장은 건민 회장에게 전화를 걸었으나 받지 않았다. 등줄기를 훑어 내리는 찬 기운에 몸을 떨며 그는 건민을 찾아갔다. 차 비서가 공손히 머리를 조아리고 회장님은 출장 중이라고 말했다. 그는 회장님께 전화를 연결해달라고 부탁했으나 차 비서는 부산스레 전화를 눌러보더니 불통이라고 공손히 머리를 숙였다. 그는 굳게 닫힌 회장실 문을 흘겨보고 물러나올 수밖에 없었다.

회사의 재정 상황을 주시하고 있던 수화는 어쩔 수 없이 건민 회장을 찾아갔다. 그녀는 손에 땀이 나고 가슴이 두근두근 뛰었다. 건민 회장도 그녀도 막다른 골목으로 내몰렸다. 처음에 그녀는 통사정하고 다음엔 두 회사의 우정을 들먹이며 도움을 호소했으나 이상학은 말이 없었다. 최후의 막다른 골목에서 그녀는 손을 부들부들 떨며 비상카드를 꺼내 놓았다. 이 회장은 사진을 들여다보고 부르르 눈썹을 떨며 벌겋게 달아오른 얼굴을 치켜들고 중얼거렸다.

"며칠 말미를 주시면 좋겠는데……."

그는 쏘아보는 눈길을 거두지 않고 '주시면 좋겠는데……'라는 존댓말과 반말을 섞어 조롱조를 숨기고 말했다. 상대를 조롱하는 사람에게 진실이 있다면 얼마나 있을지, 어쨌든 수화는 며칠 기다려 보기로 하고 회장실을 물러나왔다. 희망과 절망이 어둠과 빛살처럼 교차했다. 머릿속이 안개가 찬 듯 뿌옇게 흐리고 가슴이 천근만근 무거웠다. 생전 처음 당하는 고통에 어지럼증을 느꼈다. 잠이 오지 않아 밤을 하얗게 밝히고 날이 희붐하게 밝아오자 그녀는 조간을 펼쳤다.

메인뉴스 아래 이상학 회장이 코마 상태에 빠졌다는 뉴스가 떠올라 있었다. 수화는 털썩 주저앉았다. 일이 어찌 돌아가는지 가늠할 수가 없었다. 고난을 모르는 그녀의 머리는 이런 때 잘 돌지 않았다. 타인의 조언을 구할 수도 없는 문제 앞에서 그녀는 고독하고 혹독했다. 어쩌다 찹쌀밥을 지으려다 죽을 쑨 꼴이 되었는지, 눈앞이 캄캄했다. 밥도 먹히지 않고 일손도 잡히지 않았다.

이번엔 건민의 재정담당 CFO가 누리C&C를 짓밟아버릴 기세로 부채 상환을 독촉하고 나섰다. 누리C&C의 발등에 불이 떨어졌다.

이리 뛰고 저리 뛰며 돈줄을 잡으려고 몸부림치던 김경준은 건민의 덫에 걸려 꼼짝달싹할 수 없게 되었다는 사실을 뒤늦게 깨닫고 탄식했다. 창업 초기에 건민의 빚을 너무 많이 얻어 쓴 게 화근이라는 사실을 알았지만 옴치고 뛸 재간이 없었다. 빚을 재촉하는 금융사의 뒤를 캐보니 돈 세탁으로 유명한 버뮤다의 페이퍼 컴퍼니가 바로 건민 캐피탈의 버뮤다 지사였다. 그 증거라는 듯 건민과 버뮤다 양쪽에서 채무상환을 독촉하고 나섰다. 김경준은 사촌형처럼 날이 갈수록 수척해졌다.

수화는 용기를 내어 진수에게 전화를 걸었으나 받지 않았다.

그녀는 비상카드를 건민의 임원에게 보여주는 짓은 차마 하지 못했다. 자신의 치부를 노출시킨 대가로 빚을 유예해 주리라는 보장이 없었다. 망신만 당할 뿐이라면 잠자코 있는 게 나을 것 같았다. 이 모든 사실이 준범의 귀에 들어가는 최악의 상황은 모면하고 싶었다. 준범의 아버지가 코마 상태에 빠졌다니 1%의 희망이 있을지 모를 일이라고 그녀는 생각했다. 회사가 막다른 골목으로 내몰리고 있다는 반증처럼 아버지가 딸에게 애원했다.

"이 애비가 부탁한다. 수화 너 준범이하고 친하지? 더도 말고 딱 일 년만 시간을 달라고 부탁 좀 해 봐. 지금은 지푸라기라도 잡아야 할 때란다. 딸아."

그녀는 멍하니 아버지를 바라볼 뿐 말이 없다가 겨우 입을 열었다.

"아빠, 나 벌써 준범이 만났어. 자존심만 확 구겼지, 머."

아버지의 얼굴에 떠오른 절망을 외면하고 딸은 다시 말했다.

"어찌나 거들먹거리는지, 눈 뜨고 볼 수 없었어. 그 애 앞에서 콱 죽어버리고 싶었다니까."

사실 그녀는 죽고 싶은 마음이 조금도 없었다. 이 세상에 준범이라는 인간이 있는 한 결코 죽고 싶지 않았다. 세상은 요지경속처럼 빠르게 변했다. 새롬도 망했고, 자신은 대 재벌의 아들과 결혼했다가 이혼했으며, 아버지 회사도 위험해졌다. 모두 상상을 뛰어넘는 영역에서 일이 발생하고 사그라졌다. 수화는 절정이 있는 곳에 바닥도 있다는 체험을 했다는 듯 절망할 필요가 없다는 관념을 현실로 바꾸어 놓고 초조한 마음을 누그러뜨렸다.

　"아버지는 어떻게든 해결하실 수 있을 거예요. 아버지는 맨손으로 누리C&C를 일으킨 분이잖아요? 이런 난관 쯤 거뜬히 해결할 겁니다."

　그녀는 전에 없이 '겁니다'라고 정중히 말했다. 김 회장의 시선이 흔들렸다. 수화의 시선은 먼 곳을 헤매고 있었다.

　맨 손으로 누리C&C를 일으킨 아버지의 열정 뒤에 은신하고 있던 어둠의 기획자가 회사가 약해지기를 기다려 왔다는 사실을 알 만큼, 아버지가 그렇게 어리석고 가당치 않은 부탁을 할 사람이 아니라는 사실을 알 만큼 그녀는 사고의 폭 이 넓지 않았다. 오직 자신의 일에만 명민하고 재빨랐다. 김 회장도 더 이상 딸에게 부탁하지 않았다. 너무 갑자기 모든 일이 발생하고 진행되고 있어 정신을 차릴 수 없었다. 건민은 태생대로 일을 착착 진행시키고 있었다. 누리C&C라는 신생 기업은 연조가 긴 새롬보다 훨씬 더 빨리 패망의 길에 접어들었고, 먹이사슬의 종결자인 건민이 김경준을 물고를 내는 날은 예상보다 빨리 닥쳐왔다.

　건민의 채무회수에 따라 누리C&C는 공중분해 수순에 돌입했다.

건민이 누리C&C라는 탐스러운 물고기를 집어 삼킬 차례인 것은 의심할 여지가 없었다. 악어의 입 속에 든 물고기와 같은 공포에 사로잡힌 김 회장은 잠자리 들면 악몽에 몸부림치곤 했다.

건민은 제 입안에서 꿈틀거리는 그의 머리통에 이빨을 박고 자근자근 깨물었다. 머리통에서 피가 솟고 고통이 발끝에서 머리끝까지 관통했다. 이제는 산산이 부서져 한 점 혼으로 남는 일 뿐, 그는 전 인생보다 긴 찰나에 진입해 있었지만 블랙홀에 닿은 빛처럼 죽음의 무아지경 속으로 빨려들어 갔다. 악어의 입 속에서 혼돈이 소용돌이치고 있었다. 그는 자신의 가열 찬 숨결에 압도되어 전혀 고통스럽지 않았고, 죽음의 축복과 같은 무아지경을 느낄 뿐이었다. 자신이 죽어가고 있으며 하늘에 순명할 수밖에 없다는 사실을 깨우쳐 준 본능이 우주를 부술 만큼 강력한 힘을 발휘하기 시작하는 지점에 그는 도달해 있었다. 으깨어져 피 범벅이 된 몸뚱이를 꿈틀거리며 그는 악어의 입안을 미친 듯 휘저었다. 악어가 이빨을 자근자근 놀리는 속도에 따라 정신이 가물가물 흐려지고, 보름달은 이지러져 그믐달이 되고, 그믐달은 어둠에 흡수되고 말았다. 그가 어둠은 냉혹한 괴물이거나 극도로 순수한 무엇이라고 생각했는지 누구도 알 수 없었다. 김경준의 감각은 사라졌다.

아침에 그의 아내는 서재에 쓰러진 남편을 발견하고 비명을 질러댔다. 지금까지 들어본 적 없는 단말마의 비명에 잠에서 깨어난 수화는 허둥지둥 아래층으로 뛰어 내려갔다. 정신을 잃은 가장 앞에서 모녀는 허깨비처럼 허둥거렸다.

그녀는 구급차를 불러 아버지를 태우고 병원으로 달려갔다. 구급대원은 마지막 임무에 최선을 다해야 한다는 포즈로 김경준에게 인공호흡을 시키느라고 정신이 없었다. 그의 육신은 구급대원의 손길에 따라 들썩거릴 뿐, 벌써 사물의 세계에 진입해 있다는 듯 나무토막처럼 뻣뻣했다. 병원에 도착하자마자 의사가 사망선고를 내렸다. 거의 넋이 빠진 모녀는 우왕좌왕 갈피를 잡지 못했다.

수화의 어머니는 울며불며 아들에게 전화를 걸었으나, 미국 여자가 왈왈거릴 뿐이었다. 그녀는 자신이 남편의 사망 사실을 아들에게 알려야하는 상황이 슬프고 참담하여 남편과 함께 냉동고에 들어가고 싶은 마음만 간절했다. 눈앞에 검은 숲이 우거져 있는데, 검은 나뭇가지와 잎사귀가 뒤엉켜 있어 한 치 앞도 보이지 않는 것 같았다. 얼이 빠진 그녀는 회사 직원들이 이끄는 대로 허깨비처럼 움직였다.

회사 여직원이 수명에게 전화를 걸어보고 결번이라고 일러주었다. LA에서 샌프란시스코로 이사 간다는 연락이 있은 뒤 수명의 소식은 없었다. 세진의 핸드폰번호는 알아두지도 않았다. 김 회장의 장례는 반 쯤 넋이 빠진, 약지만 자신밖에 모르는 딸을 상주로 세워놓고 치러졌다. 누리C&C의 임직원들이 참석했지만 처음부터 끝까지 무겁고 침통했다. 김경준 회장이 갑자기 부도를 맞은 후유증은 그것으로 끝나지 않았다.

모녀에게 부도의 쓰나미가 휘몰려왔다. 살림집기에 빨간 딱지가 붙고, 통장의 잔고가 바닥나고, 카드 돌려막기를 하다 카드가 정지되고, 패물을 팔아 쌀을 사먹고, 율전 저택이 경매로 넘어가는 과정을 모조리 겪은 뒤 경매꾼이 달려와 모녀의 옷장과 화장대와 아끼던 물건들을 자동차에 싣고는 보관료를 내고 찾아가라는 말을 남기고 사라졌다. 수화는 알아듣지 못했다. 가구집기나 물건을 놓을 방도 없다고 생각하는 순간 머릿속이 하얘지고 정신 줄이 풀려 눈동자가 흐리마리해졌다. 남편의 그늘 속에서 안온하게 살아온 수화의 어머니는 딸의 손을 잡고 애원했다.

"얘 수화야. 우린 이제 어디서 사니? 이런 땐 친구가 최고야. 너, 준범이하고 친하잖아? 그 애를 좀 만나봐야 하지 않겠니?"

딸은 희죽 웃었다.

"걔하고 나 언젠가 결혼하게 될지도 몰라. 생각해 봐, 엄마. 우리가 망할 줄 누가 알았겠어? 앞으로 걔하고 나하고 결혼하지 말라는 법이 어디 있어? 세상일은 우리의 상상을 뛰어넘어 일어나거든. 내가 그렇게 되지 말라는 법이 어디 있어? 그런데 그 애한테 구질구질한 꼴 보이면 안 되지. 그럼 우린 끝장이야. 희망이 없어."

엄마는 어이없다는 듯 실죽 웃었다. 수화는 싱글싱글 웃었다. 딸은 계속 실실 웃기만 했다. 어머니는 딸이 죽음만을 생각하는 우울증 환자가 되어 있다는 사실을 알지 못했다. 수화의 내면이 바람만 스쳐도 찢어질 듯 흐늘거린다는 사실도 알지 못했고, 똑똑한 딸의 변화에 깊은 시선을 줄 안목도 없었다. 그녀는 한껏 비웃어 주었던 새론의 길을 자신이 가게 되었다고 생각하면 기가 막혔다. 찢어져라, 깨끗이 찢어져! 수화는 율전에 살지 못하는 자신을 상상할 수 없었다.

그녀는 잠자리에 들 때마다 아침에 깨어나지 않기를 소원하고, 아침에 눈을 뜨면 죽지 않고 살아난 자신을 원망하며 겨우 목숨을 이어갔다. 어느 날 갑자기 수화는 발렌티노의 비취빛 드레스를 입고 컨

벤션 센터 앞에서 덩실 덩실 춤을 추었다. 불어오는 바람에 드레스가
한들거렸다. 준범의 자동차가 지나갔다. 수화를 쳐다봤는지, 누리
C&C의 패망을 알고 있는지, 알 수 없는 일이었다.

22. 놀라움

수화가 이상학 회장에게 가한 타격은 상상을 초월했다. 그는 체면 손상은 참을 수 있어도 은설을 잃고는 살 수 없었다. 그의 겉모습은 강건했지만 내면은 헌 걸레처럼 낡아 있었다. 몸은 사용하면 닳고 마음은 혹사시키면 찢어졌다. 수화의 한 방이 은설 만을 생각하는 그의 가슴을 뒤흔들어 놓았다. 그는 다른 회사의 내막은 유리 속처럼 들여다보면서도 자신이 찢어질 지경이라는 사실은 알지 못했다. 다음날, 그는 아침 일찍 출근했다.

자신의 집무실로 들어서는 정은설을 보고 은행 잔고처럼 쌓인 희열이 지진파를 일으켰다. 여비서는 낡은 그에게 한 방을 먹였고, 그는 무너졌다. 차 비서가 비명을 듣고 달려갔을 때, 은설은 회장의 심장에 손을 포개고 진땀을 흘리고 있었다.

비서실에는 아름답고 상냥한 여비서가 지독히 운이 나빴다고 동정하는 사람 뿐, 그녀를 의심하는 사람은 아무도 없었다. 해맑은 검은 눈과 신비한 얼굴을 누구도 의심하지 않았다. 주치의도 그녀를 쳐다볼 뿐 침구멍 따위는 상상도 못했다. 그는 회장님이 혈압이 좀 높았을 뿐, 갑자기 쓰러질 이유가 없다면서 인체의 비의는 신의 영역이고, 의학적 지식으로 모든 걸 규명하는 건 불가능하다고 말하면서, 여비서에게서 시선을 떼지 못했다. 생명의 신비에 은신할 줄 아는 그는 유능한 의사였다.

준범은 생명이 경각에 달린 아버지의 병실에서 황황했다. 미움이 아주 가신 건 아니지만 목숨이 위태로운 아버지 앞에서 마음이 하얘지는 건 막을 수 없었다. 그는 어제의 자신과 오늘의 자신이 다르다는 사실을 알지 못했다. 회사 일도 눈 코 뜰 새 없이 바삐 돌아갔다. 얼핏 난지 강가에서 흐느껴 울던 새론의 얼굴이 떠올랐지만 더 이상 신경 쓸 겨를이 없었다. 이상학 회장 다음 최대 주주인 그가 처리해야 할 일이 해일처럼 밀려들었다.

두 달이 후딱 지나갔다. 정은설이 결근했다. 직원들이 이리 튀고 저리 튀고 난리를 피웠다. 김새론의 핸드폰과 집 전화는 결번 처리되고, 성수동 아파트에는 다른 사람이 살고 있었다. 인천공항에 전날 밤 LA행 비행기에 탑승한 기록이 있었다. 말끔히 정리된 그녀의 책상 서랍에 백지 위임장과 인감증명서와 도장이 들어 있었다.

준범은 비로소 아버지의 유언장을 개봉했다. 여비서는 건민의 주식 사분의 일을 상속하겠다는 아버지의 유언을 무효로 만들 서류를 남기고 떠난 것이다.

준범은 회장실과 비서실을 점검하는 과정에서 회장실의 CCTV가 부숴져 있다는 사실을 발견했다. 경찰이 CCTV의 지문을 감식했으나 준범의 것 이외 다른 사람의 것은 없었다. 회장실에 자유롭게 드나든 사람은 차 비서와 여비서뿐이고, 카메라 파괴 혐의는 새론에게 돌아갔다.

준범은 LA 건민지사와 협력 업체의 정보망을 총 동원하여 LA 주변의 호텔과 인(INN)을 모두 뒤지도록 조치했으나 새론의 행방은 오리무중이었다. 미국은 넓고 불법체류가 가능한 나라였으며, 맥시코로 잠적하는 사람들의 중간 기착지로 유명했다. 정은설은 숨을 필요가 없고, 김새론은 숨을 필요가 있는 사람이었다.

아버지의 서류 속에서 한 장의 사진이 발견되었다. 막 노년기에 접어든 세 명의 사내가 시합에 들어가기 직전의 운동선수들처럼 손에 손을 포개고 승리! 라고 외치는 포즈를 하고 찍은 사진. 그의 시선은 이상학 회장과 김경준 회장에게 날아가 박혔다. 다른 한 사람은 전혀 알 수 없는 인물이었다. 이상학 회장은 40대로 돌아가려고 기를 쓰듯 청바지 차림으로 어색한 미소를 짓고 있었다. 거짓말을 할 때 그는 곧잘 그런 표정을 짓곤 했다.

이상학 회장과 김경준 회장은 결코 아무하고나 사진을 찍을 사람들이 아니었다. 낯모를 사내를 찬찬히 들여다보고 있자니 왠지 아름아름 낯이 익었다. 어디서 봤나, 어디서…… 끝내 기억은 떠오르지 않았다. 준범은 차 비서에게 혹시 사진 속 사내를 알 수 있겠느냐고 물었다. 차 비서가 외마디 소리를 질렀다.

"어, 어! 제 사촌형입니다. 주식투자의 귀재라고 신문에 난 적이 있습니다만……."

준범은 겨우 물었다.

"형님이 혹시 차병렬 씨 아닌가요?"

"네, 그런데 어떻게 제 형을……."

"혹시 이 사진의 연유를 아시나요?"

"저도 어리둥절할 뿐입니다. 언젠가 회장님이 사촌형님에 대해 말씀하시기에 전화번호를 가르쳐 드린 적은 있습니다."

머뭇머뭇 말하는 그에게 형님에 대해 더 자세히 말해주면 고맙겠다고, 건민의 책임자로서 말한다는 분위기를 풍기며 물었다. 차 비서는 얼마전 그가 주식으로 재산을 탕진하고 중국으로 잠적했고, 가족들은 살아있기만 바라는 형편이라고 말했다.

준범의 머리 속엔 김경재 회장과 차병렬의 관계를 밝혀낼 방법도, 해변의 모래알처럼 많은 중국인들 속에 숨은 그를 찾아낼 묘책도 떠오르지 않았다. 10년 전 새롬의 임원이었던 사람이 차병렬이 기인이라는 사기꾼을 김경재 회장에게 소개한 사람일 것이라고 했던 기억이 문득 떠올랐다. 준범은 중국지점에 차병렬의 사진을 보냈지만 소식은 없었다.

준범은 불현듯 새론의 의무기록을 모두 찾아봤다고 생각했던 데에 잘못이 있을지 모른다는 생각을 하고 소스라치게 놀랐다. 군데군데 구멍 난 자신이라는 걸 인정하고, 김새론의 일반 진료기록을 찾아 전국의 병원을 샅샅이 뒤지기로 했다.

일반의료 차트에서 성호동으로 이사할 무렵, 새론이 이경수라는 재벌 1세에게 신장을 제공했다는 기록을 발견하고 그는 아연실색했다. 환자에게 신장을 준 김새론과 진료 차트에 신장이 없는 정은설, 두 사람이 동일 인물이라는 사실이 명백해졌다. 확실한 증거를 눈앞에 두고 엉뚱한 곳을 찾아 헤맨 것이다. 다른 사람도 아닌 자신이 새론을 상실케 한 장본인이고, 자신이 바로 실패의 원흉이었다. 자신이 엉뚱한 곳을 헤매는 동안 아버지는 사경에 빠지고, 새론은 행방을 감췄다. 눈

뜬 장님에 귀머거리 주제에 주식회사 새롬의 패망 원인을 밝혀내고 새론을 찾겠다고 세상을 헤집고 다닌 자신이 기가 막혔다. 이준범, 너는 대체 누구냐? 넌 왜 이리 무능한 것이냐? 새론에게 가는 길은 직선 코스도, 새론과 은설이라는 양 방향 길도, 가족이라는 곁가지 길이 있는데도 사막 한가운데 새론을 세워놓고 달팽이 곡선을 그리며 멀리 멀리 떨어져 나온 것 같았다.

준범은 새론과 성수동 아파트에 동거했던 부부의 통화 기록을 뽑아 보고 실게 탄식했다. 노파의 핸드폰에 숭국 달렌으로 통화한 기록이 있었다. 그가 새론과 중국을 연결 지을 생각을 꿈에도 하지 않은 것은 사고의 폭이 좁다는 확실한 증거였다. 줄줄이 떠오르는 경영인들의 얼굴에 자신의 얼굴이 겹쳐졌다.

그는 몸과 마음을 겨우 추스르고 달렌으로 날아갔다. 달렌시 발해만이 내려다보이는 낡은 아파트에는 사람이 살고 있지 않았다. 옆집 현관문을 두드리자 나타난 중년 여인은 그 집에 살던 노인은 일주일 전 미국으로 떠났다고 일러주었다. 여인은 그의 아래 위를 훑어보더니 말했다.

"끼니꺼리도 없던 이해련 노인이 미국에 가다니 지금도 믿어지지 않아요."

이해련, 이해련 아무리 생각해도 기억나지 않는 이름이었다. 이해련 노인의 정체를 파악하는 일이 시급했다. 건민 달렌 지사를 통해 입수한 노인의 공민증에는 새론의 친엄마 사진이 들어 있었다. 옌벤 출신 중국 동포, 그러니까 새론은 신분세탁을 완성하기 위해 부모를 중국 동포로 위장해 놓고 중국에 살도록 한 모양이었다. 그는 옆집 여인에게 도움을 청했다.

노인이 미국으로 출국할 때까지 돌봐주었다는 도우미가 그가 투숙한 호텔 로비에 나타났다. 창밖에는 어둠이 내려져 있었다. 역시 옌볜 동포 출신인 그녀는 불퉁스러운 어투로 이해련 씨 부부는 돈을 벌기 위해 한국에 가서 10년 동안 일했으나 남편이 중풍에 걸리고 이해련 씨가 실어증에 걸리는 바람에 다시 중국으로 돌아올 수밖에 없었고, 한국에 남은 딸이 생활비를 보냈다고 그간의 사정을 설명했다. 부부가 달렌에 정착한 지 한 달 후 남편이 사망했다. 갑자기 도우미는 이해련 씨의 딸이 아주 못된 년이라고 욕을 하기 시작했다. 처음 만난 사람이 지만 한국인이기 때문에 말해야 한다는 투가 역력했다. 새론에 대한 반감이 크다는 듯 도우미는 새론의 험담에 핏대를 올렸다. 노인에게 도우미를 부쳐줄 수밖에 없는 처지는 이해하지만 그래도 엄마와 딸인 데 딸이라는 것이 10년 동안 어머니를 찾지 않은 점, 아버지가 사망했 다는 소식을 듣고도 나타나지 않은 점, 자신의 급료를 쪼개어 노인의 밥을 지어줄 정도로 소액을 송금해 준 점은 납득할 수 없다고 혀를 내 둘렀다.

"간섭 받지 않는 맛에 돌봐주긴 했지만 가난한 살림살이를 더 이상 참을 수 없다고 생각하던 참에 노인이 미국에 가게 되었으니 그나마 다행이지……."

'간섭받지 않는 맛'이라니, 노인을 돌보는 시늉만 하고 돈을 벌어서 좋았다는 의미도 포함된 것 같았다. 도우미의 눈치를 보며 목숨을 이 어왔을 이해련 노인의 생활상이 손에 잡힐 듯싶었다. 도우미는 나를 만났기에 지금까지 노인이 목숨을 부지할 수 있었다며 한숨을 푹 쉬었다.

"도깨비 같은 딸이었어요. 전화번호는 수시로 바뀌고……. 주소도 일러주지 않고…… 그 딸, 아마도 한국에서 죄를 짓고 숨어 살았을 거예요. 아무것도 모르는 노인은 눈만 뜨면 딸이 망하기를 바라는 편지를 썼지요. 부칠 곳도 없는 편지를요. 말 못하는 어미에게 딸은 낮짝도 비치지 않지, 내가 퇴근하면 굴속 같은 아파트에 혼자 남아 텔레비전 보는 게 유일한 낙이었어요. 죽은 목숨이 따로 있나요? 미국이라고 다르겠어요? 그 딸이 오죽 하겠느냐 말이지요?"

물의 날이 새론과 어머니를 영영 갈라놓은 건 아닌지, 신분 세탁을 위한 방편이었는지, 준범은 망연자실 앉아 있었다. 새론은 친부모를 달렌으로 이사시키고 서울에서는 정은설이라는 신분을 준 양부모와 함께 사는 길을 택한 모양이었다.

추측은 활짝 피었다. 활짝 핀 꽃잎이 하나 둘 떨어지는 모습은 눈물에 젖었다. 외동딸 정은설의 암 치료에 전 재산을 탕진하고 딸의 병원비 걱정에 눈물로 밤을 지새우는 노부부 앞에 나타난 새론이 치료비를 내놓으며 부모를 위로한다. 새론이 천사가 되는 과정에 이기심과 선의가 섞이고, 진위(眞僞)가 뒤섞였을 것이다. 새론은 자신을 양딸로 받아주신다면 더 바랄 게 없다면서 부부의 손을 잡고 눈물을 흘리지만 눈물은 아무런 힘이 없나. 갓 스물 정은설은 비탄에 잠긴 부모를 남겨두고 저 세상으로 떠나갔다. 늙은 부부는 말과 말 사이에 드러난 양딸의 마음을 읽고 밤을 지새우며 고민했다. 죽은 딸이 소생할 가망은 없고, 가난한 앞날을 살아갈 방도도 없었다. 부모에게 사망한 딸은 비현실이고 양딸은 현실이었다. 현실은 앞산처럼 뚜렷하고 구체적이었다. 사람은 구체적인 구비를 살아내지 못하면 죽음이 있을 뿐이었다. 늙은 부부는 딸의 죽음을 겪으며 현실이 강철처럼 강고하다는 사실을 뼛속깊이 아로새겼다. 부부는 20대 처녀가 암에 걸리는 기전을 연구하겠다는 대학병원에 딸의 시신을 기증하고 사망신고를 생략했다. 사랑하는 딸을 두 번 죽게 했다고 괴로워하는 늙은 부모에게 세상의 동정과 위로가 넘실거리고, 지방 관료들의 마음은 물렁해지고, 물렁한 마음에 동정과 연민이 스며들었다.

새론은 외동딸을 잃고 우울증에 빠진 늙은 부모의 목숨이 위태롭다는 경고장을 날리며 서류로나마 정은설을 살려 놓아야 한다고 지방 관료들을 향해 눈물로 호소한다. 눈물로 호소하며 눈을 깜빡거릴 때마다 연민은 증가되고 그렇게 하는 게 오히려 인간적이라는 생각이 깃들기 시작한다. 우여곡절 끝에 새론은 정은설의 주민등록에 자신의 사진과 지문을 집어넣고 신분세탁을 완성한다.

준범은 입 안에 모래가 서걱이는 느낌을 삭이며 지친 몸을 호텔 침대에 뉘었다. 활짝 열어놓은 커튼 사이로 달렌의 밤하늘이 펼쳐져 있었다. 그는 창가로 다가가 밤하늘을 올려다보았다. 밤바다에 펼쳐진 검은 하늘에 별들이 흩뿌려져 있었다.

또렷또렷 반짝이는 큰 별, 작은 별, 먼지처럼 떠 있는 극소(極小)의 별들이 밤하늘 가득 펼쳐져 있었다. 먼지 같은 별 이외도 보이지 않는 별이 셀 수 없이 많다고 한다. 사람이 우주의 별을 모두 보는 건 불가능하고 그럴 능력도 없었다. 사람이 뭔가를 완전히 본다는 건 욕심에 불과했다. 그런 거야. 그는 밤하늘을 쳐다보며 중얼거렸다.

그는 북두칠성과 북극성, 곰자리와 사자자리를 어림해 보았다. 북두

칠성도 한 눈에 모두 볼 수는 없었다. 그 별이 육박해 오는 동안 다른 별은 볼 수가 없는 것이다. 사자자리 부근 유난히 시커먼 부분이 소위 궁창이라는 곳일까? 그 가장자리 희끄므레한 부분은 별이 무리지어 있는 것 아닐까?

한동안 시커먼 곳을 바라보고 있던 준범은 순간 그곳으로 빨려들어 가는 착각에 사로잡혀 멍하니 서 있었다.